# 氣與士風

## 唐宋古文的進程與背景

王水照　主編

日本宋學研究六人集

副島一郎

著

**圖書在版編目(CIP)數據**

氣與士風:唐宋古文的進程與背景/(日)副島一
郎著;王宜瑗譯.—上海:上海古籍出版社,2013.10(2021.4重印)
(日本宋學研究六人集)
ISBN 978－7－5325－6938－0

Ⅰ.①氣… Ⅱ.①副…②王… Ⅲ.①古文運動—中
國—唐宋時期—文集 Ⅳ.①I207.62－53

中國版本圖書館 CIP 數據核字(2013)第 168651 號

日本宋學研究六人集
# 氣 與 士 風
—— 唐宋古文的進程與背景
[日]副島一郎 著
王宜瑗 譯

上海世紀出版股份有限公司
上 海 古 籍 出 版 社 出版
(上海瑞金二路272號 郵政編碼200020)
(1)網址:www.guji.com.cn
(2)E－mail:guji1@guji.com.cn
(3)易文網網址:www.ewen.co
南京展望文化發展有限公司排版
上海世紀出版股份有限公司發行中心發行經銷
蘇州市越洋印刷有限公司印刷
開本850×1156 1/32 印張8.25 插頁5 字數182,000
2013 年 10 月第 1 版 2021 年 4 月第 2 次印刷
印數:1,501—2,300
ISBN 978－7－5325－6938－0
Ⅰ·2710 定價:38.00 元
如發生質量問題,請與承印公司聯繫

# 前　言

## 王水照

　　這套《日本宋學研究六人集》由六位日本中青年學者的論文集所組成，他們是(依姓氏筆劃排列)：內山精也《傳媒與真相——蘇軾及其周圍士大夫的文學》；東英寿《復古與創新——歐陽修散文與古文復興》；保苅佳昭《新興與傳統——蘇軾詞論述》；高津孝《科舉與詩藝——宋代文學與士人社會》；淺見洋二《距離與想象——中國詩學的唐宋轉型》；副島一郎《氣與士風——唐宋古文的進程與背景》。他們的論文大都從"宋學"、尤其側重于宋代文學方面展開，代表彼邦富有活力的研究力量，反映了最爲切近的學術動態，值得向我國學界同道譯介推薦。

　　"宋學"在我國經學史上原是與"漢學"相對舉的學術概念，簡言之，即是指區別于考據之學的義理之學。《四庫全書總目提要》卷一《經部總敘》云：清初經學"要其歸宿，則不過漢學、宋學兩家互爲勝負"，江藩的《國朝漢學師承記》、《國朝宋學淵源記》與方東樹的《漢學商兑》，就是一場學術紛爭夾雜門户之見的有名論爭。現代學者則把此語用作中國思想史上宋代"新儒家學派"的總稱。鄧廣銘《略談宋學》一文即"把萌興于唐代後期而大盛于北宋建國以後的那個新儒家學派稱之爲宋學"，而"理學"僅是宋學中衍生出來的一個支派，與"宋學"不能等同(《鄧廣銘治史叢稿》第164—165頁)。而陳寅恪則從中國學術文化史的角度立論,將它視作宋代學術文化的同義語。他在論述"新宋學"時指出:"吾國近年之學術,如考古歷史文藝及思想史等,以世局激蕩及外緣熏習之故,咸有顯著之變遷。將來所止之境,今固未敢斷論。惟可一言蔽之曰,宋代學術之復興,或新宋學之建立是已。"(《鄧廣銘宋史職官志考證序》,《金明館叢稿二編》第245頁)這裏的"新宋學"明確包括"考古歷史文藝及思想史等"各種領域,而"新宋學"之于"宋學",只是學術觀念的更迭出新,兩者的涵蓋面應是相同的,均指宋代整個學術文化。

　　"宋學"的上述三個界定,分別指向特定的對象和領域,各具學術內涵和意義,都有其存在的合理性;我們這套叢書命名中所説的"宋學",乃采用第三個界定,即指宋代整個學術文化。學術研究本來就有綜合與分析或曰宏觀與微觀的不同方法和視角,尤重在兩者內在的結合與統一,力求走向更高層次的綜合,獲得宏通的科學認識。研究宋代學術的每一個部類,總離不開對整個社會的認識與把握。因爲社會是一個有機整體,其構成中的每一個部類不能不受制於整體發展變化的狀況,各個部類之間又不能不產生無法分割的種種關聯。而説到對宋代社會的宏觀認識和整體把握,又不能不提到八十多年前蜚聲學界的"宋代近世説"的舊命題,對這個舊命題的系統檢驗和反思,對其含而未發的意藴的探求,需要我們把這個老題目繼續做深做透。這對宋代學術研究格局的拓展和深化,似乎還沒有失去它的價值。

　　日本京都學派的主要奠基人之一内藤湖南(1866—1934)提出了著名的宋代近世説,構想了以唐宋轉型論爲核心的完整的宋史觀。根據他在大正九年(1920)于京都帝國大學的第二回講義筆記修訂而成的《中國近世史》，開宗明義就説："中國的近世應該從什麽時候算起，自來都是按朝代來劃分時代，這種方法雖然方便，但從史學角度來看未必正確。從史學角度來看，所謂近世，不是單純地指年數上與當代相近而言，而必須要具有形成近世的内容。"他正確指出歷史分期中的"近世"不能照搬王朝序列，也不能單純按照距離當前的較"近"的年數計算，而應抓住"近世的内容"。而所謂"近世的内容"，就是其第一章"近世史的意義"所列出的八個子目："貴族政治的衰微與君主獨裁政治的代興；君主地位的變化；君主權力的確立；人民地位的變化；官吏任用法的變化；朋黨性質的變化；經濟上的變化；文化性質的變化"，這八種變化覆蓋了政治、經濟、文化三大領域，是全社會結構性的整體變動（譯自《内藤湖南全集》第十卷，亦可參見内藤湖南著、夏應元等譯《中國史通論》上册第 315 頁，社會科學文獻出版社 2004 年，譯文有小異）。

嗣後，他又發表了著名論文《概括的唐宋時代觀》和《近代支那的文化生活》。這兩篇論文，被宫崎市定斷爲構成内藤史學中"宋代近世説"的"基礎"性作品。前文發表於《歷史與地理》第九卷第五號（1922 年 5 月），對他的宋代觀做了一次集中而概括的表述，指出唐宋之交在社會各方面都出現了劃時代的變化：貴族勢力入宋以後趨於没落，代之以君主獨裁下的庶民實力的上升；經濟上也是貨幣經濟大爲發展而取代實物交換；文化方面也從訓詁之學而進入自由思考的時代。後文發表于《支那》（1928 年 10 月），著重論述宋代以後的文化逐漸擺脱中世舊習的生活樣式，形成了獨創的、平民化的新風氣，達到極高的程度，因而直至清代末期中國文化維持著與歐美相比毫不遜色的水準（參見宫崎市定《自跋集——東洋史七十年》第九“五代宋初”，岩波書店 1996 年）。

內藤氏的這一重要觀點，曾受到當時東京學派的質疑與駁難，但爭論的結果，他們也不得不承認唐宋之間存在一個“大轉折”，雖然依然否定宋代近世説。然而在日本史學界中，內藤氏的觀點仍然保持著生命力，影響深巨。尤其是他的門生宮崎市定(1901—1995)的有力支持。宮崎氏原先對這一觀點也抱有懷疑，經過認真的思考和研究，轉而不遺餘力地宣傳和證成師説，從多個學術專題上展開深入而具體的論證，成爲乃師學説的“護法神”。他在 1965 年 10 月發表的《內藤湖南與支那學》一文（《中央公論》第 936 期，收入宮崎市定著《亞洲史研究》第五卷，同朋舍）指出，“（內藤）湖南留給後代的最大的影響是關於中國史的時代區分論”，以往日本學者也有把宋代以後視爲“新時代”的開始的，“但是湖南則完全著眼於中國社會的全部的各種現象，尤其是社會構成和文化由唐到宋之間發生了巨大變化的這一事實”，從而確認“宋代以後爲近世”的這一判斷。作爲建樹了傑出業蹟的宋史研究專家，宮崎市定明確宣稱：“我的宋代史研究是以內藤湖南先生的宋代近世説爲基礎的”，他的研究正是以內藤氏的這一學説爲“基礎”而展開的。他首先注意經濟、財政、科技等問題，認爲“宋代近世説的依據在於經濟的發展，特別是古代交換經濟從迄於前代的中世性的停滯之中冒了出來，出現了令人矚目的復活”。並進而指出宋代已由“武力國家”轉變爲“財政國家”，財力成爲“國家的根幹”，甚至湧現出新型的“財政官僚”（均引自《自跋集——東洋史七十年》第九“五代宋初”）。宮崎氏的宋史研究範圍廣泛，內涵豐富，舉凡政治史（《北宋史概説》、《南宋政治史概説》）、制度史（《以胥吏的陪備爲中心——中國官吏生活的一個側面》、《宋代州縣制度的由來及其特色》、《宋代官制序説》)、教育史(《宋代的太學生活》)、思想史(《宋學的論理》)均有涉足,成績斐然。至於他的《宋代的石碳與鐵》、《支那的鐵》兩文,澄清了"認爲中國人本來就缺乏科學才能,長期陷於落後的狀態"這一"誤解",肯定"宋代所達到的技術革新具有世界史上的重要性",突出了宋代在科技史上的重要地位。

內藤、宮崎等人的宋代近世説,以唐宋之際"轉型論"爲核心,又自然推導出"宋代文化頂峰論"和"自宋至清千年一脈論"。

內藤氏在逐一推闡唐宋之際的種種變革時,衷心肯定其歷史首創性,其內在的思想基準是東亞文明本位論,即認爲以中國文化爲中心的東亞文化發展程度"非常高",比歐美文化高出一籌,而這個中國文化主要即是自宋至清的中國近世文化。宮崎市定的觀點就更爲鮮明,態度更爲堅決了。他的《東洋的文藝復興與西洋的文藝復興》一文(原載於《史林》第二十五卷第四號 1940 年 10 月、第二十六卷第一號 1941 年 2 月。後收入《亞洲史研究》第二卷,《宮崎市定全集》十九卷),首次提出了"宋代文藝復興説";而《宋元的文化世界第一》一文(原載於大阪市立美術館編《宋元的美術》1980 年 7 月,收入《宮崎市定全集》十二卷),文章的題目已猶如黄鐘之音、警世之幟。他寫道:"宋元這個時代,在中國歷史上是稀有的偉大的時代,是民族主義極度昂揚的時代。代之以軍事上的萎靡不振,中國人民的意氣全部傾注於經濟、文化之上,并加以發揚,取得了出色的成果。"他對宋代文化的推重,從中國第一到"世界第一",真是無以復加了。

內藤氏的唐宋轉型論確認宋代進入近世,君主獨裁政治形成并趨於成熟,平民地位有所提高;還進一步確認,這一歷史趨勢的持續發展,必然走向清末以後"共和制"的道路。這

就把宋代和當下(清末民初)連貫起來作歷史考察。宮崎市定
繼續發揮這一"千年一脉論":"據湖南的觀點,在宋代所形成
的中國的新文化,一直存續到現代。换言之,宋代人的文化生
活與清朝末年的文化生活幾乎没有變化。由於宋代文化如此
的發展,因而把宋代後的時期命名爲近世。……認爲宋代文
化持續到現代中國,是他的時代區分論的一大特點"。這裏既
指明宋代社會與清末當下社會的内在延續性,也爲"近世"説
提供時間限定的根據(《内藤湖南與支那學》)。

　　内藤氏的宋代近世説,以唐宋轉型或曰變革爲核心内容,
從横向上突出宋代文化或文明的高度成就,從縱向上追尋當
下社會的歷史淵源,體現了對歷史首創性的尊重,對歷史承續
性的觀察,體現了東方文化本位的思想立場,構成了完整的宋
史觀。

　　當我們把目光從東瀛轉向本土的學術界,就會饒有興趣
地發現一種桴鼓相應、異口同聲的景象。我國一大批碩儒耆
宿相繼發表衆多論説,與内藤氏竟然驚人一致。他們中有的
與内藤其人其書容有學術因緣,而絶大多數學者卻尚無法指
證受其影響,這種一致性更加使人驚異了。

　　首先是"轉型論"。陳寅恪於1954年發表《論韓愈》一文,
認爲韓愈是"唐代文化學術史上承先啓後轉舊爲新關捩點之
人物",即"結束南北朝相承之舊局面","開啓趙宋以降之新局
面"。他雖未涉及"上古"、"中世"、"近世"之類西方現代史學
的分期名詞,但這個確認此時爲新舊轉型的大判斷,是不容他
人置疑的。吕思勉的《隋唐五代史》第二十一章有言:"吾嘗言
有唐中葉,爲風氣轉變之會","唐中葉後新開之文化,固與宋
當畫爲一期者也。"柳詒徵《中國文化史》第十六章即題爲"唐
宋間社會之變遷",認爲"自唐室中晚以降,爲吾國中世紀變化

最大之時期。前此猶多古風,後則別成一種社會"。"宋代近世説"在這兩位史家筆下,已經呼之欲出。胡適作爲現代學術開風氣的人物,就直截了當用嶄新語言宣稱:從"西元一千年(北宋初期)開始,一直到現在",是"現代階段"或"中國文藝復興階段"或"中國的'革新世紀'"(《胡適口述自傳》第 295 頁,華文出版社 1989 年)。這裏的"現代階段"實與内藤氏的"近代階段"含義相通,"文藝復興階段"則與宮崎氏用語完全一致,至于"革新世紀"更是踵事增華,近乎標榜之語了。

視宋代文化爲中國歷史之最,這一觀點在中國史學界也成常識。表述突出、頗顯恢宏氣度的是陳寅恪爲鄧廣銘著作所作的序和鄧氏的一篇史學論文。陳寅恪作于 1943 年的《鄧廣銘宋史職官志考證序》云:"華夏民族之文化,歷數千載之演進,造極于趙宋之世。"而鄧廣銘在 1986 年寫的《談談有關宋史研究的幾個問題》中宣告:"宋代是我國封建社會發展的最高階段,兩宋期内的物質文明和精神文明所達到的高度,在中國整個封建社會歷史時期之内,可以説是空前絶後的。"陳氏還只説趙宋文化是"空前",鄧氏更加上"絶後",推崇可謂備至。比較而言,王國維顯得頗爲謹慎,他説:"天水一朝人智之活動與文化之多方面,前之漢唐,後之元明,皆所不逮也。"(《宋代之金石學》,《王國維遺書》第五册《静安文集續編》第 70 頁,上海書店 1983 年)他肯定兩宋文明前超漢唐,後勝元明,清代略而不論,當有深意存焉。胡適于 1920 年與諸橋轍次的筆談中,從中國思想史的角度提出:"宋代承唐代之後,其時印度思想已過'輸入'之時期,而入于'自己創造'之時期","當此之時,儒學吸收佛道二教之貢獻,以成中興之業,故開一燦爛之時代。"(見《東瀛遺墨》第 154 頁,上海人民出版社1999 年)

　　至于研究宋代和當下社會之間的聯繫,也是中國學者關注的重點。與内藤氏有過直接交往的嚴復,面對民國初年紛爭頻仍、國勢不寧的局勢,也從歷史資源中探尋救治之道。他説:"若研究人心政俗之變,則趙宋一代歷史,最宜究心。中國所以成爲今日現象者,爲善爲惡,姑不具論,而爲宋人之所造就,什八九可斷言也。"(《致熊純如函》,《學衡雜誌》第 13 期)錢穆在致一位歷史學家的信函中,也同樣强調宋代研究對於當下現實有著特殊的意義與價值,應注重近千年來在社會、經濟、文化形態上的種種聯結點。

　　簡略梳理中日學術史上"内藤命題"的相關材料,可以看到這個命題獲得範圍深廣的回應,吸引衆多一流學者直接或間接的參與,形成一場集體的對話,豐富了命題的内涵,使之成爲一個蘊藏無數學術生長點、富有學術生命力的課題。這首先由於内藤氏"是立足於中國史的内部,從中引出對中國歷史發展動向的認識",而不是單純憑藉"從外部引入的理論"來套中國史實;同時又能"把中國史全部過程,作整體性的觀察",避免了"不能從整體上把握中國史的缺陷"(谷川道雄《致中國讀者》,見内藤湖南著、夏應元等譯《中國史通論》)。谷川氏的這一概括,準確地抓住了"内藤命題"所包含的學術方法論上的兩大精神實質。

　　其次是命題的開放性。歐美史學界把内藤氏的宋代近世説稱之爲"内藤假説"(Naito Hypothesis),就是説其真理性尚待驗證、補充,并非不可動摇的金科玉律,更不是可以照搬照套的"指導原則"。事實上,内藤氏提出此説以及中國學者的相關述説,大都是基于他們深厚中國史學功底的大判斷、大概括,還未及作出細緻的論證和具體的展開(宫崎氏是個例外)。而"上古、中世、近世"的這套西方史學分期方法如何與"歷史決定論"或"歷史目的論"劃清界綫;宋代文化頂峰論能否成立,是否應有限定;宋代和清末民初社會之間千年一脈的歷史紐帶,也需作出有理有據的揭示,這些都有待後人的繼續探討。

　　然而,我們重提"内藤命題",從某種意義上説,不僅僅爲了求證"宋代近世説"的正確與否,其個别結論和具體分析能否成立,而主要著眼于學科建設的推進與發展。一門成熟的學科,既要有個案的細部描述與辨析,更需要整體性的宏觀敍事,其中應蕴含有一種貫穿融會的學理建構,即通常所説的對規律性的探索。由于對"以論帶史"、"以論代史"學風的厭惡,"規律性"、"宏觀研究"的名聲不佳,甚至引起根本性的懷疑。但不能設想,單靠一個個具體的實證研究,就能提升一門學科的整體水平。綱舉纔能目張,"内藤命題"關心宋代社會的歷史定位,關心其時代特質,關心社會各個領域的新質變化等等,就爲宋代研究提供了這樣一個"綱"。

　　收入這套叢書的六個集子,並非以宋代的整個學術文化爲論題,也不徑直宣稱以"宋代近世説"爲指導原則,但我們仍可看出在研究思路上的傳承和嬗變,學術精神上的銜接和對話。比如,淺見洋二的書名即標示出"中國詩學的唐宋轉型",副島一郎在《後記》中敍説他的《唐代中期的貨幣論》一文寫作的潛在學術淵源,即是顯例;而體現在他們各篇論證具體問題的論文中的宋史觀,則有更多的耐人尋味之處。如果説宮崎市定的宋學論文,論題廣泛而偏重於經濟、制度層面,並在一定程度上影響日本史學走向的話,那麽這套六人集卻多從文學層面落筆,而又突出"士大夫"即宋代文化的主要創造主體而展開,這在内山精也、淺見洋二、副島一郎等人的論文中均有著重的表現,而有的書名更明確揭示了"士大夫"或"士人社

會"是他們的論述基點。宋代以來,以進士及第者爲中心的
"士大夫"階層,取代六朝隋唐的門閥士族,而成爲政治、法律、
經濟決策和文化創造的主體,這本身就是中國社會"唐宋轉
型"的一大成果,也是認宋代爲"近世"的主要依據之一,而所
謂"自宋至清千年一脈論",在很大程度上也基于對這個特殊
階層之存在的體認。更重要的是,當"内藤命題"從經濟史、制
度史向思想史、文藝史領域延伸時,"士大夫"作爲創造主體的
地位就尤其顯著。據我所知,1999 年 3 月 21 日,日本的宋史
研究者曾在東京大學文學部召開一次專題討論會,名爲"宋史
研究者所見的中國研究之課題——士大夫、讀書人、文人或精
英",會議的主題就是呼唤以"士大夫"爲中心的研究。自此以
後,他們陸續在此課題上結集發表研究成果,如 1999 年勉誠
出版《亞細亞游學》7 號特集《宋代知識人之諸相》、2001 年勉
誠出版《知識人之諸相——以中國宋代爲基點》等。這確實可
以説反映了日本學術界的一個研究動向。

　　由于抓住了士大夫社會的特點,以及印刷技術作爲新興
的傳播媒體給這個社會帶來的巨大現代性,使内山精也從看
似平常的題目中發掘出了豐富而嶄新的意蘊。他論王安石
《明妃曲》、蘇軾"烏臺詩案"和"盧山真面目"等文,吸納融會接
受美學、傳播學等理論成果,描述宋代士大夫的心態和審美趨
向,讀來既感厚重而又興味盎然。淺見洋二的《距離與想象》
一書論題集中,他立足於對中國詩學史的總體把握和對批評
術語的特有敏感,從一系列詩學的或與詩學相關的命題中,細
緻地推考和論證"中國詩學的唐宋轉型",令人頗獲啓迪。所
謂"唐宋轉型",實際上從唐中葉起就初顯徵兆,與中唐樞紐論
異名同義。副島一郎即選取自中唐至北宋這一歷史時段切入
論題,對啖助、杜佑、柳宗元至宋初古文家、易學家進行探討,

舉證充分，結論平實可據。當然，經濟、制度等選題仍然受到學者的注意，尤其是宋代以來成熟的科舉制度，對士大夫社會的作用可謂舉足輕重，高津孝就有多篇論文涉及科舉與文學的關係，並有新的創獲。保苅佳昭、東英寿兩位則專注于作家個案研究，分別以蘇軾詞和歐陽修古文爲論題，曾引起中國同道的矚目。高津孝、保苅佳昭、東英寿三人都長于史實、文獻的考辨，發揚了日本漢學長期形成的優良傳統。高津孝對于古文八大家的成立過程的系統梳理，其結論引用率甚高；保苅佳昭對蘇軾詞的意象分析和編年考證，也顯出頗深的文史功底；東英寿對歐陽修文集版本的考察，亦稱縝密細緻，尤對日本尊爲“國寶”的天理圖書館藏本作了迄今所見最爲詳盡的考評，認定其版本價值居現存歐集諸本之首，殆成定讞。

　　我和這六位作者都有直接或間接的學緣關係，有的相識已達二十年之久。早在1990年，一批年輕的宋代文學研究者就在早稻田大學“宋詩研究班”的基礎上，成立了“宋代詩文研究會”，自那以來，他們組織了富有成效的研究，迄今爲止，舉辦了八次專題討論會，編輯了十二期《橄欖》雜誌，完成並出版了錢鍾書先生《宋詩選注》的日譯。而這六位作者，都是“宋代詩文研究會”的活躍成員。如今，他們年富春秋，屬於日語所謂的“四十代”，學術事業正如日中天，未可限量。祝願他們精進不止，繼續貢獻學術精品；同時盼望其他的日本學人來加盟這一宋學研究的群體，共謀學術發展。

# 目　　録

# 宋人眼裏的柳宗元

## 前　言

　　在論述唐與宋的古文復興之關係時，往往側重於宋人與韓愈的關係之上。如果從韓愈被視爲道統與文統的最正統的繼承者這一點上看，這種側重無疑是正確的。不過，對於唐代古文的另一重鎮——柳宗元與宋人的關係，又是如何看待的呢？迄今爲止的研究都認爲宋初人推崇韓愈而忽視柳宗元，崇韓抑柳的既定觀念籠罩了整個兩宋文壇①。但實際狀況並不如此單純。拙稿將試圖探討柳宗元的古文是如何被宋人解讀，對宋代古文又發生過怎樣的影響。

## 上篇　對柳文風格的評價
## 　　　　與柳文的影響

### 一、宋初對柳宗元的總體評價

　　儘管宋代古文的顯著特徵之一是向唐代古文尋求楷模或

---

① 　羅根澤《中國文學批評史》第三冊第 47、第 59 頁(上海古籍出版社)。

祖型①,但是唐與宋的古文風格迥異,比如早在南宋時羅大經就指出唐宋的差異:"韓柳猶用奇字重字,歐蘇唯用平常輕虛字,而妙麗古雅,自不可及。"(《鶴林玉露》甲編卷五"韓柳歐蘇"條)王水照先生也曾指出,作爲文學運動本身,宋代古文運動是文風的改革,有意選擇韓愈風格中通達流暢的一面而加以繼承發展②。那麼韓愈之外,柳宗元對宋代古文產生過什麼影響,宋人又是怎樣看待柳文的?

宋初古文提倡者的言論中雖然找不到有關柳宗元的具體評論,但總體評價都相當高。比如柳開(947—1000)"少慕韓愈柳宗元爲文,因名肩愈,字紹先"(《宋史·柳開傳》),他自己解釋改名更字的理由是:"謂其肩,斯樂古道也;謂其紹,斯尚祖德。退之大於子厚,故以名焉;子厚次之,故以字焉。"(《東郊野夫傳》)對韓柳都同樣尊崇。雖然柳開從道統觀念的角度,把柳宗元置於韓愈之次:"或問退之子厚之優劣,野夫曰:文近道不同。或人不諭。野夫曰:吾祖多釋氏,于以不殆韓也"(同上)。不過"文近道不同",反過來也就是説"道"雖不同而"文近",就文章本身而言,韓柳並沒有高低之別,所以柳開又曾説:"其言文之最者,曰元韓柳陸也。"(《答梁拾遺改名書》)

另一位古文復興的倡導者王禹偁(954—1001)也曾説:"近世爲古文之主,韓吏部而已。"(《答張扶書》)并主張應該繼承韓文的通達流暢;但同時也經常韓柳並稱,如"今攜文而來者,吾悉曰韓柳也"(《答鄭褒書》)、"會有以生(孫何)之編集惠余者,凡數十篇,皆師戴六經排斥百氏,落落然真韓柳之徒也"

---

① 郭紹虞《中國文學批評史》第320頁(上海書店《民國叢書》本)。
② 《宋代散文的風格》(收入《唐宋散文論集》,齊魯書社)。

（《送孫何序》）、"有進士丁謂者，……其文類韓柳"（《薦丁謂與
薛太保書》）等等。如果考慮到《答張扶書》一文是寫給學韓
愈、揚雄怪僻的張扶的，告誡張扶應該學韓愈的平易通達一
面，是有所專指的，那麼不妨認爲王禹偁其實不祇是推重韓
愈，而是兼宗韓柳的。

　　柳宗元在唐代已經確立了文章大家這一文學地位，宋初
的高度評價當然是承此而來的，但是在這裏還應該注意與宋
代更爲直接的五代時的柳宗元評價。正如羅根澤所指出，《舊
唐書》對柳宗元的評價相當高，相反對韓愈的評價卻不高①。
自晚唐至宋初，有關柳宗元的資料很少，無法追蹤其評價的變
遷之跡；但是《舊唐書》的評價對我們瞭解宋初的柳宗元地位
很有幫助，即宋初不僅僅是古文提倡者，一般人普遍對柳宗元
評價都比較高（柳文在五代之間是否流行，這是另一個問題）。
比如田錫（940—1003）在《題羅池廟碑陰文》稱頌柳宗元説：
"惟公之文，緯地經天；惟公之行，希聖齊賢。彬彬然若黼黻之
華衣，鏘鏘然若《咸》《韶》之在懸。"②田錫是"當時重其言"
（《四庫提要·〈咸平集〉提要》）的政治家，"詩文乃其餘事"（同
上），也不是古文提倡者，而且據説"其没也，范仲淹作墓志，
司馬光作神道碑，而蘇軾序其奏議，亦比之賈誼。爲之操筆
者皆天下偉人，則錫之生平可知也"（同上），可見田錫的思
想主張在同時代及後世都産生一定的影響或引起强烈的同
感。因此可以説田錫對柳宗元的這一評價在當時並不是一
種特殊的個別的見解，這一時期的人不但注重韓愈，也同時
看重柳宗元。

---

① 　羅根澤《中國文學批評史》第三册第35—36頁。
② 　柳宗元《河東先生集》附録卷上。現存的田錫《咸平集》未收。

## 二、柳文的保存狀況和評價

　　但是由於受到五代的戰亂及時代的文學好尚的影響，宋初韓柳的文集都嚴重殘缺。關於韓集，據歐陽修說："予爲兒童時，多遊其(李彦輔)家，見貯弊筐故書在壁間。發視之，得唐《昌黎先生文集》六卷，脱落顛倒，無次序。"(《記舊本韓文後》)是這樣一種狀態。至於柳集，據宋初最早校訂出版柳文的穆修說，當時祇存"百餘篇"①。因此宋初古文家的首要之務就是搜羅散佚的韓柳文章，並加以校訂出版。不過在古文家之前，北宋太平興國年間由朝廷主持纂修的《文苑英華》就已經致力於這項工作。南宋周必大《文苑英華序》中說："是時，印本絕少，雖韓、柳、元、白之文，尚未甚傳。……修書官於宗元、居易、權德輿、李商隱、顧雲、羅隱輩，或全卷收入"，因此我們可以通過《文苑英華》來瞭解北宋初柳文的保存情況。《文苑英華》中所收的柳文共有一九七篇，另外還有賦三篇，詩僅一首。就散文而言，收錄了現存作品的一半左右，這大概是當時所能網羅到的全部作品。這個數字要多於穆修所說的"百餘篇"，不過《文苑英華》"校完後是否刊刻，由於史料記載的含混，已經很難斷定"②，穆修恐怕没有看到《文苑英華》。不管怎麼樣，由此可知宋初柳文殘缺嚴重而且難以弄到手。更重要的是《文苑英華》所收的柳文有一個傾向，即與佛教有關的文章很少，祇有五篇，而且也没有收入《非國語》一文。

　　在《文苑英華》纂修之後，"當真宗朝，姚鉉銓擇(《文苑英

---

① 《唐柳先生集後序》。

② 《文苑英華》中華書局《出版説明》。

華》之)十一,號《唐文粹》。由簡故精,所以盛行"(《文苑英華序》)。但從實際的收録狀況來看,姚鉉的《唐文粹》中也曾收録了《文苑英華》所未收的作品,也就是説姚鉉獨自搜尋到了他人所未見的柳宗元文章。不過即便如此,《唐文粹》所收的柳文中,與佛教有關的文章祇有兩篇①,《非國語》也還是没有被收録。姚鉉在此書的《序》中曾説:"以古雅爲命,不以雕篆爲工。"可見他擇取作品是有明確標準的;但是有關佛教的文章收録得很少,恐怕與這種標準無關,而是在宋初穆修出版柳集之前,柳宗元的衆多的和尚碑、序及《非國語》等這些在後世引起争議的作品幾乎不爲人們所知道的緣故。既然如此,就不難想到這種狀况與宋初的柳宗元評價有密切關係。如上文所引,柳開曾有"(韓柳)文近道不同。或人不諭"一語。有人"不諭",這正是表明柳宗元有關佛教的文章幾乎不被人們所知曉,因此,對於當時祇能讀到有限的柳文的宋人來説,韓柳是志同道合的,而柳開也正是針對這一認識而特意辨别韓柳的異同的。直到穆修校訂出版了柳集後,柳宗元的整體面貌纔爲人們所知。

《唐文粹》是一部以繼承唐代古文爲己任的具有自覺性的選集,《序》云:"今世傳唐代之類集者,……率多聲律,鮮及古道,蓋資新進後生干名求試者之急用爾。豈唐賢之文,跡兩漢,肩三代,而反無類次,以嗣於《文選》乎?"據《文苑英華序》説此書"盛行",這表明他對唐代古文家的認識也與當時的古文家是一致的,或給予了一定的影響。比如,《唐文粹序》説:"韓吏部超卓群流,獨高遂古,以二帝三王爲根本,以六經四教爲宗師,憑陵轥轢,首唱古文,……於是柳子厚、李元賓、李翺、

---

① 《唐文粹》卷六二、六四各收一篇。

皇甫湜又從而和之。"而稍後的宋祁的《新唐書·文藝傳序》中
承襲了這一見解。此外宋初不少人都認爲唐代古文是韓愈首
倡,柳宗元"從而和之"的,如王禹偁、陳彭年、石介等①。然而
到了歐陽修,卻把柳宗元視爲"韓門之罪人"。如下篇所述,這
一看法直接源於道學主張。由於歐陽修如此貶斥柳宗元,再
加上宋代古文中道統觀念强烈,以至於後世產生一種錯覺,以
爲自宋初起就祇推重韓愈而貶低柳宗元。比如羅根澤説:"他
們(宋祁和歐陽修)混淆二人關係就是出於崇韓抑柳的既定觀
念。"②歐陽修確實有崇韓抑柳的既定觀念,但其他人的言論
未必出於這個"既定觀念"。《唐文粹序》把柳宗元置於韓愈的
弟子行列之中,這是否出於"既定觀念"呢? 我以爲不是。因
爲宋初以來對柳宗元的評價一直很高,而從柳文的保存情况
來看,穆修之前一般認爲韓柳是志同道合的,並沒有什麼"既
定觀念"的存在。《唐文粹序》所言祇是一個順序問題,即韓先
柳後。正如清代王士禛所指出的那樣"韓吏部文章至宋始大
顯"③,宋人對韓愈古文的評價及文學史上的地位並非是承唐
人的評價而來的,而是宋人自己對韓愈的一種重新發現,並使
之一躍而成爲尊崇的對象。順勢宋人就認爲古文的首倡者是
韓愈,而且這種意識很强烈,以至於認爲柳宗元不過是"從而
和之"。既説"從而和之",就意味着韓柳兩人是同"道",也就
不可能從道學思想來貶斥柳宗元,而且實際上宋初的道學思
想也尚未成熟,因此宋初人並非出於所謂的道統主張而來批
評對佛教有所肯定的柳宗元,並把他置於韓愈之下的。另外

---

① 如王禹偁《再答張扶書》、陳彭年《故散騎常侍東海徐公集序》、石介《上
　趙先生書》。
② 羅根澤《中國文學批評史》第三册第59頁。
③ 《池北偶談》卷一五"皇甫湜評韓文"條。

《唐文粹》收韓文五十七篇、詩賦八篇，而柳文六十篇、詩賦未收，在這裏也看不出崇韓抑柳的傾向，相反可以説《唐文粹》把柳宗元也看作是擔負着"古道"的古文大家。至於不收詩賦，大概是因爲流傳極少之故，連《文苑英華》也僅收一首而已。

　　總集、選集等的編纂之後，更重要的是必須做別集的復原工作。首先是穆修(979—1032)收集韓柳之文，並加以校訂出版，爲宋代古文復興奠定了一大基石，"韓柳之文因伯長而後行"①。但是當時一般士人對柳文的態度卻是這樣的：

　　　　(穆修)晚年得柳宗元集，募工鏤版，印數百帙，攜入京相國寺，設肆鬻之。有儒生數輩至其肆，未評價直，先展揭批閲。修就手奪取，瞑目謂曰：汝輩能讀一篇，不失句讀，吾當以一部贈汝。其忮物如此，自是經年不售一部。②

穆修的態度當然有問題，但即便如此，柳集一部都沒有賣出去，這就説明在西昆體盛行的當時，一般士人還是對柳文不感興趣。穆修在這種時期出版柳集，其先驅之功不可謂不鉅。關於他本人對柳宗元的評價，他在《唐柳先生集後序》中説道：

　　　　至韓柳氏起，然後能大吐古人之文，其與仁義相華實而不雜。如韓《元和聖德》、《平淮西》，柳雅章之類，皆辭嚴義密，制述如經，能举然聲唐德於盛漢之表篋愧讓者，

---

① 《河南穆公集》附録《穆參軍遺事》引《言行録》。
② 宋魏泰《東軒筆録》卷三。同樣的軼事，邵伯温《易學辨惑》、朱辯《曲洧舊聞》卷四亦有記載，内容稍異，穆修所售者不但有柳集，還有韓集。此記載真偽莫辨，但穆修對韓愈文章的彙集校訂確實早於歐陽修，他有可能同時出售韓柳文集。

> 非二先生之文則誰與？……（柳文）真配韓之鉅文
> 與！……世之學者，如不志於古則已；苟志於古，求踐立
> 言之域，捨二先生而不由，雖曰能之，非余所敢知也。

不言而喻，穆修的評價與一般的士人成鮮明的對比。值得注目的是，儘管此時柳宗元的整體面貌已經顯露，但穆修仍然把柳宗元與韓愈放在同一地位之上，這不僅僅是出於序文的廣告宣傳之功用，更是由於穆修也繼承並發展了宋初已有的視韓柳爲同道的見解。而穆修的應該並重韓柳的這一主張和宣傳活動，通過他的弟子尹洙、蘇舜欽等人而帶給下一代很大的影響。

　　以上論述了柳文的保存情況和評價問題，那麼穆修之前的宋初古文與柳宗元的古文之間是何種關係？宋初的古文一般多晦澀難懂，其原因之一，如王運熙先生所指出的那樣，當時對古文有誤解，以爲晦澀就是古雅①。韓柳文都對造成這一誤解起過作用，而柳文的作用或者可以説更大於韓文，因爲柳文不但也受到與韓文同樣的推崇，而且宋人往往訴説柳文比韓文更難讀②。因此就作品而言，宋初古文的成就不高，往往成爲後世批評的靶的。比如王士禎説："予讀《河東集》，但覺苦澀，初無好處，豈能言之而不能行也。"③而《四庫提要》也贊成王士禎的這一評價，以爲"非過論也"。同樣穆修的文章

---

① 《韓愈散文的風格特徵和他的文學好尚》第 243、第 248 頁（收入《漢魏六朝唐代文學論叢》，上海古籍出版社，1981 年）。

② 比如沈晦《四明新本柳文後序》、嚴有翼《柳文序》、陸之淵《柳文音義序》、張敦頤《韓柳音釋序》等各注本都説柳文難解，連朱熹也認爲"文之最難曉者，無如柳子厚"（《朱子語類》卷一三九《論文上》）。

③ 《池北偶談》卷一七"柳開論文"條。

雖在當時有聲譽①，而後世的評價卻也不高，王士禛就批評說："文幼拙，亦(柳)開纇，詩尤不工。唐末宋初風氣如此。"②總之，這一時期還是準備階段，古文創作較多地受到柳文怪僻一面的影響。

## 三、宋代文風的自覺：尹洙和宋祁

穆修門下有尹洙兄弟、蘇舜欽兄弟等人，他們當然會跟從老師而學一點柳文。其中最重要的是尹洙(1001—1047)，字師魯，因爲宋代簡古的文風始自於尹洙。關於尹洙是如何看待柳宗元，並如何學柳的，現在還不太清楚，不過他主要學韓愈。這是因爲穆修是到了晚年纔出版柳集的，而在此之前，當時的古文家一般都認爲韓主柳從；同時穆修具有排佛思想③，在其母親的葬禮上也是"日誦《孝經》、《喪記》，未嘗觀佛書，飯浮屠氏也"(蘇舜欽《哀穆先生文》)。既然老師如此，作爲弟子的尹洙自然也强烈地主張排佛④，由此而尊崇韓愈。但是並不能因此就認爲尹洙一定會非難、批評柳宗元，因爲當時一般都把柳宗元視爲韓愈的響應者，而且先生穆修又是那麼推重柳文。事實上，范仲淹就曾指出柳文也是尹洙所師範的一個主要對象："天生師魯，有益當世。爲學之初，時文方麗。子師何人？獨有古意，韓柳宗經，班馬序事。"(《祭尹師魯舍人文》)

---

① 《宋史·穆修傳》："一時士大夫稱能文者，必曰穆參軍。"
② 《池北偶談》卷一七"柳仲塗集"條。
③ 穆修的排佛思想與他的柳宗元評價有何聯繫，現不詳。穆修的友人中有秘演，而秘演是一位"善詩，復辨博，好論天下事，自謂浮圖其服而儒其心"(尹洙《浮圖秘演詩集序》)的詩僧。這一時期道學思想尚未成熟，而排佛也不如後世那樣激烈。
④ 《送李侍禁序》等。

所以我們可以推想尹洙也學過柳宗元。同門的蘇舜欽則明顯地受到柳宗元的影響,比如他的《滄浪亭記》顯然是學柳宗元的《鈷鉧潭西小丘記》的。

其實尹洙的簡古的古文與柳宗元似乎有着隱微的關係。在探討這一關係之前,先來看尹洙是如何形成簡古文風的。

> (錢文僖公)命永叔、師魯作記。永叔先成,凡千餘言。師魯曰:“某止用五百字可記。”及成,永叔服其簡古。永叔自此始爲古文。　(《河南邵氏聞見前錄》卷八)

這則軼事不但説歐陽修創作古文是受了尹洙的啟發,而且還指出歐陽修的文風也是受尹洙的啟發,而這一點至關重要。宋初的王禹偁雖然主張古文應該通達,但還沒有提到簡潔,穆修也沒有這樣的主張①,可以説正是因爲尹洙有意識地追求簡古的文風,纔使這一風格成爲宋代古文的基本路線。另外《朱子語録》卷一三九《論文上》中曾記載歐陽修改文一事:“頃有人買得他《醉翁亭記》稿。初説‘滁州四面有山’,凡數十字。末後改定,祇曰‘環滁皆山也’五字而已。”由此可知,歐陽修實際創作時確實也以簡潔爲宗旨,而這正是受尹洙影響的結果。

至於尹洙之所以崇尚簡古,這主要是因爲他學《春秋》的緣故。范仲淹早已指出這一點:“師魯深於《春秋》,故其文謹嚴,辭約而理精。”(《尹師魯河南集序》)歐陽修也認爲“師魯爲文章,簡而有法”(《尹師魯墓志銘》),“述其文,則‘簡而有法’。

---

① 穆修的别集中找不到主張簡古的言論。另沈括《夢溪筆談》卷一四記載:“(穆)修張(景)嘗同造朝,待旦於東華門外。方論文次,適見有奔馬踐死一犬,二人各記其事,以較工拙。穆修曰:‘馬逸,有黃犬遇蹄而斃。’張景曰:‘有犬死奔馬之下。’時文體新變,二人之語皆拙澀,當時已謂之工。”據此看來,修之文較冗長,談不上追求簡古風格。

此一句在孔子六經,惟《春秋》可當之;其他經非孔子自作文章,故雖有法而不簡也"(《論〈尹師魯墓志〉》),都點明尹洙的簡古文風是淵源於《春秋》。尹洙著有《五代春秋》二卷,《四庫提要》說:"穆修《春秋》之學,稱授之於洙。然洙無說《春秋》之書,惟此一編。筆削頗爲不苟,多得謹嚴之遺意,知其《春秋》之學深矣。"點出了穆修、尹洙與《春秋》學之間的關係。由於《春秋》學在宋人思想中佔有極重要的地位,因此不僅尹洙一人,整個宋代古文的簡古文風都與《春秋》有着密切關係。而柳宗元的《春秋》學是宋代《春秋》學的源流,產生過鉅大的影響,因而在此點上,柳宗元也可能對穆修、尹洙產生過影響。

天聖二年(1024)與尹洙同時進士及第的人中有宋祁(998—1061)。宋祁是文壇之傑,與兄宋庠一起"以文學名擅天下"(《宋史·宋庠傳》)。他的《新唐書·柳宗元傳》是考察柳宗元評價之變遷的重要文獻,僅就柳文評價而言,就與《舊唐書》明顯不同。《舊唐書》稱贊柳宗元"尤精西漢、《詩》、《騷》",對此《新唐書》則認爲柳宗元"爲文章卓偉精微",由稱贊柳宗元的文學素養而變成直接稱道他的作品本身。同時,宋祁在撰寫《新唐書》時引錄了大量的韓柳文章[1],由此也可窺知,宋祁很重視柳文;而且既然《新唐書》是正史,這種重視自然也反映了當時士人對柳文的看法。

不過宋祁在具體評價柳宗元文章時,又認爲柳文不如韓文:"柳州爲文或取前人陳語用之,不及韓吏部卓然不朽,不丐於古而一出於己。"(《筆記》卷上)而他自己在創作時,也努力貫徹韓愈的"惟陳言之務去"之精神,並明確宣言:"韓愈曰:'惟陳言之務去',此乃爲文之要。"(同上)他把韓愈的文章推

---

① 　趙翼《廿二史劄記》卷一八"《新書》好用韓柳文"條。

爲第一,所以有意識地選取韓愈的創作特點,並由此得出柳文
不如韓文的觀點。值得注意的是,宋祁與他之前的柳開、王禹
偁、穆修等人不同:柳開等人祇是概括地主張學韓愈;而宋祁
則與尹洙一樣,開始摸索起古文創作的具體方法,不過宋祁所
選擇的主要是韓愈文風中晦澀的一面。因而他喜作晦澀之
文,並因此受到歐陽修的嘲諷①。儘管宋祁的主張在後世缺
乏響應,但由此可知當時宋代士人開始尋求自身所獨有的新
文風,即一是尹洙的簡古之風,一是宋祁的晦澀之風。

## 四、文學好尚的變化

在尹洙、宋祁等人開始摸索新文風的背景中,還有一個重
要的現象,那就是當時讀書內容及文學好尚發生了變化。下
面來看一下這種變化的產生之由,及其與柳文之關係。陸游
《老學庵筆記》卷八曾指出這種變化:

> 國初尚《文選》,當時文人專意此書,故草必稱"王
> 孫",梅必稱"驛使",月必稱"望舒",山水必稱"清暉"。至
> 慶曆後,惡其陳腐,諸作者始一洗之。方其盛時,士子至
> 爲之語曰:"《文選》爛,秀才半。"

另外閻若璩給《困學紀聞》卷一七"李善精於《文選》"條所附的
按語也説:

> 《新唐書》)《蕭至忠傳》,(蕭)嘗出(太平公)主第,遇

---

① 祝穆《事文類聚》別集卷五"文不必換字"載:"宋景文公修唐史,好以艱
深之辭文淺易之説,歐公思有以諷之。一日大書其壁曰:'宵寐匪貞,札
闥洪休。'宋見之曰:'非"夜夢不祥,書門大吉"耶?何必求異如此!'歐
公曰:'《李靖傳》云"震雷無暇掩聰",亦是類也。'宋公慚而退。"

宋璟。璟戲曰:"非所望於蕭傅。"此用潘安仁《西征賦》語。司馬公作《通鑒》,改曰:"非所望於蕭君也。"便是不知出《文選》。宋景文則自言手抄《文選》三過矣。

從這些記載中我們可以窺出,在慶曆前後士人的文學教養發生了變異,即對《文選》的重視程度由强至弱。雖然顧炎武《日知録》卷二六"《新唐書》"條中曾説:"昔人謂宋子京不喜對偶之文,其作史,有唐一代遂無一篇詔令",這一記載似乎與上文中"手抄《文選》三過"的記載有矛盾,但是就大體而言,在慶曆之前《文選》是主要的文學課本,科舉也以詩賦爲主。比如比宋祁年少的歐陽修(1007—1072)也是如此,他自己回顧往事説:"況今世所謂四六者,非修所好。少爲進士時,不免作之。自及第,遂棄不復作。"(《答陝西安撫使范龍圖辭辟命書》)也就是説,宋祁、歐陽修這一代人年輕時爲了科舉,不得不致力於對偶之文。而司馬光生於大中祥符三年(1019),比宋祁小二十一歲,寶元元年(1038)進士及第。慶曆元年是1041年,因此似乎很難説司馬光的有關《文選》的學養不如宋祁,是由於科舉之故;但是司馬光確實不喜歡四六文,後來神宗要擢他爲翰林學士時,他也以"臣不能爲四六"爲由予以推辭[1],因此可以説,從宋祁到司馬光這之間,讀書内容、文學好尚的變化逐漸在加劇,即在唐宋之際風行一時的《文選》學,到了慶曆前後開始衰微。導致文學好尚的變化,其原因衆多而複雜。不過,爲什麽陸游把這種變化定在"慶曆"時期?這大概是因爲所謂的慶曆新政對導致這種變化曾起過很大作用,同時慶曆以後,這種變化也更加明確化了。

---

[1]　參看蘇軾《司馬溫公行狀》。司馬光推辭的口氣很堅決,而從他推辭的理由來看,也並非單純是禮法上的原因。

　　慶曆年間范仲淹等人實施諸多政治改革,其中尤爲重要的是教育制度的改革。張邦煒、朱瑞熙的《論宋代國子學向太學的演變》一文中曾這樣論述道:

　　　　北宋中央官辦學校舍國子學外別無他校的狀況,是在慶曆三年打破的。這年,採納天章閣侍講、史館檢討王洙和國子監的建議,成立四門學。一年後,太學單獨建校。太學與四門學教育對象相同,都"以八品以下及庶人子孫補充學生"(《續資治通鑒長編》卷一四八"慶曆四年四月壬子"條)。因此太學一設,四門學旋廢,又出現了國子學、太學並立的局面。值得注意的是,宋代太學一經出現,其性質便與唐代太學不相同。如果説太學在唐代爲中級官僚子弟的特殊學校,那麼,它在宋代則爲混雜士庶子弟的普通學校。①

他們把自北宋初至慶曆二年(1042)之間作爲國子學向太學演變的第一階段,認爲"其基本特徵爲國子學招生範圍擴大,等級界綫縮小";又把慶曆三年至熙寧四年(1071)作爲第二階段,"其基本特徵爲太學獨立建校並逐漸興旺"(同上)。這種士庶的混合肯定會給文學好尚帶來變化,尤其是在慶曆以後,變化更大(在這裏我們很容易想到宋代庶民文化勃興這一特點)。宋祁、歐陽修、司馬光等人並非不會作四六文,在年輕的時候對《文選》也相當用功學過,儘管如此,他們卻基本上排斥西昆體一類的、如《文選》那樣的浮華偶儷之文,而主張"不爲空言,而期於有用"②。他們這麼主張的原因主要是基於其思

───────────────

① 收入《宋史研究論文集》第 222 頁(河南人民出版社,1984 年)。

② 歐陽修《薦布衣蘇洵狀》。

想,但是僅僅有個人的思想因素是不夠的(雖然主張與思想因素密不可分),還與自這一時期起文學好尚已經出現了變化這一因素有關。對於藝術的風格或好尚,僅從思想方面是不足以說明問題的。這一點在司馬光身上已經顯現了出來。

《文選》學的衰微還與宋初以來的學問趨向有關。宋初儒學衰落至谷底①,而隨後又漸漸復興,至宋仁宗時"士之服儒術者不可勝數"②,呈現出活躍之狀。尤其慶曆之後,范仲淹的科舉改革更直接推進了這種學問趨向。"慶曆中,興太學,下湖州取其法,著爲令。(胡)瑗既爲學官,其徒益衆,太學至不能容,取旁官舍處之"③,可見范仲淹科舉改革效果之顯著。隨着這種文學好尚的變化以及儒學的復興,《文選》逐漸受到冷落,取而代之的是韓柳古文的流行。

自西昆體衰微至嘉祐年間曾流行過所謂"太學體",這種文體以生澀怪僻爲特徵④,而這一文風無疑是受到了韓柳文章的一個方面的影響的。比如據歐陽發的《歐陽修事跡》記載,當時科舉考試的答卷中甚至有"僻澀如'狼子豹孫'、'林林逐逐'之語",而這"林林逐逐"正如葛曉音所指出的那樣,"就出自柳宗元的《貞符》中'林林總總'一語"⑤。當時的太學有所謂的"三先生",即孫復、胡瑗、石介,因此太學生的文章規範應該是韓柳之文。從"三先生"的思想來看,太學生大概是以

---

① 參看《文獻通考》卷三〇。馬端臨説:"愚嘗讀此二篇(歐陽修《陳氏榮鄉亭記》、張穆之《觸鱗集》)而後知,五代之時雖科舉未嘗廢,而士厄於離亂之際,不得卒業,或有所長而不能自見,老死閭閻不爲少矣。"

② 《宋史·選舉志》第三。

③ 《續資治通鑒長編》卷一八四"仁宗嘉祐元年十二月乙卯"條。

④ 葛曉音《北宋詩文革新的曲折歷程》(《中國社會科學》1989 年第 2 期,第 115 頁)。

⑤ 同上,第 117 頁。

韓文爲主要學習對象,但"三先生"也並不貶斥柳宗元,相反還相當重視,那麼柳宗元對當時文風的影響不會很小。嘉祐二年(1057)歐陽修知貢舉,力行文風的改革,宋代古文復興達到了完成期。從穆修到歐陽修諸人的這一期間,宋代古文風格的自覺開始萌發,古文創作的具體方法開始被摸索,雖然其中出現了"太學體",但這也是實踐過程中的一個失誤。在這一期間,韓愈作爲唐代古文的首倡者佔據主要地位,而柳宗元也沒有被忽視,對當時的簡古文風和晦澀文風,韓柳都同樣產生過影響。

## 五、蘇軾和柳宗元

歐陽修不喜柳宗元,專學韓愈。關於歐陽修與柳宗元的關係將主要在下篇中加以分析,但這不過是他個人對柳宗元的態度,對他同時期及以後的宋代古文與柳文的關係似乎影響不大,相反,蘇軾與柳宗元詩文的關係很重要。蘇軾是歐陽修知貢舉的嘉祐二年的進士,後來成爲文壇的領袖,影響極大,而他晚年尤其喜讀柳集,從柳宗元詩文中所學甚多,所以有必要探討一下蘇軾與柳宗元詩文的關係。

衆所周知,蘇軾貶謫海南島時,"惟陶淵明一集、柳子厚詩文數冊,常置左右,目爲二友"(《答程全父推官書》)。不但他自言如此,後人也多認爲蘇軾受陶柳文學影響甚鉅,如南宋的呂本中說:"東坡晚年叙事文字多法柳子厚"(《童蒙詩訓》"東坡之文")①,羅大經說:"歐似韓,蘇似柳。"(《鶴林玉露》卷五)而另一方面,陶柳的價值也因蘇軾的推崇而在宋代得到承認

---

① 　收入郭紹虞輯《宋詩話輯佚》。

和崇尚:"陶淵明、柳子厚詩,得東坡而後發明。"(張戒《歲寒堂
詩話》卷上)

　　先不論陶淵明,關於柳宗元的詩,在唐代幾乎不爲人所矚
目,現在也祇能讀到司空圖的評論"今於華下方得柳詩,味其
探搜之致,亦深遠矣"(《題柳柳州集後》)而已,這大概是因爲
柳詩的風格不合唐人趣味,而與宋人所崇尚的詩風相近。至
於陶詩,白居易曾作有《效陶潛體詩十六首》,這説明在唐代已
有一些先行者推崇、學習陶詩;不過對陶詩的真正的接受和推
崇則始於宋代①。陶柳二人在宋代得到"發明",不僅僅是因
爲他們的詩風與宋人的文學好尚偶然相合,更是因爲宋人積
極主動地吸取陶柳詩風的結果。可以説,陶柳詩在宋人形成
自身審美感、藝術觀上起了很大的作用。蘇軾曾這樣論述過
陶柳的詩風:

　　　　柳子厚詩在陶淵明下,韋蘇州上。退之豪放奇險則
　　過之,而溫麗靖深不及也。所貴乎枯澹者,謂其外枯而中
　　膏,似澹而實美,淵明、子厚之流是也。

　　　　　　　　　　　　　　　　(《東坡題跋》卷二《評韓柳詩》)

　　　　獨韋應物、柳宗元發纖穠於簡古,寄至味於澹泊,非
　　餘子所及也。　　　　　　　　　　(《書黃子思詩集後》)

他的這些議論可以説代表了宋人崇尚簡古澹泊的藝術觀。正
是由於崇尚這種風格,蘇軾才學柳宗元,其他宋人也學柳宗
元。比如黃庭堅也推崇陶柳:"故手書柳子厚詩數篇遺之,欲
知子厚如此學陶淵明,乃爲能近耳。"(《跋書柳子厚詩》)並熱

────────────

① 　關於此間狀況,據中華書局《古典文學研究資料彙編·陶淵明卷》可簡
　　便查知。

心地學他們的風格,寫過《遊愚溪》等作品。歐陽修也説:"我亦奇子厚,開編每徘徊。作詩示同好,爲我銘山隈。"(《永州萬石亭》)梅堯臣則有《乞巧賦》(乃仿柳宗元的《乞巧文》而作),這些都顯示出了學柳的態度。另外陶柳並重的觀點,在宋代隨處可見,甚至認爲就詩而言,"退之詩不如子厚"①。

　　然而蘇軾雖然贊賞柳詩,但很少言及柳文的風格。難道蘇軾對柳文評價不高嗎?既然是出於同一作家之手,其文學風格或内在境界應該是相同或相近的,正如司空圖所論的那樣:"作者爲文爲詩,格亦可見。豈當善於彼而不善於此邪?"(《題柳柳州集後》)蘇軾在海南時不但喜好柳詩,而且如他所自叙的那樣也愛讀柳文。這不僅是因爲他自身的困境與柳宗元相仿佛,而且也一定是因爲他認爲柳文與柳詩有共同點。至於很少論及柳文的風格,可能是因爲一談到文章,往往話題就會偏向於思想内容的一面,而且蘇軾還和當時的士大夫一樣,以爲"文章以華采爲末,而以體用爲本"(《答喬舍人啟》),"有意於濟世之用,而不志於耳目之觀美"(《答虔倅俞括奉議書》),因此在論柳文時,比起風格來,往往更側重於思想方面的問題。順便提一下,宋代出現了很多詩話,但同樣性質的文話卻一部也沒有,這顯示出詩評與文評的性質也不同。就思想而言,蘇軾未必一定會與柳宗元相合;而如果遇到與柳宗元意見相合處,蘇軾就會不吝言詞地加以稱揚,比如他稱贊柳氏説:"柳子厚南遷始究佛法,作曹谿南嶽諸碑,妙絕古今。……以謂自唐至今,頌述祖師者多矣,未有通亮簡正如子厚者。蓋推本其言,與孟軻氏合,其可不使學者晝見而夜誦之?"(《書柳

---

① 李塗《文章精義》。另外,如張耒也曾説:"退之作詩,其精工乃不及柳子厚。"(《明道雜志》)

子厚大鑑禪師碑後》)而蘇軾對柳宗元的“通亮簡正”之風的高度評價,正與他的柳詩評價是一致的。

在此值得一提的是柳宗元的盟友劉禹錫的評論。他評柳文説:

> 其詞甚約,而味淵然以長;氣爲幹,文爲支,跨躒古今,鼓行乘空;附離不以鑿枘,咀嚼不有文字;端而曼,苦而腴,佶然以生,癯然以清。　　　　(《答柳子厚書》)

劉禹錫的這段評論與蘇軾對柳詩的評價是一致的,或者説是相近的。這樣看來,不但是柳詩,而且柳文的風格也與宋人的藝術觀有相近之處,那麼柳文也極有可能對宋人藝術觀的形成給予較大的影響。

蘇軾的詩文雖也學柳宗元,但柳宗元不過是他衆多取資對象中的一個,並被他融化爲一體,升華爲蘇軾獨自的風格。比如王十朋曾這樣評論蘇文的特點:“子厚之文,温雅過班固;退之之文,雄健過司馬子長。歐陽公得退之之純粹,而乏子厚之奇;東坡馳騁過於諸公,簡嚴不及也。”(《梅溪王先生文集》卷一九《雜説》)在考察柳與蘇的關係時,最重要的是蘇軾積極地學柳宗元,並啟發了宋人對柳宗元的關心,同時對柳宗元的評價因蘇軾的出現而大爲提高。比如在北宋就有曹輔(生卒年不詳,嘉祐八年進士乙科)於紹聖二年(1095)作《祭柳侯文》①,稱揚柳文説:“其文也若秋濤之鼓雷風兮,洶涌澎湃而無垠。若八駿之騁通衢兮,王良執策而造父挾輪。老韓駭汗以縮手兮,翱、湜喪氣而噤脣。”誇張柳文之優,讓韓愈、李翱、皇甫湜等人縮手噤聲。作此文時,曹輔正在廣西任提點刑獄,

---

① 《增廣注釋音辯唐柳先生集》附録。

他的頌揚自然有應景的成份,不能不打折扣,但儘管如此,這樣的評價也是前所未有的。蘇軾在惠州時(紹聖元年—四年)曾與曹輔多次書信往來,秦觀也曾爲他的詩集作序《曹虢州詩集序》,可見他與蘇秦等人關係比較密切。雖然不清楚《祭柳侯文》是否受蘇軾的影響而作,但是至少説明蘇軾之後"韓主柳從"的觀點確實發生了變化,而《祭柳侯文》的出現正反映了這種變化。這種變化的明確標志就是崇寧三年(1104)下敕初封柳宗元爲"文惠侯"①。這雖然是"從斯(指柳州)民之欲"②,但其背後還是有着尊崇柳宗元這一因素。

## 六、柳文的影響

自北宋末年起,有關韓柳歐蘇詩文的具體評論開始出現,至南宋則更不勝枚舉。同時南宋還編纂了不少當朝人的古文選集,不過流行於世的祇有數種,據《四庫提要·〈崇古文訣〉提要》説:"世所傳誦,惟呂祖謙《古文關鍵》、謝枋得《文章軌範》及(樓)昉此書而已。"關於《崇古文訣》,《四庫提要》認爲:"此書篇目較備,繁簡得中,尤有裨於學者,蓋昉受業於呂祖謙,故因其師説,推闡加密,正未可以文皆習見而忽之矣。"《直齋書録解題》以《迂齋古文標注》一名著録此書,也認爲:"大略如呂氏《關鍵》,而所取自《史》、《漢》而下至本朝,篇目增多,發明尤精當,學者便之。"

《古文關鍵》的卷首有《總論》,分析歸納了韓柳歐蘇各自的風格,以及如何學古文的方法。從《古文關鍵》給予《崇古文

---

① 柳宗元《河東先生集》附録卷上載薛昂《初封文惠侯告詞》。

② 丘崇《重修羅池廟記》(柳宗元《河東先生集》附録卷下)。

訣》等書的影響來看,可以説吕祖謙的意見在當時是具有普遍性和合理性的。《四庫提要》評此書"實爲論文而作,不關講學",《直齋書録解題》也説它"標抹注釋,以教初學",可見此書較少道學偏向。從此書《總論》中的議論來看,吕祖謙似乎也認爲蘇軾的文章受柳文的影響比較多,比如他歸納柳宗元的文風特徵是"關鍵"①,而蘇文的特徵"亦得關鍵法"。吕祖謙這一評點,結合前文已引的吕本中("東坡晚年叙事文字多法柳子厚")、羅大經("蘇似柳")的評語,可見南宋人普遍都認爲柳文是蘇軾文風的一個重要來源。而當時蘇文很流行,據陸游《老學庵筆記》卷八記載:"建炎以來,尚蘇氏文章,學者翕然從之,而蜀士尤盛。亦有語曰:'蘇文熟,吃羊肉;蘇文生,吃菜羹。'"這一狀況,加上蘇文主要學柳文這種認識,所以柳文在南宋以後更加被重視起來。

　　由此作爲宋代古文的典範,柳宗元的地位便牢確不移了。其標志就是紹興二十八年(1158)下敕加封柳宗元爲"文惠昭靈侯"一事②。加封告詞中説"生傳道學,文章百世之師",而此前崇寧三年的初封告詞僅説"文章在册,功德在民",相比之下,顯然加封時的評價高出了許多。而且作爲文章的典範,柳宗元堂堂皇皇地與韓愈佔着同等地位。比如王十朋(1112—1171)儘管對政治家的柳宗元持批評態度,但對柳文的成就也有所肯定,其《策問》説:"韓愈、柳宗元俱以文鳴於唐世,目曰

①　吕祖謙《古文關鍵》。按此書體例是:"韓文,簡古"、"歐文,平淡"、"蘇文,波瀾"等,都是形容風格的。而在論"看蘇文法"時,有"亦得關鍵法"之語,可見"關鍵"一語是形容風格的。吕祖謙評《晉文公問守原意》説:"辭簡意多",評《送薛存義之任序》説:"雖句少,極有反復",從這些評語來看,"關鍵"的涵義大概是"辭簡意多"。

②　柳宗元《河東先生集》附録卷上載王剛中《加封文惠昭靈侯告詞》。

韓柳。……今二文並行於世,學者之所取法,真文章宗匠也。"
既然是《策問》,可以認爲他所說的反映着當時的一般情況。
當然不用說,其時從道學觀念出發批判作爲政治家、思想家的
柳宗元的,依然大有人在;而且既然文統、道統都繫於韓愈之
身,那麼從整體上來說,韓愈依然是最受推崇的。不過柳宗元
也不再被視爲"從而和之"的人物,韓柳並稱已趨普遍,而柳文
對宋代古文的影響自然地不可忽視。

那麼,柳文對宋代文風的具體影響又是什麼?宋代古文
無論對韓柳,都是批判地繼承他們的風格,因此,從宋人所選
擇吸取的柳文的具體特徵中就可以窺探出柳文對宋人的具體
影響。首先來看宋人對柳文的評語。雖說對柳文評點因人而
異,但是似乎可以粗略地找出一些共通點。在這裏,彙集了蘇
軾以後至南宋的對柳文的評語,並把意思相近的詞語歸類劃
分如下(詞語有重出者)①:

【精類】精密。精致。精理。精妙。精奇。精金。析理
精博。(事覈。論事較覈。)

【簡類】簡古。關鍵。緊嚴。局促。辭簡意多。句雖少
極有反復。

【深類】深宏。雅奧。雄深。宏闊。奧僻。意味悠長。

【古類】簡古。較古。高古。最古。

【高類】高古。高妙。卓偉。文高。(峻潔。清壯。)

【雅類】雅奧。溫雅。雅健。典雅。

---

① 　從吳文治編《古典文學研究資料彙編·柳宗元卷》一書中摘抄而出。此
　　書雖收錄不全,但可知大概情況。現把所摘錄的評者的姓名列於下(原
　　文請自查閱《柳宗元卷》):
　　　黃伯思、汪藻、呂本中、沈晦、王十朋、洪邁、朱熹、呂祖謙、張敦頤、
　　高似孫、趙善慥、黃翰、羅大經、黃震、史繩祖、謝枋得

【奇類】精奇。奇峭。好奇。杰異。務爲新奇。瓌奇絶特。立新機杼。法奇於柳。

【理類】精理。達理。析理精博。義理明瑩。理長而味永。理意多舛駁。理正而文工。分明見規模。(這些或許不是純粹地指柳文的風格而言,但是論理明晰對風格的形成也起作用,因此這一類也是柳文非常重要的風格特徵之一)

這些評語所表示的特徵,互相之間有着密切的關係。比如精類、簡類、深類,可以歸爲一個大類;古類、高類、雅類,也可以歸爲一個大類;精類與理類也密切相關。總體來説,宋人認爲"精"、"深"、"簡"等是柳文最主要的特徵,並把這些特徵作爲學習的目標,而這些評價又是與劉禹錫、蘇軾對柳宗元詩文的評價相吻合的。反過來也就是説,柳宗元的文學給宋代古文帶來了"精"、"深"、"簡"的風格特徵。

# 下篇　宋人與作爲政治家的柳宗元

## 一、宋初政治家的自覺和柳宗元

柳宗元與宋代古文的關係迄今爲止不受重視的一個原因,還是在於他在歷史上一直被視爲政治犯,直到數十年前爲止依然如此。事實上在宋人言論中很容易找到把柳宗元當作王叔文集團的一員來批判的内容。但另一方面作爲文章宗師的柳宗元,卻又出乎意料地得到宋人的推崇;而且不用説,古典時代的文學與政治是很難分隔開來,對柳宗元的評價實際上與對政治家柳宗元的評價有着密切的關係。所以我們現在有必要對此加以重新探討。

對政治家柳宗元的批評的原點，正是韓愈。《順宗實録》自不必説，連《新唐書·柳宗元傳》中也特意引用韓愈之句來批評柳宗元，可見宋人受了韓愈的影響。然而正如前文已稍稍論及的那樣，《舊唐書》對柳宗元評價很高，相反對韓愈略有微詞。這種逆轉現象説明什麼？正如王士禎所指出的那樣"韓吏部文章至宋始大顯"，宋人没有沿襲唐人對韓愈的評價，恰恰是他們發現了韓愈，一舉把他推爲尊崇的對象。由此可見，對柳宗元的批評，是伴隨着尊崇韓愈以及道學觀念的成熟而加强的，而宋初對政治家柳宗元的看法與宋祁時代的評價是不同的。

宋初最早評論政治家柳宗元的當推田錫。田錫(940—1003)，字表聖，太平興國(978)進士。在上篇中已經提到，他在《題羅池廟碑陰文》中對柳宗元推崇備至。他評價貞元、元和間的柳宗元説："策名於貞元之間，通籍於元和之時，闊步高視，飛聲流輝，謂佐王之才得以施，謂當朝大臣不我遺。"而在評價柳宗元整個生涯時，田錫認爲雖然有劉禹錫、韓愈、吕温、皇甫湜等這些知己好友，"而公位不過爲南宮外郎，命不過爲柳州之牧，以謫而出，至死不服。如明堂之材朽於谿谷，如千里之馬軛於輦轂，時耶命耶？以是知爲仁者未必獲祐，修德者或虧多福"，對柳宗元的大才未展深表惋惜。田錫此文對柳宗元的稱贊，側重於政治家這一側面，而不是古文家這一面。而且考慮到後世對柳宗元的批評焦點之一就是他曾參加了所謂王叔文黨一事，那麼田錫的評價是值得注意的。

再來看田錫這種評價的由來是什麼。我想可以舉出的一個就是他的政治自覺。《宋史·田錫傳》叙述其生平如下：

> 遺表勤上以慈儉守位，以清净化人，居安思危，在治思亂。上覽之惻然，謂宰相李沆曰："田錫直臣也。朝廷

少有闕失，方在思慮，錫之章奏已至矣。若此諫官，亦不可得。"……錫耿介寡合，未嘗趨權貴之門。……慕魏徵、李絳爲人，以盡規獻替爲己任。嘗曰："吾立朝以來，章疏五十有二，皆諫臣任職之常言。苟獲從，幸也。豈可藏副示後，謗時賣直邪？"悉命焚之。

正如《四庫提要》所稱"詩文乃其餘事"那樣，田錫是一位具有政治家的强烈的自覺、有爲精神的人物，而當時有這種自覺的也並非田錫一人。宋初古文復興的領袖王禹偁也沒有批評過柳宗元，相反稱贊柳宗元對劉禹錫的義氣①。而他不僅是古文復興的領袖，也是宋初有代表性的政治家。他"遇事敢言，意臧否人物，以直躬行道爲己任。嘗云：'吾若生元和時，從事於李絳、崔群間，斯無媿矣。'其爲文著書，多涉規諷，以是頗爲流俗所不容，故屢遭擯斥"（《宋史·王禹偁傳》）。他的這種處世態度可以説與田錫是相通的。

王禹偁雖然沒有留下關於政治家柳宗元的具體的評論，但他曾説："古君子之爲學也，不在乎禄位，而在乎道義而已。用之則從政而惠民，捨之則修身而垂教，死而後已，弗知其他。"（《送譚堯叟序》）他的這一思想可以説與柳宗元的生平、思想有共通之處，因而不難想像，在他眼裏柳宗元是位值得尊敬的政治家。柳開把柳宗元置於韓愈之次，而王禹偁則屢屢韓柳並稱。這種差異恐怕正是因爲柳開不過是一介"東郊野父"，而王禹偁則作爲一個身處政界中樞的政治家而對政治家柳宗元表現出尊敬來。

田錫、王禹偁這種自覺引起了下一代人的同感，産生了影響。如范仲淹作《贈兵部尚書田公墓誌銘》贊嘆説："嗚呼！田

---

① 《與李宗諤書》。

公,天下之正人也。…嗚呼！賢哉,吾不得而見之。"司馬光也
有《書田諫議碑陰》。蘇軾在《田表聖奏議序》一文中更指出：
"自太平興國以來至咸平,可謂天下大治,千歲一時矣。而田
公之言,常若有不測之憂近在朝夕者,何哉？古之君子必憂治
世而危明主,……。"另外蘇軾還稱贊王禹偁："如漢之汲黯、蕭
望之、李固,吳之張昭,唐之魏鄭公、狄仁傑,皆以身徇義,……
正色立朝,則豺狼狐貍自相吞噬,故能消禍於未形,救危於將
亡。……故翰林王公元之,以雄文直道當世獨立,足以追配此
六君子者也。"(《王元之畫像贊》)這種評價與他對田錫的評價
是相通的。在此,我們能很容易地聯想到范仲淹的"先天下之
憂而憂"這一政治自覺的宣言。後代士大夫與田錫產生共鳴
的原因正在於他的政治自覺及其有爲精神,范仲淹的話也正
是上承田錫的政治自覺而來的,因此可以説田錫是宋代士大
夫政治自覺的先驅。范仲淹成了爲柳宗元辯護永貞事件的嚆
矢①,這恐怕與他的這種政治自覺有關,而非無故無因之擧。
但是正如後文所述的那樣,司馬光、蘇軾等人雖與田錫、王禹
偁等人也有共鳴,並繼承了這種政治自覺,但與范仲淹相反,
他們對柳宗元是持批評態度的,而這也是有其原故的。因爲
宋代士大夫的政治自覺中有兩個側面,一是有爲精神,一是隨
着道學思想的成熟而強化的名分思想。如果重視有爲精神,
那麽柳宗元是應該尊敬的人物;如果站在名分思想的立場,柳
宗元就會被當作王叔文一黨的成員而不被容忍。由此,對政
治家柳宗元的評價並不單純,而大多數人傾向於批評態度,這
是因爲生於宋代的高度中央集權制、皇權獨裁制下的士大夫
是不可能輕視名分思想的。

---

① 《述夢詩序》。

## 二、宋初道學名分思想與柳宗元

那麼,從道學立場上又是如何看待柳宗元的呢? 也許會以爲那一定持批評態度的吧。但是,在柳開、穆修的言論中找不到批評柳宗元的内容,即使是被稱爲道學先驅的孫復、石介也幾乎没有批評。現收入《四庫全書》的《孫明復小集》"蓋從《宋文鑒》、《宋文選》諸書鈔撮而成,十不存一。然復集久佚,得此猶見其梗概"(《四庫提要》卷一五二《〈孫明復小集〉提要》),這其中没有關於柳宗元的言論,也很難想像佚文中有批評柳宗元的内容。同時深受孫復影響的石介對柳宗元評價很高,他評價柳宗元的柳州之政説:"劉概《韓吏部傳論》曰:'宗元有德於民,豈無靈於羅池者也? (韓)吏部碑之,何所不可!'介於此知吏部是也"(《辨謗》),全面贊成劉概之論,對柳宗元表示敬意。關於永貞事件,他則表示同情:"咄咄宗元,附權邀官。觀而始節,豈爲不完? 弗能有終,至今痕瘢。"(《送祖擇之書》)

但是,隨着對韓愈的推崇和道學思想的發展,又因韓愈的《順宗實録》、《永貞行》曾激烈譴責王叔文集團,宋人漸漸趨向於批評柳宗元。這最早也是出現在宋祁的《新唐書》中。儘管如此,宋人對政治家柳宗元也並不是單純的批評一邊倒的態度。

《新唐書》大體於慶曆四年(1044)間開始編纂,於嘉祐三年(1058)完成列傳。雖説列傳出自宋祁之手,但因史官修史書,當在一定程度上反映着當時的普遍看法。衆所周知,《新唐書》出於對《舊唐書》的批評,採用了明名分的"春秋"筆法來修史。我們對比一下兩《唐書·柳宗元傳》,就可以發現《新唐書》在對柳宗元的評價趨於嚴厲的同時，其最大的變化是大量收錄柳文。《舊唐書・柳宗元傳》中未錄柳文，或許是因爲五代時柳文散佚，但《新唐書》在選擇柳文之際，必有其標準。宋祁《新唐書》所收的柳文是《與蕭翰林俛書》、《寄許京兆孟容書》、《貞符》、《懲咎賦》四篇。宋祁喜韓柳文，編纂《新唐書》時也多採用韓柳文，不過柳傳中的這四文佔了傳文的大部分，這不能不說多得異乎尋常。尤其值得注意的是收入了《貞符》。顧炎武曾指責道："昔人謂宋子京不喜對偶之文。其作史，有唐一代遂無一篇詔令。如德宗興元之詔，不錄於書；徐賢妃《諫太宗疏》、狄仁傑《諫武后營大像疏》僅寥寥數言。而韓愈《平淮西碑》，則全載之。夫史以記事，詔疏俱國事之大，反不如碑頌乎？柳宗元《貞符》乃希恩飾罪之文，與相如之《封禪頌》異矣，載之尤爲無識。"（《日知錄》"《新唐書》"條）但這相反也說明，宋祁收入"對偶之文"《貞符》必有其理由。讀此四文，除《貞符》外，其餘均有對參加王叔文集團表示後悔的內容。宋祁在引用《貞符》之前論述道："宗元久汩振，其爲文，思益深，嘗著書一篇，號《貞符》。"從"思益深"一語來看，宋祁是把《貞符》當作一篇思想作品，而不認爲是"希恩飾罪之文"。《貞符》表面上論述了唐朝是"受命於生人之意"的，而其主旨無疑是"受命不於天，於人"這一柳宗元的基本政治思想。那麼，宋祁爲何特意收入這篇作品呢？

　　關於柳宗元終未能返回中央的原因（《舊唐書》未述及此點），宋祁以爲是"衆畏其才高，懲刈復進，故無用力者"，而且，《新唐書》本以簡潔爲旨，卻再三述及柳宗元的才能，如說："宗元少時嗜進，謂功業可就。既坐廢，遂不振。然其才實高，名蓋一時。"又在贊中寫道："彼若不傅匪人，自勵材猷，不失爲名卿才大夫，惜哉！"從這些記述來看，宋祁所謂"才"，不僅是指文才,更主要是指政治才能。而《舊唐書》則説:"史臣曰:貞元、大和之間,以文學聳動搢紳之伍者,唯宗元、禹錫而已。其巧麗淵博,屬辭比事,誠一代之宏才。如俾之詠歌帝載,黻藻王言,足以平揖古賢,氣吞時輩。"專評柳宗元的文才,與《新唐書》大相徑庭。由此看來,在《新唐書》中,柳宗元不但是被視爲文學家,更明顯地被視爲優秀的政治家,雖然他曾參加"沾沾小人"(《新唐書·王叔文傳贊》)王叔文集團。有了這樣的認識,纔能理解宋祁特意採録《貞符》的緣由,即宋祁雖有從名分論立場上的批評,但同時也重視柳宗元的政治才能和政治思想。

　　和石介同年進士及第的歐陽修曾痛斥柳宗元爲"韓門之罪人"。現存歐陽修詩文中,没有一篇提及永貞事件,但他非常重視《春秋》,認爲"孔子何爲而修《春秋》? 正名以定分,求情而責實,别是非,明善惡,此《春秋》之所以作也"(《春秋論》)。具有這種觀點、並也參與《新唐書》編纂的歐陽修,以他的名分論的立場,恐怕不可能肯定作爲政治家的柳宗元。不過,他的拒絶韓柳並稱,聲稱"後世稱爲韓柳者,盡流俗之相傳也"(《集古録》卷八《〈唐柳宗元般若和尚碑〉跋尾》)、"唐以來,言文章者惟韓柳。柳豈韓之徒哉,真韓門之罪人"(同上《〈唐南岳彌陀和尚碑〉跋尾》)等這些言論,未必是從名分論角度針對永貞年間的柳宗元而發的批評。因爲在他看來,"(韓柳)其爲道不同,猶夷夏也"(同上《〈唐柳宗元般若和尚碑〉跋尾》)、"蓋世俗不知其(柳)所學之非"(同上《〈唐南岳彌陀和尚碑〉跋尾》),也就是説,他認爲柳宗元的思想有問題。

　　大體而言,宋仁宗慶曆前後,對政治家柳宗元的評價稍顯複雜,似没有一定的看法。這也許是因爲慶曆年間是儒學開始分化的時期,其一是理學思想,其一是以經世致用爲旨的功利思想①。這一時期甚至能見到這樣的現象：一人而渾然具有這兩種思想要素，並時時發生矛盾。代表這一時期思想狀況的是李覯(1009—1059，字泰伯)。《宋史》本傳中的記載極少，而且作爲政治家、思想家，他都不佔重要地位，但他的思想可以説是王安石等人的先驅。

李覯因范仲淹的推薦而任試太學助教，《宋元學案》把他列於范氏門下。他比歐陽修小兩歲，而長王安石十二歲。他門人中有鄧潤甫等人，後參與王安石新法。李覯著有《周禮致太平論》，可以説是宋代功利思想的先驅者。《四庫提要·〈旴江集〉提要》稱"其論治體，悉可見於實用。故朱子謂覯文實有得於經"。這一點，如果瀏覽一下他文集的目録就可以知道②。因而他雖尊崇韓愈，但就政治思想而言，與韓愈大有距離，卻與柳宗元相近，都具有民本思想和功利思想。李覯的思想也繼承了孟子的民本思想③，他主張："嗟乎！天生斯民矣，能爲民立君而不能爲君養民。立君者天也，養民者君也，非天命之私一人，爲億萬人也。民之所歸，天之所右；民之所去，天之所左"(《安民策》一)，顯然與柳宗元非常接近。而這種思想也必然與功利思想相聯結："愚竊觀儒者之論，鮮不貴義而賤利。其言非道德教化則不出諸口矣。然《洪範》八政，一曰食，

---

① 參考諸橋轍次《儒學的目的和宋儒的活動》(收入大修館書店《諸橋轍次著作集》第一卷)、蕭公權《中國政治思想史》(上海書店《民國叢書》)。

② 如《周禮致太平論》中有"內治"、"國用"、"軍衞"、"刑禁"、"官人"、"教道"等的小目録。另外，李覯還著有《富國策》、《强兵策》、《安民策》、《平土書》、《慶曆民言》等文。

③ 《四庫提要·〈旴江集〉提要》就"李覯不喜孟子"問題進行考證，認爲"特偶然偏見"，所論甚是。此點還可從李覯佚文《常語》中看出。(《常語》，《直講李先生文集》未收，據宋人余允中《尊孟辨》補，另中華書局《李覯集》附録一收録。)

二曰貨。孔子曰:'足食足兵,民信之矣。'是則治國之實,必本於財用。"(《富國策》一)因而在他的思想中,有與以言利爲恥的理學思想相對立的一面。

但是李覯在評價政治家柳宗元時,卻批評道:"子厚得韓之奇,於正則劣矣。以黨王叔文,不得爲善士於朝。……若子厚、(張)晦之,皆非凡人,被惡名,雖欲自新,而死期至矣。"(《答李覯書》)李覯一方面是一位可以列入孟子、柳宗元這一譜系、繼承他們的民本思想的功利思想家,但同時也重視《春秋》,有着强烈的名分思想。正如李覯這一典型所顯示的那樣,這個時期既有對柳宗元的批評,又有對他政治思想的自覺的稱贊和繼承,還處於混沌未分化的狀態。

## 三、北宋三大領袖和柳宗元

接下來想探討一下北宋政壇三大領袖王安石、司馬光、蘇軾與柳宗元的關係。到他們的時代,宋人的儒學思想終於旗幟鮮明地分化成名分思想和功利思想,此外還有立場稍稍特異的蜀學。這三位領袖各自代表了北宋不同的思想傾向和政治態度,所以他們對柳宗元的評價,在一定程度上反映着這個時代的一般傾向。

王安石(1021—1086),慶曆二年(1042)進士,作爲新法派的領袖實施了多項改革,可以說代表了北宋功利思想的政治家。雖然他關於柳宗元的言論很少,但也能充分窺探出他的看法。他的《讀〈柳宗元傳〉》說:

余觀八司馬,皆天下之奇材也。一爲叔文所誘,遂陷於不義。至今士大夫欲爲君子者,皆羞道而喜攻之。然此八人者既困矣,無所用於世,往往能自强以求列於後

　　世,而其名卒不廢焉。而所謂欲爲君子者,吾多見其初而
　　已;要其終能毋與世俯仰、以自別於小人者少耳! 復何議
　　彼哉?

可以説此文是借《柳宗元傳》來表明自己的政治信念,是典型
的王安石式的文章。從此文中可以看出,首先他對八司馬的
政治才能評價很高("天下之奇材")。進而言之,雖在文字上
没有明寫,但能看出他對永貞年間的政治本身是給予積極評
價的,否則是不會説"天下之奇材"的。也就是説,他把柳宗元
當作應該尊敬的政治家來看待。第二,當時士大夫一般對王
叔文集團持批評態度,而王安石也認爲"不義"。但是,儘管王
安石説了"遂陷於不義"這樣的話,而此文的主旨決不是要貶
低、批判柳宗元等人,否則他也就不會特意撰寫此文了。王安
石對柳宗元的評價是多面性的,對其參加王叔文集團一事,也
不是單純地非難。另外他曾比較韓柳説:"自孔子之死久,韓
子作,望聖人於百千年中,卓然也。獨子厚名與韓並。子厚非
韓比也,然其文卒配韓以傳,亦豪傑可畏者也。"(《上人書》)從
道統和文章兩個側面進行評價。那麽,他是如何評價政治家
柳宗元的呢? 要確證此點相當困難,但可以推測一下。他的
評柳當然與韓柳各自帶給宋代士大夫的影響有關。王安石雖
尊崇韓愈,但另一面卻屢屢批評韓愈,還不加掩飾地寫譏諷
詩。批評韓愈的有《伯夷》、《原性》、《性説》等文,是對韓愈論
述的個別的反駁。譏韓詩即是《韓子》(《文集》卷三四,〔宋〕李
壁《王荆公詩注》卷四八)。李壁注云:

　　　　觀公此詩,尚謂退之未識道真也。余在臨川聞之,曾
　　氏子弟載南豐語云:"介甫非前人盡,獨黄帝、孔子未見非
　　耳。"譏其非人太多也,如此詩可見。

在詩中,王安石採用了以仿擬韓詩"可憐無益費精神"句(《贈崔立之評事》)來譏諷韓愈這一辛辣手法。("紛紛易盡百年身,舉世何人識道真?力去陳言誇末俗,可憐無補費精神。")但不可思議的是,"非前人盡"的王安石卻没有批評柳宗元的詩文。那麽爲什麽王安石把批判的矛頭指向韓愈呢?要探尋出隱藏在這些個别的反駁背後的王安石的韓愈觀,雖非易事,但正如章士釗所言①,可以參考一下朱熹的論述。因爲朱熹雖是道學的集大成者,但在批評韓愈這點上,卻與宋代功利思想家的立場相通,或者説是從最激烈的功利思想立場上來批評韓愈的。朱熹對韓愈的批評很多,其論點大致可歸爲一點,如他説:

> 如韓退之,雖是見得個道之大用是如此,然卻無實用功處。它當初本祇是要討官職做,始終祇是這心。他祇是要做得言語似六經,便以爲傳道。……至其做官臨政,也不是要爲國做事,也無甚可稱,其實祇是要討官職而已。　　(《朱子語類》卷一三七"戰國漢唐諸子"條)②

概括而言,朱熹的批評在於韓愈雖盡力弘道,但卻既没有有助於經世致用的議論,也没有政治實踐。王安石的《韓子》一詩恐怕也是從這一點上去批評韓愈的。而且朱熹還比較韓柳説:

> 柳子厚雖無狀,卻又佔便宜,如致君澤民事,也説要做。退之則祇要做官。(同上)

站在功利思想的立場上對韓柳的評價顯然是有差異的。

---

① 《柳文指要》下卷六《王介甫輕韓》。
② 旨意相同的議論,還可見於《王氏續經説》、《讀唐志》等文。

朱熹稱揚柳宗元無論永貞年間還是元和年間,都一貫以安民爲宗旨,實行多項政治改革。這雖是朱熹的看法,不過朱熹既如此,那麼王安石恐怕也會在内心認爲柳宗元的生平事跡是足以尊敬的。雖然這不過是推測,但從王安石的有爲精神來考慮,就容易明白他爲什麼要特意撰寫《讀〈柳宗元傳〉》、並屢次批評韓愈而對柳氏卻保持沉默的原因。然而,王安石雖是一個充滿有爲精神的功利思想家,但同時當然也有着名分思想,尤其作爲一個中央集權體制下的官僚,是不會無視或輕視名分論的。這或許是王安石没有積極評價政治家柳宗元的一個緣故吧。

司馬光(1019—1086),寶元元年(1038)進士甲科及第,以後成爲舊法派的領袖,在政界佔有重要的地位。他因編纂《資治通鑒》而以史學家聞名後世,但此書的編纂目的是有助於政治,而當時的他也更主要是一個政治家,而不是歷史學家。司馬光不僅作爲一個政治家與王安石對立,其思想也與王安石不相容。王安石推重孟子並視爲聖人,而司馬光卻寫了《疑孟》;王安石尊崇《周禮》,並把它當作新法的指針,而司馬光據説曾向神宗密奏道:"昔劉歆用此法(《周禮》)以佐王莽,至使農商失業,涕泣於市道,卒亡天下,安足爲聖朝法也。"(《邵氏聞見後録》卷三)他們政治上的對立是有其思想根源的。司馬光曾説:"彼數君子(孟、荀、揚、王、韓、孫、柳、張、賈)者誠大賢也,然於道殆不能無駁而不粹者焉。"(《答陳充秘校書》)這無疑是針對柳宗元而言的。因爲司馬光雖"博學無所不通",卻"不喜釋老,曰:'其微言不能出吾書,其誕吾不信。'"(蘇軾《司馬溫公行狀》)(不過實際上司馬光的思想深受道教影響,但這涉及到他思想淵源和構造等問題,不在此文論述範圍内)再來看司馬光對王叔文集團的論述:

叔文譎詭多計。(《資治通鑒》卷二三六"貞元十九年

六月己未"條)

　　日與遊處,蹤跡詭秘,莫有知其端者。藩鎮或陰進資幣,與之相結。(同上)

　　謀議唱和,日夜汲汲如狂。互相推獎,曰伊曰周,曰管曰葛。僩然自得,謂天下無人。榮辱進退,生於造次,惟其所欲,不拘程式。(同上卷"永貞元年正月壬戌"條)

　　上疾久不愈,……中外危懼。思早立太子,而王叔文之黨欲專大權,惡聞之。(同上年"三月戊子"條)

這樣看來,司馬光是否把柳宗元看作是小人之朋黨?有着"君明臣忠父慈子孝,人之分也。……失人之分,必有人殃"(《迂書·士則》)這一思想的司馬光,是必定會指斥王叔文集團的,這一點也體現在上引的《資治通鑒》的記述中。然而,其實司馬光也曾稱贊過王叔文等人的實績:

　　公(司馬光)慨然爭之曰:先帝之法,其善者雖百世不可變。……(唐)德宗晚年,爲宮市,五坊小兒暴橫,鹽鐵使月進(錢)羨餘。順宗即位罷之。當時悦服,後世稱頌,未有或非之者也。　　(蘇軾《司馬溫公行狀》)

宮市、五坊的廢止,在《資治通鑒》中也視爲順宗所實施的政策:"上在東宮,皆知其弊,故即位首禁止。"("永貞元年正月甲子條")而司馬光也並没有忘記寫到此事的背景:"(叔文)乘間常爲太子言民間疾苦。"("貞元一九年六月己未"條)因此,如果仔細地讀《資治通鑒》,就可明白永貞改革的諸項措施實出自王叔文等人之手,而編纂者司馬光不用説是清楚這一點的。另外更爲重要的是,《資治通鑒》在元和十年的記述中,特別引用了柳宗元《梓人傳》和《種樹郭橐駝傳》,並附評語説:"此其文之有理者也。"這些事表明司馬光表面上把王叔文等人看作是違背名分的小人,而實際上是對他們的政策給予肯定,對柳宗元的政治思想也很重視的。司馬光的政治思想的根本是名分思想:"臣聞天子之職,莫大於禮,禮莫大於分,分莫大於名。何謂禮,紀綱是也。何謂分,君臣是也。何爲名,公侯卿大夫是也。"(《資治通鑒》卷一"威烈王二三年"條)蕭公權曾論析他的思想是"'民爲貴'之古義已非所能喻,而頗致意於闡明君臣之名分"①。所以司馬光撰寫《疑孟》來批評孟子。像司馬光這樣名分思想的代表,都對柳宗元的政治實績和思想有所肯定,那麼對宋人來説,作爲政治家的柳宗元決不是一個可以忽視的存在。

蘇軾(1037—1101)也是舊黨領袖之一,但其思想未必同於司馬光。他對政治家柳宗元的看法是:"唐柳宗元、劉禹錫,使不陷叔文之黨,其高才絶學,亦足以爲唐名臣矣。"(《續歐陽子朋黨論》)這種見解與宋祁類似,不是什麼新觀點。但就整體來説,蘇軾對柳宗元評價相當嚴厲。比如:

——宗元意欲以此自解説其從二王之罪也。

　　　　　　(《經進東坡文集事略》卷五七《辯伊尹説》)

柳宗元敢爲誕妄,居之不疑。吕温爲道州、衡州,及死,二州人哭之逾月,客舟之過於此者,必呱呱然。雖子產不至此,温何以得之? 其稱温之弟恭,亦賢豪絶人者。又云:恭之妻,裴延齡之女也。孰有士君子肯爲裴延齡婿者乎? 柳宗元與(王)伾、叔文交,蓋亦不羞於延齡姻也。　　　　　　　　　　(《東坡志林》卷四)

(揚)子雲臨憂患,顛倒失據,而子厚尤不足觀。二人當有媿於斯文也耶!　　　(稗海本《東坡志林》卷九)

① 參見前引蕭公權《中國政治思想史》第168頁。

蘇軾甚至指斥柳宗元爲"小人"："此所謂小人無忌憚者也"
(《與江惇禮秀才書》)①。這種觀點可以理解爲是他與歐陽
修、司馬光等人所共有的名分論的產物。從蘇軾《學士院試
〈春秋〉定天下邪正論》、《後正統論》等文來看，他的名分論與
前兩人是一脈相通的，而且他對柳宗元的思想基本持否定態
度，其原因之一就是由於名分論觀點，使他無法肯定政治家柳
宗元。不過蘇軾思想中也有與柳宗元相近之處。他也和司馬
光一樣攻擊過王安石的功利思想，但與司馬光不同的是，他比
司馬光更忠實地繼承了孟子的民本思想。他在《上神宗皇帝
書》中闡述了政治的要諦是"人主之所恃者人心而已，……人
主失人心則亡。……是以君子未論行事之是非，先觀衆心之
向背"，這正是祖述孟子的觀點。和柳宗元一樣，蘇軾也繼承
了民本思想，但同時他卻排斥功利思想，而這種排斥也是源自
孟子的"何必曰利，亦有仁義而已矣"(《梁惠王上》)的思想。
蘇軾比較忠實地繼承了孟子，在這一點上比起使儒學思想有
新發展的王安石、司馬光來要保守，或可稱作道德主義。比如
他認爲"夫國家之所以存亡者，在道德之深淺，而不在乎强與
弱"(《上神宗皇帝書》)，信奉傳統的德治主義。雖然蘇軾的民
本思想與柳宗元的政治信條很接近，但由於柳宗元常因强調
民本而忽視禮樂，這就遭到了視禮樂爲德治根本的蘇軾的批
評。其結果，不同於王安石、司馬光的對柳宗元既批評又有認

---

① 陸游《老學庵筆記》卷一〇云："予曰：東坡公在嶺外，特喜子厚文，朝夕
不去手，與陶淵明並稱二友。及北歸，《與錢濟明書》乃痛詆子厚《時
令》、《斷刑》、《四維》、《貞符》諸篇，至以爲小人無忌憚者。豈亦由朝夕
紬繹耶？恐是《非國語》之報。"陸游説是《與錢濟明書》，此乃誤記，而且
時間也不是蘇軾北歸之時。蘇軾與江惇禮相識是在蘇軾貶謫黃州
時期。

同的態度,蘇軾對政治家柳宗元是冷淡的,其原因就在於蘇柳兩人對政治的根本看法差距很大。對以德治爲政治根本的蘇軾來説,即使柳宗元等人實行過良策,也無法認同他們的行爲。

北宋對柳宗元作爲政治家一面的評價,基本如上所述。大體而言,慶曆以前尚未出現對柳宗元的批評(至少没有明確的批評),相反評價出乎意外地高。但後來隨着名分論的興起,開始出現了批評。不過雖有程度不同的批評,但宋代士大夫基本上還是肯定政治家柳宗元的。

## 四、對柳宗元的評價及其影響

對政治家柳宗元的兩種評價均爲後世所繼承,以功利思想爲主的人傾向於重視柳宗元,爲他辯護;以理學、名分論爲主的人偏重於批評,衹是由於宋朝南渡後理學興盛的關係,所以大多傾向於批評。但在與理學對立的永康、永嘉學派中,我們能看到柳宗元的影響。下面看一下北宋末以後的狀況。

崇寧三年(1104)宋徽宗下敕書封柳宗元爲文惠侯,告詞説:"功德在民,……龍城雖遠,不鄙其民。爰出教條,動以禮法。家富有業,經學有師。風行俗成,田里悦喜。"(《初封文惠侯》)這篇敕書既然是"從斯(柳州)民欲",稱頌的當然衹限於他在柳州的政績,没有觸及永貞年間之事,而這種不觸及是值得注意的,後將有對比。

這一時期理學思想家對柳宗元的評價可從黨派性人物邵博(?—1158,邵雍之孫,邵伯温之次子)的言談中窺探而出。他評述説:"(宗元)輕侮好譏議尚如此,則爲尚書郎時可知也。退之云不自貴重者,蓋其資如此云。"(《聞見後録》卷一四)還稱引蘇軾的貶柳宗元爲小人的《與江惇禮秀才書》一文説:"予謂學者不可不知也。"(同卷一五)贊同蘇軾對柳宗元的批評。

同時期功利思想的政治家則有汪藻(1079—1154),字彥章,崇寧二年進士,宋欽宗時拜翰林,是位"詔令類出其手"(《宋史·文苑傳》)的深受信賴的政治家,同時在軍事方面也獻有良策。紹興十四年(1144)因"言者論其嘗爲蔡京、王黼之客",而被"奪職居永州"(同上),那時他作了《永州柳先生祠堂記》,文中寫道:"先生雖坐貞元黨,與劉夢得同,夢得會昌時猶尊顯於朝,先生則未及爲時君所省,而遽歿於元和之世,事業遂不大見於時,可深惜哉!"這裏,既有他與柳宗元陷於同樣困境,因而把自己的心情寄托在柳宗元身上這一面,同時從汪藻的生平來看,正因爲他是個有爲的政治家,所以纔有"事業遂不大見於時,可深惜哉"的感嘆。他處在范仲淹、王安石等人的延長綫上。

陳善(生卒年不詳,南北宋間人)的《捫虱新話》卷一二中有"柳子厚功過"條,對柳宗元永貞改革極口稱揚。但《四庫提要·〈捫虱新話〉提要》認爲這是一部多奇異之論的書:"持論尤多蹖駁,大旨以佛氏爲正道,以王安石爲宗主。故於宋人,詆歐陽修、詆楊時、詆陳東、詆歐陽澈,而詆蘇洵、蘇軾、蘇轍尤力,甚至議轍比神宗於曹操。於古人詆韓愈、詆孟子。"(卷一二七)《四庫提要》又推測其成因説:"善,南北宋間人,其始末不可考。觀其書顛倒是非,毫無忌憚,必紹述餘黨之子孫,不得志而著書者也。"《提要》的分析當近事實。

從"柳子厚功過"條中"學者至今罪之"的叙述來看,當時批評王叔文一黨的士大夫佔大多數。不過反過來看,這種議論的出現正説明永貞革新受到了與王安石等相近的功利思想家的高度評價。陳善爲柳宗元辯護道:"《春秋》之法,不以功

掩過,亦不以罪廢德。"這恐怕是"紹述餘黨"借柳宗元而向當
時主張形式論的名分思想家提出的抗議。同時這也是"紹述
餘黨"評價柳宗元的動機所在。

　　紹興二十八年(1158)宋高宗下敕書《加封文惠昭靈侯》,
其告詞如下:

　　　惟神望冠河東,名高唐室。其才足以命世,其政足以
　　裕民。①

這篇敕書雖也是因"郡人請願於朝,而使者遂上其事。朕嘉神
孚惠,爰益襃封"(同上)而下的,但與崇寧三年的敕書相比,那
次是把柳氏事跡衹限定在柳州,而這次是就全盤而言,兩者明
顯不同。由此可見,與北宋相比對政治家柳宗元的評價漸次
增高。

　　數年後的紹興三十二年(1162),嚴有翼(生卒年不詳)作
《柳文序》,評述道:"作史者不復審訂其是非,第以一時成敗論
人。故黨人之名不可湔洗。嗚呼!子厚亦可謂重不幸矣。"②
有關他的傳記資料闕如,衹存《藝苑雌黃》一書,因此無法詳知
他的生平思想。現存的《藝苑雌黃》經後人改竄,已非原貌,但
是此書有一個明確的特徵,就是有意批評蘇軾。洪邁《容齋四
筆》卷一六"嚴有翼詆坡公"條說:"嚴有翼所著《藝苑雌黃》該
洽有識,蓋近世博雅之士。然其立說頗務譏詆坡公。"《藝苑雌
黃》中甚至有"辨坡"一條。儘管我們不清楚他的非難蘇軾是
否與評價柳宗元有關,不過從《四庫提要》的"宋時說部諸家,
如胡仔《苕溪漁隱叢話》、蔡夢弼《草堂詩話》、魏慶之《詩人玉

---

① 柳宗元《河東先生集》附錄卷上載王剛中《加封文惠昭靈侯告詞》。
② 柳宗元《河東先生集》附錄卷下載嚴有翼《柳文序》。

屑》之類多有徵引《藝苑雌黃》之文"這一說明來看,前述洪邁的對嚴有翼的評價應該説是妥切的。由此可以認爲,嚴有翼對柳宗元的看法不像陳善那樣偏激,在當時具有一定的普遍性。

北宋人衹是消極地替柳宗元辯護永貞政治,而陳善、嚴有翼的辯護則是明顯而積極的,這也反映出對政治家柳宗元的評價的變遷。如同對柳文的尊崇一樣,到南宋也加重了對政治家柳宗元的尊崇。

但是,堅持理學思想立場的人依舊不能認同作爲政治家的柳宗元。例如王十朋作有《和永貞行》一詩,其序説:"予自少喜讀柳文,而不忍觀其傳,惜其名齊韓愈而黨陷叔文也。退之與柳善,及作《順宗實録》,未嘗假借。公議之不可屈也如此!"他雖然肯定古文家柳宗元,但對八司馬卻非常嚴厲:"永貞覆轍宜痛懲"(《和永貞行》),嚴斥柳宗元道:"八州司馬才可稱,節已掃地誰復矜。子厚年少躁飛騰,身陷丑黨羅熏蒸。著文擬騷愁思凝,自欲辨白終莫曾。王孫尸蟲托罵憎,色豈不媿明窗燈。"(同上)王十朋是南宋地位重要的政治家,"每以諸葛亮、顏真卿、寇準、范仲淹、韓琦、唐介自比"(《宋史·王十朋傳》),"朱熹、張栻亦雅敬之"(同上),被後世譽爲"立朝剛直,爲當代偉人"(《四庫提要·梅溪集提要》)。就其思想淵源而言,"先生之學,一出以正,自孔孟而下,唯韓文公、歐陽公、司馬公是師"(《宋元學案》卷四四《趙張諸儒學案》),因此,他的不能認同政治家柳宗元的理由也就不言而喻了。像這樣從理學名分論上的批評不勝枚舉,下面也不一一例舉了。

南宋功利思想的中心在浙江,有所謂金華、永嘉、永康諸派,其中葉適(1150—1223)尤爲重要。葉適,字正則,永嘉人,淳熙五年(1178)進士,"學術之會,總爲朱、陸二派,而水心斷斷其間,遂稱鼎足"(《宋元學案》卷五四《水心學案序録》),可以説是南宋功利思想的代表之一。他也是以民本思想爲根本,"雅以經濟自負"(《宋史·儒林傳》)。關於柳宗元,他有以下的論述:

> 僕舊讀柳子厚文,獨愛其序送婁圖南,極有理。使世之君子畔其道以從異學、勞而無成者,可以自鏡。
>
> （《與戴少望書》）

那麼葉適爲什麼愛讀柳宗元這篇文章呢?柳宗元《送婁圖南秀才遊淮南將入道序》的主旨在於:"幸而好求堯舜孔子之志,唯恐不得,幸而遇行堯舜孔子之道,唯恐不慊,若是而壽,可也。求之而得,行之而慊,雖夭其誰悲?今將以呼噓爲食,咀嚼爲神,無事爲閑,不死爲生,則深山之木石、大澤之龜蛇皆老而久,其於道何如也。"由此足見,正是柳宗元的這種有爲精神,使葉適產生了共鳴,因而愛讀此文。連與葉適相對立的朱熹也肯定柳宗元的有爲精神:"柳子厚雖無狀,卻又佔便宜,如致君澤民事,也説要做。"(《朱子語類》卷一三七"戰國漢唐諸子"條)那麼具有同樣精神的宋代功利思想家更應該與柳宗元有共鳴,而在古文復興中繼承他的精神。

蕭公權曾指出:"宋代政治思想之重心不在理學,而在與理學相反抗之功利思想。"[1]如果是這樣,那麼柳宗元的民本思想和有爲精神所給予宋代士大夫的影響決不會小,宋初以來,這種思想和精神引起了許多政治家的同感,培育了他們的政治自覺。但由於在宋朝的中央集權制下名分思想得以強化,即使功利思想家也無法完全擺脱名分論,因此對王叔文集

---

[1]　蕭公權《中國政治思想史》第142頁。

團的活動,既不積極地批評,也不敢積極地去肯定。另外還有個原因就是,直面黨爭之弊的宋代士大夫,容易對黨派活動持批評態度。正是這些因素造成了宋代功利思想家很少言及王叔文集團。

# 宋人與柳宗元的思想

## 前　言

關於宋人思想與被視爲道統繼承者的韓愈的關係，研究者頗多，但是對宋人如何看待、接受柳宗元的思想這一點，卻缺乏關注。然而就柳宗元作爲唐代思想家的重要性來説，就他的古文也和韓愈一樣對宋代古文產生過很大的影響來説，都有必要梳理清楚其思想譜系。那就是弄清柳宗元在唐宋時期的地位和作用，而且通過柳宗元思想的影響及其變遷，我們還可以看出宋代思想的特徵。

柳宗元思想的問題的焦點就在於《春秋》學、《非國語》和《封建論》。以下就按此三點進行分析。

## 一、柳宗元的《春秋》學及其後承

據《四庫提要・春秋類》所概括，《春秋》學在中唐出現了一大轉折："諸儒之論，中唐以前，則《左氏》勝；啖助、趙匡以逮北宋，則《公羊》、《穀梁》勝。"這啖助、趙匡正是唐代《春秋》學的轉折點，並成爲宋代《春秋》學的淵源，因此他們的《春秋》學在學術上、思想上的意義是極大的。衆所周知，啖、趙《春秋》學爲陸淳所繼承，而柳宗元又極服膺陸淳，那麼柳氏所服膺的啖、趙

《春秋》學(以下簡稱"啖氏《春秋》學")又有什麼特點呢?《四庫提要·〈春秋集傳纂例〉提要》說:"(啖)助之說《春秋》,務在考三家得失,彌縫漏闕,故其論多異先儒,……蓋捨傳求經,實導宋人之先路。"同時《〈春秋集傳辨疑〉提要》也指出:"漢以來,各守專門,論甘者忌辛,是丹者非素。自是書與《微旨》(指《春秋微旨》三卷,陸淳撰)出,抵隙蹈瑕,往往中其窾會。雖瑕瑜互見,要其精核之處,實有漢以來諸儒未發者。"也就是說,啖氏《春秋》學是唐代儒學的革新,是宋代新經學的先驅。柳宗元正是讀了他們的著作之後纔欽服陸淳,並成為陸的門人:"京中於韓安平處始得《微旨》,和叔處始見《集注》(大概指《春秋集傳纂例》),恒願掃於陸先生之門。及先生為給事中,與宗元入尚書同日,居又與先生同巷,始得執弟子禮。"(柳宗元《答元饒州論〈春秋〉書》)那麼啖氏《春秋》學中讓柳宗元如此欽佩的具體內容是什麼呢?

漢代以來的《春秋》學始終墨守師法,唐代的《春秋》學也"各守專門",而根本不打算通過《春秋》大義的解明,來達到經世致用的目的。啖助對這一狀況予以了批評,並主張《春秋》應該致於實用,他說:"吾觀三家之說,誠未達乎《春秋》大宗,安可議其深旨? 可謂宏綱既失、萬目從而大去者也。予以為《春秋》者,救時之弊,革禮之薄。"(《春秋集傳纂例》卷一《春秋宗指議第一》)趙匡也有相同的主張:"禮典者所以防亂耳。亂既作矣,則典禮非能治也。喻之一身,則養生之法所以防病也。病既作矣,則養生之書不能治也。治之者在針藥耳,故《春秋》者亦世之針藥也。"(同上書卷一《趙氏損益議第五》)也就是說,啖氏《春秋》學是以經世致用為根本宗旨的。柳宗元也認為他們的《春秋》學是"其道以聖人為主,以堯舜為的"(《陸給事墓表》),是致力於實用的學問,而這正是他服膺的所在。而且,陸淳也曾和柳宗元一起參與永貞革新,他去世後,

柳宗元哀悼他説:"嗚呼! 先生道之存也以書,不及施於政;道
之行也以言,不及睹其理。"(同上)惋惜陸淳没能實踐其思想。
顯然,柳宗元之服膺啖氏《春秋》學、並願做陸淳的弟子,就在
於其學説中的經世致用的有爲精神。

　　宋人雖然在表面上往往批評柳宗元的政治主張,但内心
卻把柳宗元作爲有爲的政治家而給予很高的評價①。既然如
此,啖氏《春秋》學也就不僅僅在"捨傳求經"的治學方式上影
響於宋人,它的有爲精神也肯定會"導宋人之先路"的。下面
就此具體地探討一下。

　　宋初繼承啖氏《春秋》學的有胡瑗和孫復。先來看胡瑗
(993—1059),字翼之,祖籍安定,故稱安定先生。《直齋書録解
題》著録"胡翼之撰《春秋口義》五卷",但此書已散佚失傳。但
據宋吕希哲《吕氏家塾記》載②,胡瑗在慶曆年間在蘇湖一帶教
授了不少學生,而他的治學特點和教學方式與衆不同:"是時方
尚辭賦,獨湖學(胡瑗)以經義及時務,學中故有經義齋、治事
齋。經義齋者,擇疏通有器局者居之;治事齋,人各治一事又兼
一事,如邊防水利之類。故天下謂湖學多秀彦。其出而筮仕,
往往取高第。及爲政,多適於用。"由此可推知,他非常重視實用
之學。同時他還開辦了"春秋經社",培養了孫覺等人才。孫覺
(1028—1090),字莘老,曾著有《春秋經社要義》六卷等書。此書
雖已佚,但據書名推斷,大概是在"春秋經社"裏所記的講義綱要,
即胡瑗的議論,而據《群齋讀書志》説:"其學亦出於啖、趙。"由此
可知,胡瑗的《春秋》學也繼承了啖氏《春秋》學的致用精神。

　　另外,孫覺也是以《春秋》學而知名於世的,有《春秋經解》

────────────

①　參見本書所收《宋人眼裏的柳宗元》。

②　朱熹《五朝名臣言行録》引。

十三卷,《四庫提要・〈春秋經解〉提要》說:"其說是非褒貶,則雜取三傳及歷代諸儒、啖、趙、陸氏之說長者從之,其所未聞,則以安定先生(胡瑗)之說解之",也就是說可把孫覺《春秋》學歸入啖氏《春秋》學的譜系之中。同時孫覺此書在當時學術界頗有影響,據《四庫提要》說:"周麟之跋稱,初王安石欲釋《春秋》,以行於天下,而莘老之傳已出,一見而有恚心,自知不能出其右,遂詆聖經而廢之。邵輯序稱,是書作於晚年。謂安石因此廢《春秋》,似未必盡然,然亦可見當時甚重其書,故有此說也。"但是,《四庫提要》的說明仍有未說透之處。如果認爲王安石廢《春秋》一事之所以與孫覺相關,僅僅是因爲孫覺的著作受人重視,那麼這個理由就顯得太單薄了。還應該考慮到王安石與孫覺《春秋經解》的內在關係。當然王安石沒有關於《春秋》學的專著,因而無法就文字記錄來比較王、孫兩人的思想,但是對他們來說,思想即是行動的準則,那麼他們的思想就不僅僅留存於文字中,其行動也或多或少地傳遞出他們的思想。王、孫的關係頗有曲折,"王安石早與覺善,驟引用之,將援以爲助"(《宋史・孫覺傳》),但後來孫覺因反對青苗法而"爲王安石所逐"(同上)。然而晚年"安石退居鍾山,覺枉駕道舊,爲從容累夕。迨其死,又作文以誄"(同上)。從兩人關係來看,雖然立場不同,但他們的思想、氣質都很相近,相互能溝通。據傳王安石曾詆《春秋》爲"斷爛朝報",但此事正如《四庫提要》所言,是"未必盡然"的①。由此看來,儘管王安石

①　王安石稱《春秋》爲"斷爛朝報"一事,歷來議論紛紜。祁寬編《尹和靖語錄》中說:"介甫未嘗廢《春秋》。廢《春秋》爲'斷爛朝報',皆後來無忌憚者托介甫之言者也。"《困學紀聞》卷六中也有類似的記載。清代李紱有詳細的考證(《穆堂別稿》卷三九《書周麟之〈孫氏春秋傳序〉後》),斷言"謂荊公詆《春秋》,皆誤信麟之妄言者也。"這一推斷頗妥當切實。

是出於政治策略而廢《春秋》的，但仍然出現了王安石由於《春秋經解》的出現而放棄傳注《春秋》的這一傳聞，還是因爲他的思想和有爲精神與孫覺的思想有極其相同之處的緣故，恐怕祇能這樣解釋纔説得通吧。這樣，王安石也可在啖氏《春秋》學的精神譜系中佔有一席之位。

以上我們通過胡瑗、孫覺可以窺探出啖氏《春秋》學受到了宋代士大夫的尊崇、並在教育領域成爲指導方針，同時還促成了王安石式的有爲精神。

啖氏《春秋》學的另一位繼承者是孫復(992—1057)，字明復，平陽人，退居泰山，人稱泰山先生。著有《春秋尊王發微》十二卷等，《宋史·儒林傳》本傳載："著《(春秋)尊王發微》十二篇，大約本於陸淳，而增新意。"其所謂"新意"，據《四庫提要》認爲是："復之論，上祖陸淳，而下開胡安國。謂《春秋》有貶無褒，大抵以深刻爲主。"成爲宋儒嚴格的名分論的先聲。與胡瑗一樣，孫復也繼承了啖氏《春秋》學，但是兩人的學問趨向迥異，孫復學問的最大新意如他的書名所冠的那樣，就在於尊王思想。此書卷十二"哀公十四年"末尾説："是故《春秋》尊天子，……尊天子所以黜諸侯也。"可見他的嚴格的名分論即出自尊王思想。尊王思想似乎與啖氏《春秋》學沒有直接的聯繫，但是孫復把《春秋》看作是"治世大法"(石介《泰山書院記》)，就這一點而言，還是繼承了啖氏《春秋》學的精神的。對他來説，正名就是治世的最重要的方法。衆所周知，孫復的《春秋》學對宋人影響深遠，歐陽修、石介等人都強烈地受到了他的影響。

由此可見，啖氏《春秋》學在宋初已經分化爲兩個傾向：一是胡瑗的經世致用之學，一是孫復的尊王名分之學，而繼承啖氏《春秋》學的正統的還是胡瑗。柳宗元的《春秋》思想則是胡瑗一派的一個重要的淵源,因爲胡瑗受范仲淹拔擢而任教太學期間,曾把柳宗元與韓愈一起作爲古文的典範①。而且作爲政治家的柳宗元受到過宋人的高度評價,結合此點來看,柳宗元的《春秋》思想也一定對宋人的有爲精神的釀成,起到了很大的作用。

　　啖助、柳宗元的《春秋》學影響於宋人的,除了有爲精神之外,還可以舉出疑古思想和自由精神這兩點。他們率先對《春秋左氏傳》、《國語》的作者問題提出疑問②,承此而下,歐陽修、程頤、朱熹、葉適等人也都懷疑"左氏"非左丘明③,北宋有《左氏解》一卷(舊題王安石撰),南宋則有《六經奧論》六卷(舊本題鄭樵撰),都舉證明辨左氏不是左丘明④。柳宗元除了有關《春秋》的文章和《非國語》外,更有《辨列子》、《辨文子》、《論語辨》二篇、《辨鬼谷子》、《辨晏子春秋》、《辨亢倉子》、《辨鶡冠子》等許多辨僞文,這些都是疑古自由精神的産物,在唐代如

─────────────

① 見《宋人眼裏的柳宗元》。
② 清代董增齡《國語正義序》中說:"隋劉光伯(炫)、唐陸淳、柳宗元始有異議。"劉炫有關《春秋》的著作有四種之多,不知董氏所指爲何種。劉炫的異議於《春秋左氏傳》"襄公二十六年""欒范易行以誘之"以下的正義中可見,但未記書名,大概是《春秋規過》三卷,或是《春秋左氏傳述義》四十卷。即使最早提出異議的是劉炫,但就對後世的影響而言,畢竟還是陸淳、柳宗元重要。
③ 《居士集·外集》卷十《辨左氏》。
　《河南程氏遺書·外集》卷十一"《左傳》非丘明作"。此外程頤對《左傳》有所批判。
　《朱子語類》卷八三《春秋》:"或問,左氏果丘明否。曰:左氏敘至韓魏趙殺智伯事,去孔子六七十年,決非丘明。"同時朱熹也曾批判左氏,同卷中可見。
　葉適《習學記言》云:"《國語》非左氏所爲。"
④ 《左氏解》,《直齋書錄解題》云:"專辨左氏爲六國時人,其明驗十有一事。題王安石撰,實非也。"《六經奧論》卷四有《左氏非丘明辨》。

此活躍而又尖銳地發揮這種精神的,無出其右。到宋代則不勝枚舉,比如著名的有歐陽修,著有《詩本義》十四卷、《易童子問》三卷,此外作《泰誓論》懷疑《尚書》,作《帝王世次圖序》及《後序》懷疑《史記》黃帝以來堯舜禹文武的世次之謬誤。這些都是"孔子之於經,三子之於傳,有所不同,則學者寧捨經而從傳,不信孔子而信三子。甚哉! 其惑也。……經之所書,予所信也;經所不言,予不知也"(歐陽修《春秋論》上)的這種精神的表現,而這種精神可以說正是繼承啖助、柳宗元等人的疑古思想、自由精神而來的。宋初的儒學主流還是沿襲唐代的注疏之學,但在慶曆以後"不惑傳注"的經學成了宋代儒學的主流①,到了熙寧年間甚至矯枉過正,已經出現了令司馬光嘆息的狀況:"至有讀《易》,未識卦爻,已謂《十翼》非孔子之言;讀《禮》未知篇數,已謂《周官》爲戰國之書;讀《詩》未盡《周南》《召南》,已謂毛、鄭爲章句之學;讀《春秋》未知十二公,已謂'三傳束之高閣可也'。循守注疏者,謂之腐儒;穿鑿臆說者,謂之精義。"(《司馬溫公文集》卷四五《論風俗劄子》)由上可見,啖助、趙匡、柳宗元的疑古思想、自由精神給予宋人的影響也是極大的。

## 二、《非國語》與宋人

《春秋左氏傳》在中唐以前非常受重視,是源於對它的作者左丘明的尊崇;而對左丘明的尊敬又是源於《論語》。《論語·公冶長篇》中有"巧言令色足恭,左丘明恥之,丘亦恥之"之語,因此一般就認爲"左丘明好惡與聖人同,親見夫子,而公

---

① 歐陽修《孫明復墓志銘》云:"先生治《春秋》,不惑傳注。"

羊、穀梁在七十子後，傳聞之與親見之，其詳略不同"（《漢書·劉歆傳》）。但是啖助、趙匡等人卻主張左氏非左丘明，這成了《春秋》學通向宋代《春秋》學的一個轉折的契機，因此啖助等人的批判《左氏傳》在學術史上有着重大的意義。

同時一般還認爲這個左丘明還是《國語》的作者，連司馬遷也以爲就是《論語》中出現的人物："左氏失明，厥有《國語》。"（《史記·太史公自序》）明確記載了左丘明爲《國語》作者説。《漢書·藝文志》也把《國語》歸入"春秋類"。由此《國語》也受到了尊崇，其實在柳宗元的時代就是"讀者或莫非之，反謂之近經"（《非國語》下後序），地位頗高。由於柳宗元的《非國語》是受啖氏《春秋》學啓導的，而啖助等人對左氏的批判有着重大的意義，因此《非國語》也自然具有了一定的價值。然而，宋人對《非國語》似乎不能接受，批評得極爲猛烈。比如司馬光批評道："先儒多怪左丘明既傳《春秋》，又作《國語》，爲之説（指左丘明非作者説）者多矣，皆未通也。……然所載皆國家大節，興亡之本。柳宗元邪佞之人，智識淺短，豈足以窺望古君子藩籬耶！而妄著一書以非之。"（《述〈國語〉》）司馬光本人雖認爲左氏乃左丘明，不過正如他所記述，在宋代左氏非左丘明之説較爲盛行，而且柳宗元的《春秋》學對宋人影響較大，然而《非國語》卻受到批評，這又是什麽緣故呢？我以爲問題還是在於《非國語》中所論述的思想內容。

在宋代從正面批判《非國語》的有江惇禮（一作江端禮，疑避南宋光宗諱而改）《非非國語》一書（見晁説之《江子和墓志銘》，《嵩山文集》卷十九），遺憾的是此書已不存，祇能從蘇軾的書信中窺其端倪。蘇軾的《與江惇禮秀才書》第二首（《續集》卷五）中這樣寫道：

　　向示《非國語》論，鄙意素不然之，但未暇爲書爾。所

示甚善。柳子之學大率以禮樂爲虛器，以天下爲不相知
云云，雖多皆此類爾，此所謂小人無忌憚者。君正之，大
善。至於《時令》、《斷刑》、《貞荷（符）》、《四維》之類，皆
是也。

江惇禮（1060—1097），字子和，一字季恭，《宋元學案》把他列
入安定學案，作爲徐積的門人，因此他也是一位屬於啖氏《春
秋》學譜系中的人物。但據晁説之《江子和墓志銘》説，他另外
還熱心地學崔子方的《春秋》學（自言"此吾之所學也"）。崔子
方，生卒年不詳，字彥直，一字伯直。通《春秋》學，與蘇軾、黄
庭堅交遊，著有《春秋經解》十二卷、《春秋本例》二十卷、《春秋
例要》一卷。其《春秋》學"大略皆從《左氏》，而亦間有從《公》、
《穀》者"（《四庫提要·〈春秋經解〉提要》），即是以《左氏傳》爲
主。因此江惇禮作《非非國語》，或許是受到了崔子方的影響。
那麼，蘇軾爲何要贊同《非非國語》呢？江惇禮視左丘明爲《國
語》的作者而予以推崇，但蘇軾卻認爲"自孔子没，學者惑乎異
端之説，而左丘明之論尤可怪"（《經進東坡文集事略》卷三《南
省講三傳十事、供養三德爲善》，以下簡稱爲《事略》），對左丘
明評價並不高，因此蘇軾不是由於推崇左丘明而贊同江氏的。
同時從蘇軾此信的寫法來看，他不僅對《非國語》不滿，而且對
柳宗元思想的整體都持批評態度。而蘇軾所説的"柳子之學
大率以禮樂爲虛器"，具體又是指什麼而言的呢？柳宗元別集
中没有一篇明言"以禮樂爲虛器"的文章。蘇軾本人所寫的批
判《非國語》的文章中有《續楚語論》（《事略》卷十一）一文，我
們先來看其中有問題的《國語·楚語》"屈到嗜芰"條。此
條載：

屈到嗜芰。有疾，召其宗老而屬之曰："祭我必以

芰。"及祥,宗老將薦芰,屈建命去之。宗老曰:"夫子屬
之。"子木曰:"不然。夫子承楚國之政,其法刑在民心,而
藏在王府,上之可以比先王,下之可以訓後世,雖微楚國,
諸侯莫不譽。……夫子不以其私欲干國之典。"遂不用。

對於這一條,柳宗元《非國語》批評説:

　　非曰:門內之理,恩掩義。父子,恩之至也,而芰之
薦,不爲愆義。屈子以禮之末忍絕其父將死之言,吾未敢
賢乎爾也。苟薦其羊饋而進芰於籩,是固不爲非,禮之言
齋也曰:"思其所嗜。"(《禮記·祭義》)屈建曾無思乎?且
曰違而道(《國語》韋昭注云:"違命合道")。吾以爲逆也。

這就涉及到禮的社會機能及其地位的問題。對此蘇軾反
駁説:

　　甚矣,柳之陋也。……夫死生之際,聖人嚴之。……
父子平日之言,可以恩掩義,至於死生至嚴之際,豈容以
私害公乎?……今赫赫楚國,若敖氏之賢,聞於諸侯,身
爲正卿,死不在民,而口腹是憂,其爲陋亦甚矣。使子木
行之,國人誦之,太史書之,天下後世不知夫子之賢,而唯
陋是聞,子木其忍爲此乎?……然禮之所謂"思其所樂"、
"思其所嗜",此言人子追思之道也。

柳宗元認爲屈建所爲的是"禮之末",而蘇軾卻認爲"夫禮之大
意,存乎明天下之分,嚴君臣,篤父子,形孝悌而顯仁義也"
(《事略》卷一〇《禮以養人爲本論》),禮是社會秩序的根本,所
以不能容忍本應奉禮而行的士大夫做徇私枉禮之事。也就是
説蘇軾比柳宗元更爲看重禮的社會機能和地位,並因此就認
爲柳宗元是"以禮樂爲虛器"的。至於《時令論》、《斷刑論》、

《貞符》、《四維論》等文中都有批判"禮"的傳統觀念和制度的內容,這些也當然是蘇軾所不能接受的。

毋庸贅言,儒學的傳統理念中一般認爲禮樂與經世兩者是直接相關的,同時還肯定音樂也有着與禮同樣的社會意義和實用功能。比如《禮記·樂記》説:"禮樂刑政,其極一也。……故聖人作樂以應天,制禮以配地。禮樂明備,天地官(注曰:"官猶事也。各得其事")矣。……樂也者,聖人之所樂也,而可以善民心。其感人深,其移風易俗,故先王著其教焉。"而蘇軾就忠實地繼承了這一思想,他所説的"自三代聖人,以禮樂教化天下"(《續集》卷八《論封建》)一語正是其政治思想的根本所在。對此,柳宗元則在《非國語》的《無射》《律》兩條中批判了傳統的樂論。尤其在《無射》中他指出"非樂能移風易俗也",否定了音樂對社會的實用功能,還説"曰:樂之不能化人,則聖人何作焉?曰:樂之來,由人情出者也,其始非聖人之作也",更是從正面否定了傳統的樂的觀念,認爲音樂沒有教化這一社會功能,也就是把音樂視爲"虛器"。由此可見,蘇軾的思想與柳宗元有着根本不能相容之處,因此他對柳宗元的思想持批判的態度。不過由於柳宗元的禮樂觀顯然包含了對儒教理念根基的批判,所以蘇軾對柳的批評就不是他個人的批評了,而是所有的儒者作爲一個儒者所應該有的批評。《非國語》也因此不能爲宋人所接受。但是可以説,《非國語》從反面也刺激了宋儒的思想,即引發了宋人對它的反駁。

### 三、《封建論》與宋人

《封建論》不是一篇單純的史論文,而是與時政密切相關的社會體制論,而且從它尋求儒教理念與政治體制的得失之

間的理論整合性這一點來看，可以説此文是中國政治論中最
爲基礎的論文之一。尤其在宋代，封建論已成爲一個重要的
議題，其理由有二。一是因爲宋朝雖已確立了所謂皇帝獨裁
體制，但又經常受到遼等外寇的威脅，認識到其中央集權制存
在着弱點。一是因爲這種皇帝獨裁制與肯定封建制的傳統儒
教理念的沖突矛盾日益明顯。宋人所著的封建論很多，對他
們來説，都不能無視柳宗元《封建論》的存在。可以説，無論是
肯定還是否定，宋人的封建論沒有不觸及柳宗元的《封建論》
的。雖然宋人對柳宗元《封建論》的態度似乎未必與各人的思
想背景有關，不過我們還是來看一下各種思想立場的代表性
的論説。

　　理學家一般認爲"封建者道也，郡縣者利也；封建者公也，
郡縣者私也"（劉敞《公是集》卷四〇《封建論》），而其論據就是
"三代之王也，舉天下以封建；秦之帝也，破封建以立郡縣"（同
上）。南宋的胡寅也批評柳宗元説："封建與天下共其利，天道
之公也；郡縣以天下奉一人，人欲之私也。"（《荆川稗編》卷九
五《封建論》）無論時代的先後，這些論者的共通點就是認爲封
建之所以是"天道之公"，其理由在於"是堯舜禹共爲此法，以
公天下"（同上），而這正是儒學最正統的看法。當然未必所有
的理學家都是這樣認爲的，比如程頤就説："封建之法，本出於
不得已。柳子厚有論，亦窺測得分數。秦法固不善，亦有不可
變者，罷侯置守是也。"（《河南程氏遺書》卷二二上）朱熹也對
柳宗元的《封建論》有所肯定，他説："子厚説：'封建非聖人意
也，勢也'，亦是。但説到後面有偏處，後人辨之者亦失之太
過。如廖氏所論封建①，排子厚太過。且封建自古便有，聖人

①　廖偁，生卒年不詳，天禧年間進士。《宋文鑒》卷九四載其《封建論》一首。

但因自然之理勢而封之,乃見聖人之公心。"(《朱子語類》卷一三九《論文》上)另外黃震也肯定柳宗元之論:"子厚論是也。"(《黃氏日鈔》卷六〇"封建論"條)

此外,以歷史學家的角度來肯定柳宗元之論的有宋祁和范祖禹。宋祁《新唐書·宗室列傳贊》中引用了杜佑和柳宗元的《封建論》,並贊同說:"觀諸儒之言,誠然。"可是關於封建與郡縣的優劣,他以爲互有短長:"救土崩之難,莫如建諸侯;削尾大之勢,莫如置守宰。唐有鎮師,古諸侯比也。故王者視所救爲之,勿及於敝則善矣。"(同上)范祖禹也是一位肯定派,如在《唐鑒》"太宗五年"的評語中,他稱引柳宗元的論述而批評封建制的不合時宜:"柳宗元有言曰:'封建非聖人意也,勢也',……先王之禮,或損或益,因時制宜,以便其民順也。古之法不可用於今,猶今之法不可用於古也。後世如有王者親親而尊賢,務德而愛民,慎擇守令以治郡縣,亦足以致太平,而興禮樂矣。何必如古封建乃爲盛哉!"范祖禹在《唐鑒》中曾屢屢述及藩鎮之弊,而他對柳宗元《封建論》的肯定,恐怕正是基於這種認識。

蘇軾對柳宗元的思想基本上持批判態度,但對這篇《封建論》卻是贊同的。他在《論封建》一文中闡述其理由是:"凡有血氣必爭,爭之必以利,利莫大於封建。封建者,爭之端而亂之首也。自書契以來,臣弒其君,子弒其父,父子兄弟相賊殺,有不出於襲封而爭位者乎?"蘇軾是從道德主義的立場來否定封建的,這是他獨特的見解。

以上分析了理學家及其他人的觀點,下面再來看功利思想家——也應該是柳宗元精神和思想的繼承者——的觀點。在柳宗元以前的《封建論》都以"封建乃先王所定"爲由而肯定封建制,甚至根本不打算議論體制本身的得失;即使在論述公私問題時，也祇是從統治階層間的利害關係去考察。對此柳宗元的《封建論》則從封建、郡縣的體制本身的得失出發來闡述封建制的是與非，站在民本思想的立場上主張封建之非。他的不拘泥於觀念優先的陳腐的公私論這一姿態，自然與功利思想家相通，事實上也給了他們一定的啟發。

南宋功利思想的代表是葉適，他是永嘉學派的領袖，"學術之會總爲朱、陸二派，而水心斷斷其間，遂稱鼎足"（《宋元學案·水心學案序録》）。他"志意慷慨，雅以經濟自負"（《宋史·葉適傳》），推賞柳宗元的《送婁圖南秀才遊淮南將入道序》（《與戴少望書》）。他是一位獨特的思想家，在這方面也吸收了柳宗元的不少思想。柳宗元的《封建論》認爲社會體制、歷史變動的本原不是聖人之意而是"勢"，並從這種認識出發來肯定郡縣制，而葉適在《治勢》（《水心文集》卷四）一文中這樣論述道：

> 故夫勢者，天下之至神也。合則治，離則亂；張則盛，弛則衰；續則存，絕則亡。臣嘗考之載籍，自有天地以來，其合離、張弛、絕續之變，凡幾見矣。知其勢而以一身爲之，此治天下之大原也。

葉適就是依據於柳宗元《封建論》中所提出的這一認識，然後進一步追索如何治"勢"這一問題，並把這種認識發展爲政治理論。

另外南宋還有永康學派的代表人物、與葉適並立爲功利思想家的陳亮，他的《問答》一文雖然沒有述及封建的是與非，但其議論顯然是以柳宗元的《貞符》、《封建論》爲立論的基礎的。比如他説：

> 昔者生民之初，類聚群分，各相君長。其尤能者，則

相率而聽命焉，曰皇曰帝。蓋其才能德義足以爲一代之
君師，聽命者不之焉則不厭。世改而德衰，則又相率以聽
命於才能德義之特出者。天生一世之人，必有出乎一世
之上者以主之，豈得以世次長有天下哉！　　（《問答》一）

君主長官的產生是憑"才能德義"，而不是靠世襲，這種觀點顯
然是從柳宗元的理論概括而出的，因爲柳宗元《封建論》也說
過："夫假物者必爭，爭而不已，必就其能斷曲直者而聽命焉。
其智而明者，所伏必衆，告之以直而不改，必痛之而後畏，由是
君長刑政生焉。故近者聚而爲群，群之分，其爭必大；大而後，
有兵有德。又有大者，衆群之長又就而聽命焉，以安其屬。"然
而，儘管陳亮的思想基盤與柳宗元一樣也是孟子的民本思想，
又把柳宗元的觀點作爲立論的出發點，但是他的結論卻是肯
定封建制的。柳宗元認爲"侯王雖亂，不可變也，國人雖病，不
可除也。……大刻於民者，無如之何"，並批評封建制下有才
德者得不到其應有的地位："聖賢生於其時，亦無以立於天
下。"對此，陳亮卻認爲"君臣，天地之大義也"（《問答》六），並
說："三代既以世次而有天下，其相與肇造人紀而維持其國家
者，亦欲其代修祖父之業而君臣相保，與國無窮也。使天下之
人有所觀仰愛戴，而不敢窺伺其間，以覬幸國柄、橫生意見、紊
亂綱紀，使天下大義有所廢闕，而厭故喜新、敗亡相尋而不悟
也。惟其子孫族屬舉不足以當賢者之選，而後廣求天下之賢
聖，以庶幾於一遇，而中接墜業，不敢有加焉，如高宗之於傅說
是也。此豈君臣之常法哉！"（同上）也就是說，陳亮雖然說"豈
得以世次長有天下"，認爲才能德義是統治者的條件，但另一
方面又從"君臣大義"出發而肯定封建制。陳、柳二人雖同以
民本思想爲根基，但對封建的態度迥異，是因爲才德主義如果
貫徹到極點，就必然成爲否定君臣秩序的契機。因此對於民

本主義與君臣秩序的維持這兩者之間所産生的矛盾,陳亮試圖用"天下不能皆特起之賢,則超舉顯擢,豈可率以爲常乎"(同上)這一理論來加以解決。這是置身於以强化君臣道德的維持爲命題的體制中的思想家的不得已的一個結論,在這裏也可見出宋代這一時代的烙印。

南宋功利主義政治家中還有"負天下之望,以一身之用捨而爲社稷生民之安危"(《宋史·李綱傳》)的李綱,他著有《論封建郡縣》一文。此文當然不會主張理學家式的觀念主義公私論,而是具體詳細地比較了封建、郡縣的是非,但其結果仍以封建爲是。

由上所見,關於封建論,宋人諸説紛紜,莫衷一是,但大勢傾向於封建肯定論。這裏,馬端臨對封建論的歸納頗爲得當,故此我們來看一下他的意見。他説:

> 秦既併天下,丞相(王)綰請分王諸子,廷尉(李)斯請罷封建置郡縣,……自是諸儒之論封建郡縣者,歷千百年而未有定説。其論之最精者,如陸士衡、曹元首則主綰者也,李百藥、柳宗元則主斯者也。二説互相排詆,而其所發明者,不過公與私而已。曹與陸之説曰:唐虞三代,公天下以封諸侯,故享祚長;秦私天下,以爲郡縣,故傳代促。柳則反之曰:秦,公天下者也。眉山蘇氏又從而助之曰:封建者,爭之端,亂之始,篡殺之禍,莫不由之。李斯之論,當爲萬世法。而世之醇儒力詆之,以爲二氏以反理之評、詭道之辨,妄議聖人。
>
> (《文獻通考》卷二六五《封建六》)

由此可知,問題的焦點在於"公"與"私",宋儒的傾向於封建肯定論,某種意義上説是儒學之必然所歸。但是,爲什麽許多功利思想家雖然處在中央集權制之下,但仍然肯定封建制呢?肯定封建制,不是與當時的體制相抵觸嗎? 這恐怕是因爲他們直面着中央集權制所產生的難以避免的弊端。北宋末的畢仲游在他的《封建郡縣議》中也肯定了封建制,而且還指出了當時的弊病:"今或意州縣權輕,而東南不可不慮者,非徒事未然也。前日,貝州之役、邕管之軍,是權輕之害、東南之禍已效者也。"也就是説,中央派遣的地方官既没有足夠的權力,而且任期一到就可一走了之,因而對地方軍政也不太負責,由此便產生了弊害。這是中央集權的官僚制本身所不可避免的缺點。同時由於宋朝在其建國之初起就一直面臨着鉅大的外患,宋儒也必然會敏鋭地感覺到本朝體制上的弱點,例如畢仲游就一語道破關鍵:"外强者封建,外弱者郡縣。"所以宋儒趨向於肯定封建也不是不可思議的。

宋人雖然出於各種理由對柳宗元進行批駁,但仍對柳有所肯定:"柳蘇二子之論,其剖析利害,指陳得失,莫不切當,不可廢也。"(馬端臨,同上書)事實上,對柳宗元的《封建論》不管是贊同還是反駁,宋人的封建論往往都是以他的論述爲前提,受他的啟發而加以發展的。通過這一討論又產生了宋代各種新的體制論、政治理論,因而柳宗元《封建論》的思想意義是極其重大的。

## 結　語

以上我們看到了宋人對柳宗元的態度略顯複雜,柳宗元處於宋人的稱贊與批駁的激烈的對抗之中。這種對抗已經超越了功利思想家對理學思想家這一模式,在同一個儒學家身上,這兩種態度也會同時並存。這是因爲柳宗元主張有爲於生民,有時竟爲此連儒教的傳統理念都敢予以否定。

　　但是這種複雜的態度本身,也可以説是在接受柳宗元時所培養出來的。因爲立足於自己的理性是柳宗元的根本態度,而對柳宗元的批判,在某種意義上甚至也可以説是繼承了柳宗元的態度而產生的。一個人如果立足於内在的理性而批判地看待對象,就會產生出稱贊與批駁這一對抗精神的緊張,而這不也正是柳宗元所帶給宋人的嗎?

# 《通典》的史學與柳宗元

## 前　　言

　　唐代古文家中對史學深感興趣的人很多,柳宗元也自年輕時起,就與韓愈一起"期爲史,志甚壯"(柳宗元《與史官韓愈致段秀實太尉逸事書》)。曾任史館修撰的韓愈認爲"夫爲史者,不有人禍,則有天刑"(《答劉秀才論史書》),對此,柳宗元在《與韓愈論史官書》中則斷言修史與修史者的不遇這兩者之間沒有事實上的因果關係,並批評韓愈怠慢職責。這一批評或許令人有過於性急、太頂真之感,但也因體現了他的否定天人相關這一合理思想而著名。柳宗元這一合理思想其實與當時史學新潮流——與斷代紀傳體相對的編年通史的復興——之精華《通典》的出現有關聯。下面就探討一下柳宗元與《通典》的關係。

## 一、杜佑與王叔文集團

　　在順宗當朝之下,以王伾、王叔文爲首的柳宗元等人處於權力中樞這一時期,擔任宰相的正是《通典》的作者杜佑,這一點值得注意。現存的柳集中很難找到可以論證柳宗元與杜佑具體關係的材料,但在探究柳宗元的古文及思想之際,恐怕不能無視杜佑的存在。在考察兩人關係之前,首先看一下杜佑與王叔文集團的關聯。

杜佑(734—812)字君卿,京兆萬年人,出身於所謂的高門望族,早年即以蔭補爲濟南郡參軍、剡縣丞。其後他受淮南節度使韋元甫辟召而爲其幕僚,其時的同僚中有劉禹錫之父劉緒①。也許正是這個機緣,以後劉禹錫曾入杜佑幕下。現在梳理一下杜佑與劉禹錫、柳宗元的時間關係。

大曆元年(766),杜佑(三十三歲)開始編纂《通典》。

貞元五年(789),杜佑(五十六歲)任淮南節度使。

貞元九年(793),劉禹錫(二十二歲)、柳宗元(二十一歲)同年進士及第。

貞元十六年(800),杜佑兼任徐、泗、濠三州節度使。劉禹錫(二十九歲)受杜佑辟爲記室參軍。

貞元十七年(801)十月,《通典》二百卷完成。"大傳於時,……大爲士君子所稱。"(《舊唐書·杜佑傳》)

貞元十九年(803)二月,杜佑罷淮南節度使歸朝,除檢校司空、同中書門下平章事。此年閏十月,劉禹錫拜監察御史,柳宗元拜監察御史裏行,入朝。

貞元二十一年(805),柳宗元、劉禹錫與王叔文等人開始實行改革。此年,柳宗元執筆寫《貞符》未定稿(見《貞符序》)。

劉禹錫從受辟於杜佑到永貞政變爲止,常代杜佑草撰奏章,現存的劉禹錫文集中,這種文章佔了兩卷多,其篇數多達

---

① 據瞿蛻園《劉禹錫集箋證》(上海古籍出版社)的考證,劉緒曾作爲劉晏的部下,在江淮咽喉要地埇橋擔任鹽鐵之職,據說這是靠着劉晏的心腹盧徵的提拔。盧徵與劉家有姻親關係,於劉禹錫爲堂舅。參看第1555、1559、1589頁。

二十八首。元和元年，劉禹錫寫給杜佑的《上杜司徒書》中自稱"小人自居門下，僅踰十年，未嘗信宿而不侍坐"，那麼劉禹錫代草的章表，現存者恐怕不過是其中的一部分而已。既然劉禹錫與杜佑有如此密切的關係，那麼貞元十九年與劉同時入朝的柳宗元就很有可能通過劉禹錫的介紹而馬上認識杜佑。而且《通典》的完成時在此前兩年的貞元十七年，而此書呈獻給朝廷後，"大傳於時。禮樂刑政之源，千載如指諸掌，大爲士君子所稱"(《舊唐書·杜佑傳》)，因而難以設想柳宗元會沒有讀過這部著作。但是在長安時期，沒有跡象表明柳宗元與杜佑交往特別密切。杜佑雖然很器重劉禹錫，但在順宗當朝的改革之際，卻與王叔文集團保持一定的距離。這種態度對於當時已經七十一歲高齡的杜佑來說，是理所當然的；而且他出身門閥貴族，而王伾、王叔文等人則是下層出身的新貴，他不參與他們的活動也是極爲自然的。另外據說他的口頭禪是"處世無立敵"(《唐語林》卷一)。所以對於柳宗元這樣的激進派的先鋒人物，杜佑有可能主動保持距離，但他對王叔文等人似乎也不是全面否定。儘管從現存的史料中無法知道詳情①，但可以想像杜佑在順宗朝處於一個複雜的地位。王叔文等人顯然看重、利用杜佑作爲財務官僚的名聲和才幹，這種場合下，劉禹錫就成了溝通關係的聯絡人。

杜佑的官歷大多是擔任與核心財務有關的職務，而才幹卓越。建中元年楊炎曾經在實行兩稅法的同時驅逐劉晏，改

---

① 從韓愈《順宗實錄》、《新唐書·杜佑傳》等來看，杜佑很厭惡王叔文等人。不過這些書都是持批評王叔文的立場。如果杜佑真是反對王叔文集團的話，那麼他爲何會順從王叔文的旨意而出任度支、鹽鐵轉運使？杜佑不會看不透這一任命背後的真正意圖。由此看來，《順宗實錄》、《新唐書》的記述不可全信。

編財政機關,結果造成"天下錢穀,無所總領"(《資治通鑒》"德宗建中元年三月"),祇得立即恢復舊制。其時即任命杜佑爲江淮水路轉運使,就是看中了他的這一才幹。杜佑"雅有會計之名"(見下),可以説是當時超一流的財務官僚。

貞元二十一年三月十七日,杜佑任度支、諸道鹽鐵轉運使,十九日王叔文任度支、鹽鐵轉運副使。關於這一人事,據《資治通鑒》分析是出於如下的意圖而這樣安排的:

> 先是叔文與其黨謀,得國賦在手,則可以結諸用事人,取軍士心,以固其權。又懼驟使重權(胡三省注:度支、鹽鐵轉運,利權所在,權莫重焉。王叔文起於卑漢,遽領使職,自知其驟,其心不安而懼),人心不服,藉杜佑雅有會計之名,位重而務自全,易可制,故先令佑主其名,而自除爲副以專之。

又據《舊唐書》等説,可稱爲王叔文集團的智囊人物的正是劉禹錫、柳宗元,因此柳宗元也肯定會和劉禹錫一起參與策謀了這一人事安排的。他們讓精通財務的杜佑"主其名",這不單純地如史書所言,祇是爲了鞏固自己的權力。如果從當時唐朝推行榷鹽法和兩税法等新經濟政策、逐漸向財政國家演變的這一背景來看[1],實際上他們不也正是需要杜佑作爲財務官僚的經驗和能力嗎?因爲通過税收來控制官員和軍隊,這正是實行兩税法之後的權力狀態。

《資治通鑒》緊接着上文説:"叔文雖判兩使,不以簿書爲意,日夜與其黨屏人竊語,人莫測其所爲。"記述了王叔文實際

---

① 關於唐朝從所謂的武力國家向財政國家演變一事,可參看如宮崎市定、日野開三郎(《日野開三郎東洋史學論集》第一卷《唐代藩鎮的支配體制》,第三、四卷《唐代兩税法的研究》。三一書房)等人的有關研究。

的工作狀況。正是因爲杜佑是當時超一流的財務官，所以王叔文纔可以不管實務。國家機構運營的根基在於財務，王叔文本人對此也有清醒的認識："叔文賤時，每言錢穀爲國大本，將可以盈縮兵賦，可操柄市士。"（《舊唐書·王叔文傳》）所以他抬出七十一歲的杜佑，並非僅僅要仰仗於後者的名門望族所具的威望。當然有這種認識的並非祇有王叔文一人。劉禹錫不僅自己曾在杜佑身邊任幕僚，而且其堂舅盧徵又是劉晏的心腹，其父劉緒也在江淮擔任過鹽鐵方面的職務①，因而劉禹錫也許要比王叔文更認識到財務的重要性。另外受王叔文任用的還有程异，此人在王叔文失勢後被貶爲岳州刺史，再貶爲郴州司馬，但是元和初受杜佑推薦而爲鹽鐵使的李巽，就"薦（程）异曉達錢穀，請棄瑕録用，擢爲侍御史"（《舊唐書·程异傳》），而李巽取得了超出劉晏的成果，這其中據説有着程异的輔佐之功（《舊唐書·李巽傳》）。可見這個程异也是財政實務方面的一流專家。由於任用了這樣的人才，所以可以説王叔文等人的時代認識和政治方針是相當明確的。

由上可見，柳宗元幾乎不可能沒有讀過《通典》，因爲《通典》正是杜佑作爲財務官僚的經驗和思想的結晶。

## 二、《通典》的史學與柳宗元

《通典》誕生的經過，表面上看極爲單純，如《舊唐書·杜佑傳》説："初開元末，劉秩採經史百家之言，取《周禮》六官所職，撰分門書三十五卷，號曰《政典》，大爲時賢稱賞，房琯以爲才過劉更生。佑得其書，尋味厥旨，以爲條目未盡，因而廣之，

---

① 　參看前引瞿蜕園《劉禹錫集箋證》的考證。

加以《開元禮》、《樂》，書成二百卷，號曰《通典》。"《通典》是直接以《政典》爲基礎發展而來的①。劉秩是劉知幾的第四子，其生平事跡不詳，撰寫《政典》的動機及內容，現均不可知。不過關於杜佑撰著《通典》的目的，不必從《政典》中去尋求，其《進〈通典〉表》中就已充分地表達了出來。他說：

> 夫《孝經》、《尚書》、《毛詩》、《周易》、《三傳》，皆父子君臣之要道，十倫五教之宏綱，如日月之下臨，天地之大德，百王是式，終古攸遵。然率多記言，罕存法制，愚管窺測，豈達精深，輒肆荒唐，試爲臆度。每念懵學，冀探政經，略觀歷代衆賢高論，多陳姦失之弊，或闕匡拯之方。臣既庸淺，寧詳損益，未原其始，莫暢其終。……至於往昔是非，可爲今來龜鑒，布在方冊，亦粗研尋。②

可見，他對以往的經書和前人的議論抱有不滿，而作《通典》，首先是出於作爲官僚的工作需要。入唐以來，爲了便於起草詔敕，往往把史實典故按類書分類③，《通典》也可以說是一部爲了撰寫有關政策立案、法令決策的上奏文而制作的事例集。但是《通典》還有比這更深遠的思想意義。杜佑不但分門別類，而且還採用了通史體裁，以此來究明古今法律制度的演變及其成敗損益的原因，而促使這種想法產生的正是作爲參與新經濟政策的財務官僚的經驗和思想。因此杜佑從"財務是國家運營的根本"這一思想出發而來撰構《通典》的。《通典·自序》說：

> 夫理道之先在乎行教化，教化之本在乎足衣食。

---

① 關於《通典》的研究中，有金井之忠《唐代的史學思想》（弘文堂）一書，本文受其啓發頗多。

② 《通典》在版本上問題較多，本文採用中華書局點校本，1988年12月出版。

③ 內藤湖南《支那史學史》第八章《六朝末唐代所出現的史學上的變化》補說。

>《易》稱聚人曰財,《洪範》八政,"一曰食,二曰貨",《管子》
>曰:"倉廩實知禮節,衣食足知榮辱。"夫子曰:"既富而
>教。"斯之謂矣。夫行教化在乎設職官,設職官在乎審官
>才,審官才在乎精選舉,制禮以端其俗,立樂以和其心,此
>先哲王致治之大方也。

杜佑就是依據這一信念而撰構《通典》,他的思路是極其明確
的。作爲一個財務官僚,他認識到充分發展經濟是國家運營
中至關重要之事,這種主張在《食貨典》中隨處可見①。

杜佑把這以前的斷代史中"志"的部分改爲通史體裁,而
在這種體裁的背後包含着這樣一種思想:就是如杜佑本人所
言的,要究明古今制度的成敗損益即窮通之理的思想。杜佑
認爲祇有究明窮通之理纔能順利地治理國政,這種想法也同
樣是出自於財務官僚式的歷史觀、社會觀。《食貨十二‧輕
重》的"論"中這麼說:

>　既而隴右有青海之師,范陽有天門之役,朔方布思之
>背叛,劍南羅鳳之憑陵,或全軍不返,或連城而陷。先之
>以師旅,因之以薦饑,兇逆承隙構兵,兩京無藩籬之固,蓋
>是人事,豈唯天時。……夫德厚則感深,感深則難搖,人
>心所繫,故速戢大難,少康、平王是也。若斂厚則情離,情
>離則易動,人心已去,故遂爲獨夫,殷辛、胡亥是也。今甲
>兵未息,經費尚繁,重則人不堪,輕則用不足,酌古之要,
>適今之宜,既弊而思變,乃澤流無竭。……審其衆寡,量
>其優劣,饒贍之道,自有其術。

---

① 　島一《關於〈通典〉中杜佑等的議論》(《立命館文學創刊五百號紀念論
　　集》)對作爲財務官僚的杜佑的議論做了詳盡的研究。

這裏,杜佑指出窮通不是天命而是人爲,如果能順應時代,改革弊端,就能政通人和。同時認爲在經濟發展中,應該採取"審其衆寡,量其優劣"這種與人口、生産力相適應而課稅的合理方法。這即是他的信念。這種信念當然源自於一個財務官僚的經驗,並由此催生出以究明窮通之理爲目的的《通典》。

下面來看《通典》與柳宗元的關係。柳宗元的思想性文章的代表作《貞符》,完成於永州時代,但原稿在貞元二十一年於長安時就已經開始動筆,是《通典》完成的四年之後。《貞符》的開首便批判了自董仲舒至班固這些前人所謂的"受命"這一天人相關的思想,他說:

> 吳武陵爲臣曰:董仲舒對三代受命之符,誠然非耶?臣曰非也。何獨仲舒爾。自司馬相如、劉向、揚雄、班彪、彪子固,皆沿襲嗤嗤,推古瑞物以配受命。其言類淫巫瞽史,誑亂後代……

他的這一批判根基於其歷史觀。那麼他又是如何說明權力的產生的呢,《貞符》接着論述道:

> 孰稱古初樸蒙空侗而無爭,厥流以訛,越乃奮敓鬥怒振動,專肆爲淫威。曰是不知道。惟人之初,總總而生,林林而群,……交焉而爭,睽焉而鬥。力大者搏,齒利者嚙,爪剛者決,群衆者軋,兵良者殺,披披藉藉,草野塗血。然後強有力者出而治之,往往爲曹於險阻,用號令起,而君臣什伍之法立,德紹者嗣,道怠者奪。於是有聖人焉,曰黃帝,遊其兵車,交貫乎其內,一統類,齊制量,然猶大公之道不克建。……由是觀之,厥初罔匪極亂,而後稍可爲也。

柳宗元認爲君主權力就其產生而言,不是天所授予的,而是完

全由物理性的力的關係所導致而成的。而且他還認爲人類社
會是從由暴力支配的原始狀態逐步向現在的文明社會發展而
來的。

這種社會觀、歷史觀不是柳宗元的獨創,實際上恐怕是受
到了《通典》極大的啟發。比如《通典·禮八·立尸義》中說:

> 古之人樸質,中華與夷狄同,有祭立尸焉,有以人殉
> 葬焉,有茹毛飲血焉,有巢居穴處焉,有不封不樹焉,有手
> 搏食焉,有同姓婚娶焉,有不諱名焉。中華地中而氣正,
> 人性和而才惠,繼生聖哲,漸革弊風。

在杜佑看來,即使是中國,其社會也是由原始的野蠻狀態發展
到文明狀態的。杜佑還進一步地指出,權力產生和交替的本
原,進而包括決定社會體制的因素,都不是天意,而是"勢"。
在《通典·兵一·兵序》中他說:

> 於是驍將銳士、善馬精金,空於京師,萃於二統。邊
> 陲勢强既如此,朝廷勢弱又如彼,奸人乘便,樂禍覬欲,脅
> 之以害,誘之以利。禄山稱兵內侮,未必素蓄凶謀,是故
> 地逼則勢疑,力侔則亂起,事理不得不然也。……語曰:
> "朝爲伊、周,夕成桀、跖。"形勢驅之而至此矣。

對於社會的混亂,杜佑不是從天意或叛逆者的本性中去尋求
原因,而是從所謂的勢力均衡中去追索根源。

從以上兩點可看出,《貞符》的思想與杜佑有共同之處。
但是究竟柳宗元從《通典》中吸收了多少思想,而這種思想在
杜佑之前又是否出現過,爲此,要找一個可供比較的對象,以
探明杜佑、柳宗元在唐代思想史上的地位。這個對象,古文家
比較合適。因爲給《通典》作序的李翰是李華的宗子,杜佑幕
下有梁肅,可見杜佑與古文家的關係不淺,他的思想也處在以

古文家爲中心的時潮之中。比杜佑稍早的古文家賈至(718—772)，與李華、蕭穎士是同年代人。寶應二年(763)，他關於選舉制度作了這樣的論述：

> 夫先王之道消，則小人之道長；小人之道長，則亂臣賊子由是出焉。……今取士，試之小道，不以遠者大者，使干禄之徒趨馳末術，是誘導之差也。所以禄山一呼，四海震蕩；思明再亂，十年不復。向使禮讓之道弘，仁義之風著，則忠臣孝子比屋可封，逆節不得而萌也，人心不得而搖也。　　　　　（《舊唐書·文苑傳中·賈至傳》）

對於這種意見，"議者然之"，得到了時人的贊同。當然兵制論與選舉論不能做單純地比較，但是如果對照一下《食貨十二·輕重》中所闡述的人心的趨向取決於賦税的多寡這一觀點，顯然杜佑的思想與賈至的時代是性質迥異的。杜佑是從經濟、物質性的力的關係這種角度去認識社會和歷史的，這可以説是財務官僚的眼光。因此從物理性的勢力關係去探求權力的本原的這種思路，離開了財務官僚杜佑是不可能形成的。

由此看來，《通典》標志着編年通史的復興，而這也是一種新的思考方式的出現，更是一個與《春秋》學的復興及古文相關聯的大思潮。衆所周知，中唐的啖助、趙匡的《春秋》學與古文有着密切的關係，而趙匡也曾强調究明窮通之理的史學的必要性。大曆年間，他任洋州刺史時所撰寫的《舉選議·舉人條例》中例舉了當時貢舉中十一條弊端，提出了大膽的改革方案，其中還提議應該課以史學。他説：

> 自宋以後，史書煩碎冗長，請但問政理成敗所因，及其人物損益關於當代者，其餘一切不問。
>
> 　　　　　　　　　　　（《通典·選舉五》）

趙匡的議論是從録用實用型人才這一側面出發來尋求可以通曉窮通之理的史學。島一指出,趙匡與杜佑曾通過柳宗元師事的陸淳而建立了學問上的聯繫,他們的議論有相同點,決不是偶然所致①。而且稻葉一郎認爲趙匡的《春秋》學顯示出了對劉秩之父劉知幾《史通》的《左傳》學由欽服到脱離的跡象②。劉知幾重視《左傳》,對編年通史和斷代紀傳體的意義都同樣評價很高,他還認爲理想史學的條件,應在荀悦的"五志"上再增加"三科",其第一就是"叙沿革":"今更廣以三科,用增前目,一曰叙沿革……。"(《史通·書事篇》)劉秩的《政典》不用説是處於《史通》的思想發展綫上的。同在開元年間的以古文先驅者而知名的蕭穎士,雖然不清楚他與劉秩的關係,但十分巧合的是他也計劃撰寫《歷代通典》一書。這是一部仿《春秋》的通史,記述從漢代元年十月至隋朝義寧二年之間的歷史,它"於《左氏》取其文,《穀梁》師其簡,《公羊》得其衆,綜《三傳》之能事,標一字以舉凡。扶孔、左而中興,黜遷、固爲放命"(蕭穎士《贈韋司業書》),其體例是綜合《三傳》而排斥紀傳體。趙匡曾於蕭穎士執弟子禮,稱後者爲"蕭夫子"(《新唐書·文藝傳·蕭穎士傳》),因而趙匡也不可能與蕭穎士的《春秋》學毫無關聯。像這樣,通史、《春秋》學、古文這三者交互相關、關係密切,而柳宗元也身處於這一潮流之中。

如果要把杜佑和柳宗元聯繫起來的話,《通典·職官十三·王侯總序》就是一篇極爲重要的文章,它也可看作是杜佑

---

① 島一《關於〈通典〉中杜佑等的議論》。同時島一還很重要地指出,杜佑、趙匡、沈既濟等人的思想爲韓愈及其周圍的古文家所繼承。

② 稻葉一郎《中唐新儒學運動的一個考察——劉知幾的批判經書與啖、趙、陸氏的〈春秋〉學》(《中國中世史研究》中國中世研究會編,東海大學出版會)。

的"封建論"。杜佑是用"勢"這一概念來看待權力產生及交替的本原的,同時對他來說,"勢"甚至也是歷史發展的本原,還能決定社會體制。在這裏,我們立刻就會聯想起柳宗元《封建論》中"封建非聖人意也,勢也"這一著名的命題。事實上,杜佑的封建論與柳宗元的《封建論》有着千絲萬縷的聯繫。下面就來對比一下兩人的主要論點。

A　勢

　　[杜佑]自兹以還,建侯日削,欲行古道,勢莫能遵。天生烝人,樹君司牧。人既庶焉,牧之理得;人既寡焉,牧之理失。庶則安所致,寡則危所由。

　　[柳宗元]勢之來也,其生人之初乎。不初,無以有封建。封建,非聖人意也。彼其初與萬物皆生,草木榛榛,鹿豕狉狉,人不能搏噬,而且無毛羽,莫克自奉自衛,荀卿有言"必將假物以爲用"者也。夫假物者必爭,爭而不已,必就其能斷曲直者而聽命焉。其智而明者,所伏必衆,告之以直而不改,必痛之而後畏,由是君長刑政生焉。故近者聚而爲群。群之分,其爭必大;大而後,有兵有德。又有大者,衆群之長又就而聽命焉,以安其屬,於是有諸侯之列。則其爭又有大者焉。德又大者,諸侯之列又就而聽命焉,以安其封,於是有方伯、連帥之類。則其爭又有大者焉。德又大者,方伯、連帥之類又就而聽命焉,以安其人,然後天下會於一。是故有里胥而後有縣大夫,有縣大夫而後有諸侯,有諸侯而後有方伯、連帥,有方伯、連帥而後有天子。自天子至於里胥,其德在人者,死必求其嗣而奉之。故封建非聖人意也,勢也。

杜佑認爲劉宋以後雖欲推行封建,但其勢不可得而行。

柳宗元則認爲封建原本就是由“勢”而得以施行的,在主張決
定社會制度因素是“勢”這一點上,他們是一致的。在這裏,杜
佑雖然沒有像柳宗元那樣明確提到“勢”與民衆的關係,但結
合《食貨十二·輕重》及《兵序》來看,顯然他也認爲“勢”是受
民衆的增減所左右的,這與柳宗元的把“勢”理解爲民衆的去
就這一觀點是相合的。也就是説,兩人都通過“勢”這一概念
而把權力的基盤置於民衆之中,就觀點認識的本質而言,可以
説是一致的。而且他們還共同認爲,這種增減去就並非取決
於古道或聖人之意這些理念,而是取決於民衆的生命安全和
生活安定。那麼周的封建與勢又有怎樣的關係呢?下面看一
下兩人有關的論述。

　　B　周的封建

　　　[杜佑]自昔建侯,多舊國也。周立藩屏,唯數十焉,
　　餘皆先封,不廢其爵。諒無擇其利,遂建諸國,懼其害,不
　　立郡縣,故曰事皆相因,斯之謂矣。

　　　[柳宗元]夫殷、周之不革者,是不得已也。蓋以諸
　　侯歸殷者三千焉,資以黜夏,湯不得而廢;歸周者八百焉,
　　資以勝殷,武王不得而易。

　　在這裏,杜佑、柳宗元都認爲周不得不採用封建制,既不
是秉承聖人的意志,也不是出於道義,而完全是由於與諸侯的
力的關係之故。

　　C　封建制的衰微

　　　[杜佑]夫立法作程,未有不弊之者,固在度其爲患
　　之長短耳。政在列國也,其初有維城磐石之固,其末有下
　　堂中肩之辱。遠則萬國屠滅,近則鼎峙戰爭,所謂其患
　　也長。

夫君尊則理安，臣强則亂危。

［柳宗元］合爲朝覲會同，離爲守臣捍城。然而降於夷王，害禮傷尊，下堂而迎覲者。歷於宣王，挾中興復古之德，雄南征北伐之威，卒不能定魯侯之嗣。陵夷迄於幽、厲，王室東徙，而自列爲諸侯矣。厥後，問鼎之輕重者有之，射王中肩者有之，伐凡伯、誅萇弘者有之，天下乖盭，無君君之心。余以爲周之喪久矣，徒建空名於公侯之上耳。得非諸侯之盛强，末大不掉之咎歟？遂判爲十二，合爲七國，威分於陪臣之邦，國殄於後封之秦，則周之敗端，其在於此矣。

杜、柳兩人都指出封建制衰亡的理由在於主君與諸侯的權力關係在結構上發生了逆轉。他們認爲這是封建制的制度本身的缺陷，其中並不存在着聖人意志這類先驗性的因素。那麼，既然郡縣制勝於封建制，爲什麼秦會滅亡呢？再來看他們的主張。

D　秦的滅亡

［杜佑］政在列郡也，其初有四海一家之盛，其末有土崩瓦解之虞。高、光及於國初，戡定之勛易集，所謂其患也短。

向使胡亥不嗣，趙高不用，閭左不發，酷法不施，百姓未至離心，陳、項何由興亂。

［柳宗元］據天下之雄圖，都六合之上游，攝制四海，運於掌握之內，此其所以爲得也。不數載而天下大壞，其有由也。亟役萬人，暴其威刑，竭其貨賄。負鋤梃謫戍之徒，圜視而合從，大呼而成群。時則有叛人而無叛吏，人怨於下而吏畏於上，天下相合，殺守劫令而並起。咎在人

怨,非郡邑之制失也。

關於 D,杜、柳的論點稍有不同,但與 B、C 一樣,兩人在觀點認識的本質上是一致的,即都是採取這樣一種態度,就是看準弄清郡縣制度本身所造成的得失何在。杜佑以爲郡縣制雖然有土崩瓦解之虞,但崩解的原因在於胡亥、趙高,因而不是制度本身的缺陷。柳宗元的論述則是沿襲發揮了這一觀點而更爲明確化。可以説在 C 與 D 中,兩人不但思想脈絡相連,而且用語上柳宗元也顯然承襲了杜佑。

杜、柳在對各種各樣的條件進行酌量審議後,認爲郡縣制勝於封建制,這一結論的得出顯然是因爲兩人都具有民本思想,把民衆的生活安定視爲政治的目的。下面就來看一下這一方面的議論。

E 民本

[杜佑]若以爲人而置君,欲求既庶,誠宜政在列郡,然則主祀或促矣;若以爲君而生人,不病既寡,誠宜政在列國,然則主祀可永矣。主祀雖永乃人鮮,主祀雖促則人繁。建國利一宗,列郡利萬姓,損益之理,較然可知。

覽曹(冏)、陸(機)著論,誠謂文高理明,不本爲人樹君,不稽烝黎損益。觀李(百藥)、馬(周)陳諫,乃稱冥數素定,不在法度得失,不關政理否臧。

[柳宗元]秦之所以革之(封建)者,其爲制,公之大者也;其情,私也,私其一己之威也,私其盡臣畜於我也。然而公天下之端自秦始。

夫天下之道,理安,斯得人者也。使賢者居上,不肖者居下,而後可以理安。今夫封建者,繼世而理。繼世而理者,上果賢乎,下果不肖乎,則生人之理亂未可知也。

將欲利其社稷，以一其人之視聽，則又有世大夫世食祿
邑，以盡其封略。聖賢生於其時，亦無以立於天下，封建
者爲之也。

由此可見，柳宗元的《封建論》不但主要論點都與杜佑的
議論相合，而且在最根本的思考方式上也與杜佑是同一類的。

在思想史上，杜佑原本不是第一個主張"勢"的人，韓非子
等法家早已觸及了政治上的"勢"的問題，而爲杜佑所大量吸
收採納的《管子》中也以樸素的抽象形式對此加以論述。賈誼
在《過秦論》中認爲諸侯之所以不能對抗秦，"豈勇力智慧不足
哉？形不利勢不便"，即是因爲諸侯的形勢不利。同時他還指
出，在漢初諸侯王紛紛叛亂之中唯有長沙王不作亂，其原因也
不在於長沙王個人的性格上，而是"力不足以行逆，……非獨
性異人也，其形勢然矣"（《新書·藩強》），是形勢所致。以上
的這些可以説是杜佑的思想的先驅。進而言之，賈誼早已認
爲歷史中不存在着天意，這可以説是其思想的特色。然而賈
誼這一思想未被後世所繼承，而董仲舒的思想更有影響力[1]，
因此到杜佑之前，一般仍認爲社會變動是"冥數素定"的。可
以説，杜佑遙承賈誼思想而使之復活，柳宗元的《封建論》中也
似有承襲《過秦論》之處。

但是賈誼並不認爲"勢"與制度有關聯，並肯定封建制。
而杜佑、柳宗元則認爲在歷史條件下"勢"導致了封建的產生，
而封建制度的構造本身又造成了"勢"的不安定。在這一點
上，杜佑、柳宗元與賈誼有着極大的不同，他們這種合理的系
統的考察態度是劃時代的，而這正是法制史《通典》所創造出
來的。同時這種考察態度還是應時代的要求而產生的。在貨

---

[1]　參看祝瑞開《兩漢思想史》（上海古籍出版社）第68頁。

幣經濟的滲透和安史之亂的社會變質的狀況下，官僚們開始
實行榷鹽法和兩稅法，但是由於這是史無前例的新的制度政
策，所以有必要說服反對勢力。爲了說服成功，就必須通過對
歷代制度的歷史性的考察，由此究明其得失和有利不利是受
歷史、社會的條件所制約的，即所謂窮通之理，以此來證明新
法制在歷史、社會的條件下是有利的制度。

　　如上文所述，柳宗元的《封建論》可以說是杜佑之論的深
化發展。不過單單依據《貞符》、《封建論》二文，就認爲柳宗元
的思想與杜佑具有共同性，這似乎是不充分的。他們還有別
的相同點，比如，杜佑主張禮也應該隨着社會的進步而變化，
不可拘泥於古禮，而柳宗元也有同樣的主張①。但是《貞符》、
《封建論》是集中表現了柳宗元思想根基的作品，它們所反映
出來的共同性不是表面水準上的，而應該說在思想的根本態
度上，柳宗元與杜佑是相同的。由此沒有必要一一抽出柳宗
元的其他作品，來分析其中所受到的杜佑的影響。而且就根
本而言，柳宗元是否吸收了杜佑的思想，這一點並不重要；重
要的是他們的這種思想都恰在這一時代中產生。

　　總而言之，把歷史事像體系化、並究明窮通之理的這種通
史精神，支撐着杜佑，也支撐着柳宗元的歷史觀。"事皆相
因"，窮通既不是來自於形而上的天意，也不取決於無可奈何
的命運，在這裏他們找到了合理的必然性。不用說，這裏的
"理"也不是儒教的道理（聖人之意），而是排除道義性的客觀
必然性，直截了當地說，就是經濟，就是兵力。當以經濟爲基
軸而來對應現實時，貨幣就是一個極爲人爲的又是客觀的基
準，因此從這裏就必然會產生出合理的思考。進而還會認爲

① 　如《時令論》、《非國語》等。

社會和文化是與時俱進的,因而社會制度也應隨之而變。這種思想也還是當時社會現實的産物,因爲財務官僚們爲了對抗傳統的蔑視言利的儒教道德,有必要强調制度政策應該"適時宜",以維護新經濟政策。

## 結　語

下面歸納一下唐代中期相對於斷代紀傳體的編年通史復興的原因及意義。蓋以《漢書》爲代表的斷代紀傳體之所以歷久不衰,是因爲在一個社會變化緩慢的、"静"的時代中,祇要瞭解了過去的事跡,這種歷史知識就能原封不動地作爲教訓而起作用。至少當時的人是這樣相信的。但是如果要究明和理解伴隨着貨幣經濟的正式滲透而出現的新現實——即不斷變動發展的、"動"的社會——的根源,啟開對未來的展望,那麼單單瞭解過去的事實是不夠的,必須要知道其窮通之理。所必須具備的知識就發生了質的變化。因此通史又受到了重視,這反映在經學上,當然就是對《春秋》的重新評價。這麼看來,這一時代的《春秋》學批判對傳注的墨守陳規,開始採取依據自己的理性來解釋經書的態度,其理由也就不難理解了,因爲墨守傳注的這種學術精神在"動"的社會中無用武之地。

這種態度衆所周知是與古文相暗通的。如果主張窮通之理,那麼就會否定天意、身份的高低等的價值,因爲這些與窮通毫無關係。這種態度進而也導致了表現人的個性的文學的産生。新史學誕生的契機是兩稅法,而兩稅法即使對王公貴族也不承認有免稅的特權,而是"以貧富爲差"(《唐會要》卷八三《租稅上》,建中元年宰相楊炎的上奏)。此語可以説是"反對以身份爲差的傳統思想的言論"①。這種想法到了永貞年間得到了進一步的發展,主張即使身份高貴的人,如果沒有值得稱道的功業,就没必要記述其事跡;而不管有無爵位,祇要是重要人物就應該載之史册:"凡功名不足以垂後而善惡不足以爲誡者,雖富貴人,第書其卒而已。……然則志士之欲以光輝於後者,何待於爵位哉。"(《唐會要》卷六四《史館雜録》下,路隨《不載元詔事跡議》)從主張窮通之理的史學中當然會産生出這種"反身份論"的主張。而且它還會促使人們把眼光轉向重要人物的内在個性上,永貞元年九月著名史官路隨的上奏中闡述了這一宗旨。而這個路隨自其父(路泌)輩起,就與柳宗元家有世交,他本人是從做韋夏卿的幕僚而入仕的,韋夏卿即是靠王叔文而入相的韋執誼的從兄弟,路隨與柳宗元交往也很密切。這種人際關係是值得注意的,它隱含着史學與古文之間可能有的聯繫。

---

① 礦波護《唐代政治社會史研究》(同朋舍)第 379 頁。

# 從"禮樂"到"仁義"

## —— 中唐儒學的演變及其背景

　　皮錫瑞曾極其簡扼地把宋以前與宋以後的儒學概括爲："漢儒多言禮,宋儒多言理。"(《經學通論·三禮》,中華書局1954年版,第25頁)"多言禮"的,不祇是所謂的漢儒,而是包括從漢至唐的儒者;所謂宋儒,也不僅指兩宋,而應讀解爲宋學。宋學淵源於中唐的"儒學復古",作爲其中堅的古文家大力提倡仁義,關係到宋代性理之説的産生,這些都已屬常識。但是中唐古文家爲何大力提倡仁義,對此似乎没有給予充分的研究。本文試圖探索一下禮樂到仁義的轉變及其背景。

## 一、唐代禮學的變化

　　六朝人精通禮學,有不少大型著作,如劉宋何承天編定的《禮論》三百卷、梁孔子袪的《續何承天禮論》一百五十卷、隋《江都集禮》一百二十卷、牛宏的《儀禮》一百卷等,現存的祇有崔靈恩的《三禮義宗》四十七卷,而唐初正是處於這樣的六朝禮學傳統之下。趙翼曾指出"六朝人最重三禮之學,唐初猶然"(《廿二史劄記》卷二〇"唐初三禮《漢書》《文選》之學"條),他在舉出許多實例後,又説:"此可見唐人之究心三禮,考古義以斷時政,務爲有用之學,而非徒以炫博也。"(同上)

　　古禮中最受重視的是喪服,而六朝禮學的中心也同樣是喪服①。這顯示了家庭是古代中國社會秩序的基本原點,因而像六朝這樣的門閥社會中最重喪服也是極其自然之事②。

　　如果檢視一下自漢以後至唐以前有關喪服的書籍,僅見於記載的就多達九十二種③。而且這數字中雖然包括了漢人的注書,但不過三種(馬融一種,鄭玄兩種),其餘均是魏晉以後的著作。另外,在《隋書·經籍志》禮類中,與喪服有關的書籍佔據了大半,而且據《經籍志》載,《儀禮》中的"喪服"一篇,爲它作注的學者很多,在當時往往單篇行世。這可能是因爲"喪服注"本身篇帙繁富,不得不單行;但從中也可反映出喪服之於六朝唐初人的重要性來。然而,《舊唐書·經籍志》中同類書祇著録了二十三家,即到開元年間已減至以前的四分之一。六朝時期以喪服爲家學的儒者很多④,而開元以後至大曆年間,有名有姓的似乎祇有仲子陵、袁彝、韋彤、韋茝這幾家⑤。

　　從以上的大略來看,雖説唐初承續着六朝禮學的傳統,但它也隨即急速地衰廢。那麼,六朝以來的喪服學如此急劇衰退,其原因何在? 我想其原因之一是唐朝制定貞觀禮等而改

---

① 參看《困學紀聞》卷五《儀禮》篇"六朝人多精於禮"條;皮錫瑞《經學通論·三禮》"論古禮最重喪服,六朝人尤精此學,爲後世所莫逮"條。

② 木島史雄《六朝前朝的孝和喪服——禮學的目的、機能、手法》(收入京都大學人文科學研究所編《中國古代禮制研究》)一文對此問題有極其詳細的論證。

③ 關於喪服類書籍的數據,是根據木島史雄《六朝前朝的孝和喪服——禮學的目的、機能、手法》及《隋書·經籍志》統計而出。

④ 參看顧炎武《日知録》卷六"《檀弓》"條。

⑤ 參看趙翼《廿二史劄記》卷二〇"唐初三禮《漢書》《文選》之學"條。

變了古禮,尤其是增改了喪服①。試簡單例舉從太宗到玄宗朝爲止所作的變動。

【太宗】

嫂叔無服→服小功(五個月)

曾祖父母服三月→五月

嫡子婦大功(九個月)→期(一年)

衆子婦小功→大功

舅服緦(三月)→小功

【高宗】

舅報甥服三月→舅報甥亦小功

古庶母緦麻,今無服→服緦麻

【則天武后】

父在爲母期→父在爲母齊衰三年

【玄宗】

父在爲母期→父在爲母齊衰三年②

出嫁之母宜終服三年

外祖小功→大功

舅緦麻→小功(與姨相等)

堂姨舅無服→袒免

(以上據《舊唐書·禮儀志七》、《新唐書·禮樂志十》、《唐會要》卷三七"服紀上"等摘出)

到德宗貞元年間雖仍有變動,但以上的變動則是主要的。

---

① 關於唐代喪服的增改,還可參看《困學紀聞》卷五《儀禮》篇"漢不諱喪服"、顧炎武《日知録》卷五"唐人增改服制"等條。

② 此乃承武后之制。據顧炎武《日知録》卷五"三年之喪"及其原注的考證,此制實從開元禮開始實行。

正如顧炎武所説,這些改變都是增改,而更有意思的是關於這增改的理由,是認爲迄今爲止的禮制背離人情、不甚合理:

> 舅之與姨親疏相似而服紀有殊,理未爲得。(貞觀十四年太宗)
>
> 蓋古人之情有所未達,今之損益實在兹乎。(魏徵、令狐德棻等)
>
> 求之禮情,深非至理。(高宗顯慶元年長孫無忌)
>
> 夫禮緣人情而立制,因時事而爲範。變古者未必是,循舊者不足多也。(上元元年天后上表)
>
> 循古未必是,依今未必非也。(開元五年田再思上奏)
>
> 服紀之制,有所未通。(開元二十三年詔敕)
>
> 竊以古意猶有所未暢者(開元二十三年韋縚上奏)
>
> (以上見於《唐會要》卷三七"服紀上")

儘管魏晉時已有這樣的議論,即以爲應把《儀禮》中有關喪服的規定修改得合乎人情,但整個六朝依然維持着《儀禮》的喪服禮儀。入唐以後纔接二連三地增改喪服,尤其是母系方面的喪服,這種變化既如藤川正數氏所論述,是武則天等人出於政治性意圖這一面因素所致①,同時也是因爲出身於武川鎮軍閥的唐皇室恐怕並不打算尊重南朝貴族的禮制的緣故,而這正反映出唐朝的一個特徵。比如籍田禮,孔穎達認爲應是天子在南郊所行之禮,面對他的反對,太宗則以"禮緣人情,亦何常之有"(《舊唐書·禮儀志四》)爲由予以駁回。還有,唐初雖仍沿用隋禮②,而太宗命房玄齡、魏徵制定貞觀禮

---

① 藤川正數《關於唐代母親主義的服紀改制》,《東方學》第十六輯,1958年。

② 《新唐書·禮樂志序》。

時,則改變了禮的構成:"《周禮》五禮,二曰凶禮。唐初,徙其次第五。"(《新唐書·禮樂志十》)這當然顯示了喪服在唐代的地位的變化。從這些事中可窺探出唐皇室未必肯受江南貴族文化束縛的個性特徵①。而且,以後的喪服增改也是由武則天、玄宗等皇帝本人首先提出來的,這也許與唐王朝的出身淵源有關,也有可能受到了唐時頗具力量的道家的尊重人情自然這一思想的影響。不管原因如何,總之唐代儒學雖被視爲墨守成規,但無論在實踐上還是在精神上,或許可以説還是有着擺脱禮學權威這一自由的一面。

唐代的禮的改變中還有一項意義重大的變動,那就是作爲皇室喪禮的"國恤"遭到了削除,恰與喪服的增改逆向而行。如前已述唐代把喪禮的序列降至第五位,而在貞觀禮中處於第六位的《國恤篇》在高宗永徽二年(651),"太常博士蕭楚材、孔志約以皇室凶禮爲預備凶事,非臣子所宜言之。義府深然之。於是悉刪而焚焉"(《舊唐書·李義府傳》),而且以後也始終闕如。他們把國恤削除出禮外,本是爲了迎合皇帝的旨意②,這種處置方式從當時起就受到激烈的批評,不過如果考慮到皇帝的喪禮自漢至六朝從來都不是臣下的禁忌之事③,那麼除了李義府們的阿諛之外,這種處置是否別有意義呢?這就是天子與臣下的地位差距的擴大化。臣下諱言主上的凶事,這應視爲忠義觀念的一種表露,至少是强烈地意識到天子

---

① 前引的木島氏論文曾比較北朝與南朝的正史,注意到南朝更注重孝(第401頁)。這種差異與對禮的態度的差異應該是有聯繫的。

② 《唐會要》卷三七"五禮篇目"原注"其時以許敬宗、李義府用事,其所損益多涉希旨"。

③ 《困學紀聞》卷五《儀禮》篇"漢世不以喪服爲諱也"、《日知録》卷六"檀弓"條"夫以至尊在御,不廢講求喪禮"等有考證。

與臣下的上下關係之後，纔會產生出這樣的想法。國恤的消除可以看作是與皇帝權力的強化、君臣地位差距的擴大等並行而出的現象。

所謂禮，本該是因時損益的；但上述的變化，不妨認爲是與王朝的性質、君臣間的構造原則這類社會的質的變化相關聯的。六朝喪服學之所以衰退，首先想得到的理由是其所實施的喪服規定遭到了更改（不管這種更改是增改還是刪除），因而就漸漸失去了人們的重視。而實際上，這種衰退的根本原因還在於更爲廣泛更爲本質的社會變化之中。

## 二、喪服學衰退的另一個原因

促使六朝喪服學衰退的社會變化是由科舉造成的。大體而言，既然六朝時代靠門第入仕，那孝就具有了社會性意義[1]。然而，科舉打開了一條無須依靠門第就可做官的道路，從而降低了孝的社會性意義。而且科舉不僅對喪服，更對唐代《儀禮》的定位給予了極大的影響。由於科舉，學問在某個方面成了進身的手段，這又影響了士人階層的學養構成。開元八年七月國子司業李元瓘的上奏中便反映了這一情況：

　　今明經所習，務在出身，咸以《禮記》文少，人皆競讀。《周禮》經邦之軌則，《儀禮》莊敬之楷模，《公羊》、《穀梁》

---

[1]　前引的木島氏論文論證了在六朝前半期中孝的社會意義。另一方面，後半期劉宋以後所謂貴族制社會也開始變化，忠節意識有昂揚的趨勢，逐漸出現了從門第主義向才主義的轉換。參看安田二郎《南朝貴族制社會的變革和道德、倫理——以袁粲、褚淵論爲中心》（《東北大學文學部研究年報》三四）。

歷代崇習。今兩監及州縣以獨學無友,四經殆絕。

(《通典·選舉三》)

還有開元十六年國子祭酒楊瑒在論及明經們的學問的奏文中也有同樣的看法:

又《周禮》、《儀禮》及《公羊》、《穀梁》殆將廢絕,若無甄異,恐後代便棄。 (《舊唐書·楊瑒傳》)

正如皮錫瑞所論,像這樣明經們祇學《禮記》而不學《周禮》、《儀禮》的原因是,在大經裏《禮記》的份量比《左傳》的要少得多,在中小經中《周禮》、《儀禮》、《公羊傳》、《穀梁傳》則比《易》、《書》、《詩》要難得多①,爲此楊瑒等人“常嘆《儀禮》廢絕,雖士大夫不能行之”(《舊唐書·楊瑒傳》)。也就是説,大多出身於新興階級的明經們缺乏《儀禮》的學養。雖然明經無論在社會方面還是在文化方面都與進士存在着階層差異,同時對唐代科舉的作用也不可過分強調,但是以《儀禮》爲中心的古禮學不再流行,則是毋庸置疑的。而且當時荒廢《儀禮》的學養的未必祇限於明經們,如張説(667—730)便説:“今禮經殘缺,學校凌遲。”(《上東宮請講學啟》)

朝廷採納這些奏議,稍稍改善了考試制度,實施了三禮舉,但是整體狀況似乎並未得以改變,把《儀禮》視爲必須遵守的規範的這種意識似乎也日趨淡薄;進而到了貞元、元和年間,這些恐怕不能認爲祇是明經的問題了。比如柳宗元在《答韋中立論師道書》中記載了當時《儀禮》之禮不行、反被當作時代錯誤的一則逸事:

抑又聞之,古者重冠禮,將以責成人之道,是聖人所

―――――――――――

① 《經學歷史》第七章《經學統一時代》。

尤用心者也。數百年來，人不復行。近有孫昌胤者，獨發
憤行之。既成禮，明日造朝至外庭，薦笏言於卿士曰："某
子冠畢。"應之者咸憮然。京兆尹鄭叔則怫然曳笏卻立
曰："何預我耶！"廷中皆大笑。

另外，韓愈在《讀〈儀禮〉》一文中直率地表明："余嘗苦《儀
禮》難讀，又其行於今者蓋寡，沿襲不同，復之無由。考於今，
誠無所用之。"像這樣認爲《儀禮》已失去實用價值，是當時士
人的共同認識。這不但是因爲唐朝改變了古禮，而且《儀禮》
也不是科舉考試的必修科目；更重要的是因爲受現實條件的
制約，已無法再施行《儀禮》那樣的喪服禮了。韓愈的《改葬服
議》記錄了唐代喪服的實狀："近代已來，事與古異。或游或仕
在千里之外，或子幼妻稚而不能自還，甚者拘以陰陽畏忌，遂
葬於其土。及其反葬也，遠者或至數十年，近者亦出三年，其
吉服而從於事也久矣。"此議雖主張應遵守古代禮法，但又指
出唐代官員不得不離鄉遠宦，受這種官宦生活的現實制約，要
實施《儀禮》喪服禮的規定當然是困難的。而且韓愈在《與李
秘書論小功不稅書》中又有如下的論述：

　　曾子稱小功不稅，則是遠兄弟終無服也，而可乎？
鄭玄注云：以情責情。今之士人遂引此不追服小
功。……古之人行役不踰時，各相與處一國，其不追
服，雖不可，猶至少；今之人，男出仕女出嫁，或千里之
外，家貧訃告不及時，則是不服小功者恒多，而服小功
者恒鮮矣。

如果說喪服在六朝時代是維持家族門户的一個象徵性制
度，那麼在科舉官僚的生活中，由喪服縮結起來的宗族紐帶漸
已迸裂。而且據桑原騭藏博士的研究，也認爲南北朝時盛行

的聚族而居,在唐代作爲原則雖受到獎勵,但實際上已漸趨崩毁①。隨着這種生活形態的改變,像六朝那樣對維持家族門户秩序的期望也逐漸消失,由此在六朝時代備受關注的《儀禮·喪服》之學也受到了冷落。視《儀禮》爲無用,明經們在科舉中不習《儀禮》,不僅是因爲《儀禮》難學,還因爲此學問已經失去了實用性和必要性了。

但是雖説如此,士人們作爲官僚要參加朝廷官府的各種儀式,還要保持在社會生活中應有的體統,所以禮儀做法是不可或缺的。於是在《儀禮》備受冷落的同時,儀注卻大量出現。試比較一下《舊唐書·經籍志》與《新唐書·藝文志》兩書的儀注類書籍,就可發現《舊唐書》所著録的幾乎都是唐前之書,而《新唐書》所載的則大體是中唐以後之書。換言之,唐代儀注類書籍出現在開元以後。這些書籍散佚嚴重,已難以探明其實際内容,但可以推斷大概是彙録當時通行的禮儀做法的著作。比如唐代後半期儀注類代表性的著作、元和十三年王彦威所獻的《元和新禮》便是這樣性質的書:"臣今所集開元以後至元和十三年奏定儀制,不惟與古禮有異,與開元儀禮已自不同矣。又檢修禮官故事,每詳定儀制訖。"(《唐會要》卷三七《五禮篇目》)於是此後便按此儀制行事。在這裏,可以説《儀禮》的實用價值被完全否定了。

另外還必須指出的是,唐代士人階層的結構的變化是輕視古禮的一個背景。衆所周知,在六朝貴族社會的鼎盛時期嚴别門第出身曾到了如下的程度:"官有簿狀,家有譜系。官

---

① 《唐明律的比較》(收入《桑原騭藏全集》第三卷)以具體的統計來論證此事(第113頁)。又,徐揚杰《中國家族制度史》也有同樣的見解:"唐代的約三百年,是世家大族式家庭組織從衰落走向瓦解的時期。"(人民文學出版社,第72頁)。

之選舉必由於簿狀,家之婚姻必由於譜系。"(鄭樵《通志·氏族序》)但以後逐漸弛懈①,到唐代漸至連士庶的界限也消失了。唐代確實也制作了不少的家譜姓譜,但這其中有着李唐皇室要摧毀六朝以來貴族的門閥意識的這一政治意圖,而且即使論地望、言貴賤,唐代的貴族階級也是沉浮不定的,實際上起不了什麼作用。

礪波護氏認爲,由於武后朝至玄宗朝實行濫官政策,導致賣官鬻爵風行,庶族地主得以大量進入官場。由於也准許屠販子弟這類庶民階層捐官,所以大商人爭相出錢做官。不過他們大部分祇能做六品以下的官,不至於改變政權的性質②。但安史之亂以後,藩鎮割據的出現,辟召制的普遍化,使得庶族階級的入仕人數和社會影響力進一步增加。又據愛宕元氏的研究,他認爲士族因安史之亂而從原籍本鄉流離出來,造成在鄉的土豪勢力的抬升;又因兩稅法,土地兼併合法化,由此促成了富裕農民階層的形成。積蓄了經濟實力的這些人便出現了接近權力、從胥吏經由科舉而作官僚的傾向。而且,唐代有所謂的鄉貢,本是應舉的一個資格,而到貞元以後出現了一種傾向:鄉貢成了"膏粱之族"(經濟富裕的庶人階級)的名目資格,他們不是經過禮部考試而得到正式的出身授官的頭銜,而是祇以州縣級考試合格者的身份,即鄉貢進士、鄉貢明經的頭銜而入仕做官的,尤其是做州縣的地方官。他們大多受藩鎮辟召,出任州縣官,參與實務,在數量上也佔壓倒多數。這

---

① 六朝雖然被稱爲貴族社會,但自其後半階段的劉宋以後,庶人階層興起,已未必能維持嚴格的身份區別。參看川勝義雄《六朝貴族制社會的研究》。

② 礪波護《隋代的貌閱和唐初的食實封》,收入《唐代政治社會史研究》(同朋舍)。

樣,一方面他們作爲一股鉅大的社會勢力朝着士人階層的地位轉變,同時舊有的士人階級也出現了分崩沒落,所謂士庶的區別變得越來越困難了①。

如果把庶人階層的社會地位的提高作爲背景來考慮,就更可看出舊有的禮學修養日趨淡薄。因爲庶人階級主要是以經濟實力爲後盾而躋身於官場的,並不是靠着門第或掌握着足夠的傳統學養而入仕爲宦的。比如柳公綽(著名書法家柳公權之兄)家原以禮法馳名於士族,到了晚唐其孫柳玭時,也不得不感嘆:"余家本以學識禮法稱於士林,比見諸家於吉凶禮制有疑者,多取正焉。喪亂以來,門祚衰落,基構之重,屬於後生。"(《新唐書·柳玭傳》)在這裏他特別提到了禮法,就是因爲禮學的修養曾是一個士大夫其自身定位的依據與社會權威的源泉。然而現在士庶界限趨於模糊,在舊士人看來,在社會上持有勢力的盡是一些靠着經濟力量而發跡之輩。同時,由於古禮不再施行,那麼對舊士人階級來説,《儀禮》的修養也不能再作爲自身社會地位優越意識的根據了。

另外,禮本是士人階級之物,而王彥威在《元和曲臺禮》(即《元和新禮》)之後再作續編:"又採元和以來王公士民昏祭喪葬之禮,爲《續曲臺禮》三十卷。"(《新唐書·禮樂志序》)它連庶人的婚喪葬祭之禮都包括在內,這也如實地反映了庶人社會的興起,而士人雖持有禮學修養,也無法再謀求與庶人的差別了。

① 愛宕元《唐代後半期社會變質的一個考察》,《東方學報》第四十二冊。

## 三、從禮樂到仁義

如上所述,六朝喪服學的衰退實際上也是《儀禮》學的衰退。禮在古代儒學中原本是一個中心的理念,因爲它被視爲世界秩序的原理。作爲秩序原理的禮,雖是人爲的東西,但實際上它的思想根基從來都被置於天這一概念層次之上的。《禮記・樂記》云:"樂者天地之和也,禮者天地之序也。……樂由天作,禮以地制。"鄭玄注云:"言法天地也。"孔穎達《正義》亦云:"此一節申明禮樂從天地而來。"這些論述非常典型地表明了禮樂是取法於天地秩序的。禮之所以佔據儒學的中心位置的根本原因就在於此,唐初禮學盛行的原因也在於此①。

因而,唐代士大夫即使難於維持古代禮學制度,暫且還是把禮當作秩序原理來定位的。陳子昂(656—695)在《諫政理書》中感嘆太學的荒廢説:"臣聞天子立太學,可以聚天下英賢,爲政教之首。故君臣上下之禮於是興焉,揖讓樽俎之節於此生焉。是以天子得賢臣,由此道也。今則荒廢,委而不論,而欲睦人倫、興禮讓,失之於本而求之於末,豈可得哉! 況'君子三年不爲禮,禮必壞;三年不爲樂,樂必崩',奈何天子之政而輕禮樂哉!"這就是一個典型的例子。此外,各種詔敕上奏中也常常提出應該振興禮樂。當時人的議論中還往往把太學的荒廢與明經的素質問題相聯繫。如果聯想到上述的庶族躋

---

① 唐太宗《頒示禮樂詔》中所宣言"先王之辨方正位,體國經野,象天地以制法,通神明以施化。樂由內作,禮自外成,可以安上治民,可以移風易俗。揖讓而天下治者,其惟禮樂乎"者,恐亦是基於同樣的認識。

身官場這一狀況,那麼這種議論的出現是很自然的。但是時代的潮流終究是無法抗拒的。因此從玄宗朝起,就有議論認爲爲了經世濟時不應拘泥於古禮,同時把禮樂盛衰當作國家興亡之本的看法似乎也逐漸消失。這反映了儒學正在完成質的轉變。李華(715—766)是一位活躍於玄宗朝,並給以後韓愈等人極大影響的古文家。他在《質文論》中主張道:

> 吉凶之儀、刑賞之級繁矣,使生人無適從。巧者弄而飾之,拙者眩而失守,誠僞無由明。……夫君人者修德以治天下,不在智不在功,必也質而有制,制而不煩而已。……至於喪制之縟,祭禮之繁,不可備舉者以省之,考求簡易,中於人心者以行之,是可以淳風俗而不泥於坦明之路矣。學者局於恒教因循而不敢差失毫釐,古人之説豈或盡善。……今以簡質易煩文而便之,則晨命而夕周,踰年而化成,蹈五常,享五福,理必然也。

其《質文論》的主旨歸結起來就是"文不如質明矣"。《質文論》雖不是一篇論禮的專文,但文中反映了李華的禮學觀,他反對死守古禮、拘泥不化,認爲應簡化古禮以適於經世致用。本來禮是儒教的核心,是世界秩序的原理,而李華這種禮學觀雖然沒有否定禮的本身,但已不再把禮當作經世原理的中心來考慮了,這是一種全新的看法。而這種主張恐怕也是其他古文家所共有的主張,因爲正如許多學者所指出的那樣,當時儒學的中心漸漸從禮樂移向道德①,而引起這種變化的首先是庶

---

① 葛曉音《論唐代的古文革新與儒道演變的關係》(收入《漢唐文學的嬗變》,北京大學出版社)中明確指出儒道的演變。另,羅宗強《隋唐五代文學思想史》、孫昌武《唐代古文運動通論》也注意到古文家把仁義的主張推至突出的位置。

族的興起、以安史之亂爲頂點的國家危機的到來，以及接連不斷的社會性質的變化，因而當時儒學家們的主張相同決不是偶然的結果。

這種思潮的集大成是杜佑的《通典》。自然地，杜佑對禮的看法與李華極其相近，他説：

> 詳觀三代制度，或沿或革不同，皆貴適時，並無虛事。豈今百王之末，畢循往古之儀。……徒稱古禮，是乖從宜之旨。《易》曰："隨時之義大矣哉！"先聖之言不可誣也。
>
> 　　　　　　　　　（《通典·禮十八·嘉禮三·議》）

杜佑在《通典序》中簡明地闡述了其政治理論，並由此架構起《通典》全書。他認爲教化的根本在於衣食，故把禮的政治重要性排在食貨、選舉、職官之後，列第四位。《通典》完成於貞元十七年(801)，又得到"(德宗)優詔嘉之，命藏書府。其書大傳於時，……大爲士君子所稱"(《舊唐書·杜佑傳》)，可見當時杜佑等人的不把禮樂放在經世的中心位置的觀點決不是孤立少有的，而已是某種程度的一般看法。上文已指出《儀禮》已失去了實用規範性，這是李華、杜佑不把古禮作爲經世原理的一個原因。不過還可以推求出一個更爲根本的原因，即由於兩税法的施行，唐王朝發生了社會性質的變化，促使人們產生了像杜佑、柳宗元、劉禹錫等人那樣的否定天人相應的思想。特別是柳宗元宣稱所謂天者與聖人之道無關，斷然否定禮樂與世間的治亂有關聯①。如前所述，禮是取則於天地秩序的，因而成了世界秩序的原理；那麼一旦天地間的秩序與人

---

① 關於杜佑和柳宗元的關係及《通典》的時代意義、影響，請參看本書《〈通典〉的史學與柳宗元》一文。

間世界的秩序失去關聯,禮樂也就失去了作爲經世原理的形而上學的依據。這就是禮樂被拋離出經世原理的中心的根本原因。

杜佑與其説是儒者,毋寧説是法家式的人物,不過在他的周圍聚集了不少古文家,互相之間有着密切的交流和傳承關係。曾爲《通典》作序的李翰(?—約772)是李華的宗子,而李華及其親友蕭穎士的主張又爲韓愈所繼承,影響甚鉅。還有其古文之才受到韓愈盛贊的李觀是李華之侄,杜佑的幕僚梁肅及稍後入幕的劉禹錫都曾爲杜佑撰寫過大量的奏章,柳宗元也與杜佑有着密切的關係,可以認爲這一群人之間肯定有着思想性的交流①,而《通典》中的禮的非中心化的思想應該也與他們採用古文這一文體有着某種關聯,此點後文將論述。

這樣,禮不能像以前那樣確保士人在庶人面前的優越感和社會的自我定位,又不能居於經世原理的中心,這就需要一個替代的原理,而且必須是在科舉官僚制度中有效的原理。這就是“道德”,其中心概念則是仁義。在韓柳之前的古文家雖然也言及道德這一概念,但目前尚不清楚其具體内容和理論根據②,這大概須待韓柳來作具體的論述,找出以仁義爲中心的理論依據。尤其是柳宗元,正是他明確提出了新的原理。

他著有《六逆論》一文,針對《左傳》“隱公三年”條中“且夫賤妨貴、少陵長、遠間親、新間舊、小加大、淫破義,所謂六逆

---

① 參看本書《〈通典〉的史學與柳宗元》。
② 他們自己似亦無明確的闡説。參看羅宗强《隋唐五代文學思想史》、孫昌武《唐代古文運動通論》。

也"之説,作了如下的反駁:

> 余謂"少陵長、小加大、淫破義",是三者固誠爲亂
> 矣。然其所謂"賤妨貴、遠間親、新間舊",雖爲理之本
> 可也,何必曰亂。夫所謂"賤妨貴"者,蓋斥言擇嗣之
> 道、子以母貴者也。若貴而愚,賤而聖且賢,以是而妨
> 之,其爲理本大矣,而可捨之以從斯言乎?此其不可固
> 也。夫所謂"遠間親、新間舊"者,蓋言任用之道也。使
> 親而舊者愚,遠而新者聖且賢,以是而間之,其爲理本
> 亦大矣,又可捨之以從斯言乎?必從斯言而亂天下,謂
> 之師古訓可乎?此又不可者也。嗚呼!是三者,擇君
> 置臣之道,天下理亂之大本也。……貴不足尚也,……
> 親不足與也,……舊不足恃也,顧所信何如耳。然則斯
> 言殆可以廢矣。

這種認爲"賤妨貴、遠間親、新間舊"不是"逆"的思想,正是
從門第秩序的崩潰、庶族的興起以及不得不遠離本貫原籍
的官僚生活之中産生的。也就是説在門第價值日趨低落的
過程中,原本可以依賴貴、親、舊的社會條件已逐漸消失,遠
赴任地的士人們必須與出身階層各異的人們(即依仗經濟
實力的明經、鄉貢進士)共行政事,因而非要有一個基準來
判斷這些人的内情實態不可。這裏有着道德被當作經世原
理而中心化的必然性,而且道德的中心必是仁義而不是孝。
柳宗元的《四維論》即闡述了仁義作爲經世原理的中心的理
論根據。文中對於管子的以禮義廉恥爲天下秩序原理的觀
點予以反駁道:

> 管子以禮義廉恥爲四維,吾疑非管子之言也。彼所
> 謂廉者,曰不蔽惡也;世人之命廉者,曰不苟得也。所謂

耻者，曰不從枉也；世人之命耻者，曰羞爲非也。然則二
者果義歟？非歟？吾見其有二維，未見其所以爲四也。
夫不蔽惡者，豈不以蔽惡爲不義而去之乎？夫不苟得者，
豈不以苟得爲不義而不爲乎？雖不從枉與羞爲非皆然。
然則廉與耻，義之小節也。不得與義抗而爲維。聖人之
所以立天下，曰仁義。仁主恩，義主斷；恩者親之，斷者宜
之，而道理畢矣。蹈之斯爲道，得之斯爲德，履之斯爲禮，
誠之斯爲信，皆由其所之而異名。今管子所以爲維，殆非
聖人之所立乎。

文中反駁的重點雖在於論述廉耻爲“義之小節”，不過在他
看來，實際上連禮也是由義導源而出的，所以仁義成了中
心原理，禮被置於其下位。像這樣從理論上把義置於中心
的思想，是極具柳宗元特色的。但是，如果考慮到導致柳
宗元思想產生的社會性質的變化，這種思想就不是僅憑他
個人的獨創性而能形成的，因爲有着不得不由禮轉向義的
現實。

　　孟子的以義或以仁義爲中心的思想，不僅柳宗元有，也是
那個時代的儒者、古文家所廣泛持有的思想態度。以孟子後
繼者爲自任的韓愈自不待言，更是屢屢宣稱仁義，所以他也認
爲："歸天人之心，興太平之基，是非三器(明堂、傳國之璽、九
鼎)之能繫也。……噫，不務其修誠於內，而務其盛飾於外，匹
夫之不可，而況帝王哉"(《三器論》)，反對沒有相應內實而祇
求無意義的外在的禮制的完備。還有柳宗元的盟友呂溫
(772—811)在論《易》的"觀乎人文以化成天下"時，更是主張
外在的禮樂制度不是人文，內在的道德纔是人文(《人文化
成論》)。

　　此外，此時期還出現了不少有關孟子的專著，如與柳宗元

同時代、憲宗朝曾任侍御史的李景儉作《孟子評》,起於農家的
進士劉軻著《翼孟子》三卷,林慎思(唐末咸通中進士)撰《續孟
子》等。這種孟子思想的強化對禮的非中心化是有關聯的,因
爲正是孟子批判了形式上的禮讓,主張實質的仁政。禮的非
中心化和孟子式的民本思想的關係,僅從古文家的復古思想
及他們的出身階層去説明是不夠的,應該還有庶人階層興起
這層背景。兩税法的施行(760),不但形成了庶族地主,官户
、雜户那種官賤民也逐漸消亡,取而代之,佃户以自由民的身份
登上場來。接着大約百年之後,小作人進而敢同地主對等地
進行條件交涉①。柳宗元等人的民本思想應該放在這一社會
形勢下考察。

## 結語　仁義與古文

　　禮樂喪失了其作爲經世原理的形而上學的基礎而非中心
化一事,與主張仁義的士人們之所以採用古文這一文體有沒
有關係呢? 筆者以爲,認爲天地間的秩序與人間世界相關這
一樸素的信仰一旦喪失,或許會動搖駢文形式美的形而上學
的基盤。因爲駢文的產生一方面是出於實用的目的和文學本
身的要求,另一方面,認爲駢文的形式美是取法於天地秩序的
這種形而上學觀念又支撐着這種文體。所以,當人類社會的
秩序與天之間的關係被否定時,與天地秩序之美相對應的文
體,其"所以能鼓天下者"(劉勰《文心雕龍·原道》)也隨之消
亡。然而形而上學基礎雖已消失,但未必能立即被意識到,唐

---

① 　宮崎市定《從部曲到佃户》,收入《亞洲史論考》中卷。

代依然有着這樣的思想①。而且在有志於古文者中,似乎也根深蒂固地殘留着對一定形式的依賴和信仰的這種意識。著名的例子有,有人曾問韓愈:"古聖賢人所爲書具存,辭皆不同,宜何師?"(見韓愈《答劉正夫書》)從其不能擺脱對一定形式的信仰這一點來看,這種提問其實是與駢文的傳統相關聯的吧。對此,韓愈"必謹對曰:師其意,不師其辭"(同上)。

至少在韓愈那裏,闡明仁義的古文,事關乎其生存方式。"生乎吾前,其聞道也固先乎吾,吾從而師之;生乎吾後,其聞道也亦先乎吾,吾從而師之。吾師道也,夫庸知其年之先後生於吾乎?是故無貴無賤、無長無少,道之所存,師之所存也"(《師説》),這段話表明他的古文與他的生存方式有内在相通之處。而這恐怕也不是韓愈一人的問題。

禮的非中心化,在文章的創作態度上也造成了一個轉折。古文先驅者梁肅在《常州獨孤及集後序》中説:"天寶中作者數人,頗節之(文體)以禮。洎公爲之,於是操道德爲根本,總禮樂爲冠帶,以《易》之精義、《詩》之雅興、《春秋》之褒貶,屬之於辭。"贊述了獨孤及這位有親交關係的古文家的態度和業績。他還在《補闕李(翰)君前集序》中確定文章的地位是:"文之

---

① 目前尚未發現六朝有明言駢文的文體是以天地秩序爲基準的文獻資料;但是明代胡忻爲馬樸《四六雕蟲》所作的序中説:"故自三五而降,亦有四六之文。此蓋取則於天地而泄機於性靈也",清代李兆洛《駢體文鈔》吴育《序》也闡述了同樣的觀點。至於唐代則有這樣的論述:"天之文以日月星辰,地之文以百穀草木,生於天地而肖天地,聖賢又得其靈和粹美,故皆含章垂文,用能裁成庶物、化成天下。而治平之主,必以文德致時雍;其承輔之臣,亦以文事助王政。而唐堯虞舜禹湯文武之代,則憲章法度禮樂存焉;皋陶伯益伊傅周召之倫,則誥命謨訓歌頌傳焉。……推是而言,爲天子大臣,明工道、斷國論,不通乎文學者,則陋矣;士君子立於世、升於朝,而不繇乎文行者,則僻矣。"(崔元幹[741?—813?]《與常州獨孤使君書》)

作，上所以發揚道德、正性命之紀；次所以財成典禮、厚人倫之義……"他們把道德置於經世原理的中心，從而也把明道放在文章的中心。如第三節中已述，在安史之亂後的社會大變動中，士人們對作爲社會存在的自我定位感到迫切需要。這種自我定位的基準已不再是門閥，也不是禮樂修養，而是科舉官僚的身份。而且這種官僚生活的現實要求他們具備人的内在一面即仁義。當然不用說，這些士人還無法脱離五經去尋求仁義的方針和客觀的理論依據（即仁義作爲儒學原本之道的根據）。但是五經大體以記載事例爲主，而可充作生存方式的精神方針的内容卻不多，經典中雖也有仁義道德之説，不過正如《禮記·曲禮上》中所云"道德仁義非禮不成"的那樣，通常認爲祇要遵守實行禮所制定的外在規範，那麼内在面就能自然涵養而成。也就是説，由外在面來規定内在面，這是古代儒學的基本禮學思想①。但是現在禮學的權威大爲動摇，對於迄今爲止一直依附於外在的禮而被漠然置之的"仁義道德"，必須從其自身的立場來明確其内容。因此士人們不得不探求起五經事例中内在的道，這就是主張明道。明道不是單純的學問或文藝上的思潮，而是與士人的生存根基切實相關的問題。這種追求内在規範的精神，恐怕是不允許以駢文形式或某種特定經典的文體爲依據的，因爲人們已不再相信外在的規範可以確保内實。

---

① 　參看西晉一郎、小絲夏次郎《禮的意義與構造》。

# 唐代中期的貨幣論

## 前　　言

　　有不少論者以爲,不應該過高評價鑄造貨幣在唐代經濟中的作用。但是如果注目一下唐代經濟所發生的變化,就會驚訝於這種變化的劇烈,其變化的中心依然是鑄造貨幣。隨着租税由實物輸貢(貢物)逐步轉向錢幣輸貢(納錢)的同時,貨幣本身也從使用布帛等各類物質的狀態漸次變爲以銅幣爲主貨幣。這種變化即使衹限於一部分地區,或實行得並不徹底,但出現這一變化,其意義是不可輕視的。那種認爲鑄造貨幣的作用不應該過高評價的議論,不過是就經濟制度這一側面而言,但經濟實際上還是一個與人的觀念表象不可分離的很突出的文化現象,貨幣形態的變化也是與人們的貨幣觀念密不可分的①。從這一觀點出發,與貨幣相關的觀念的變化是不能低估的。本文擬追溯唐代中期貨幣觀念的變化,探討其所帶來的後果。另外,唐代實際上還依然把各種貨物當作貨幣使用着,本文爲了避免混亂,不辭煩瑣地作一下説明,把代表性的實物貨幣米穀絹帛稱爲"穀帛貨幣",把銅幣稱爲"鑄

①　關於這個觀點可參看吉澤英成《貨幣與象徵》(日本經濟新聞社,1981年)等著作。

造貨幣”，以此來統一稱呼。

## 一、唐人貨幣論的譜系

　　唐朝建立不久的武德四年(621)，廢除了一直流通的以重量命名的五銖錢，發行了中國貨幣史上值得紀念的貨幣，即開元通寶(亦稱開通元寶)。此後，它不但是有唐一代而且是中國鑄造貨幣的一個標本模範，並在國內外大量流通，這已是學界常識。開元通寶之所以如此廣泛地流通，是因爲人們認爲它“輕重大小，最爲折衷，遠近便之”(《通典・食貨典・錢幣下》)。但是不知何故，實際上當時關於開元通寶發行的議論幾乎沒有留存下來，因而也不清楚唐代建國之初人們對鑄造貨幣的經濟、政治以及社會的意義是怎樣認識的，其認識的程度又是如何。恐怕那時還沒有自覺地把它作爲確立和推進國家的統一支配、掌握經濟運營等這種積極的方針，而不過是因爲“隋末錢弊濫薄，至裁皮糊紙爲之，民間不勝其弊”(《資治通鑒》“高祖武德四年”條)，所以想要改變前代遺留下來的狀態而已。因而現在幾乎看不到有關開元通寶發行的議論，其原因可能不僅是記載的散佚，而是有可能原本就沒有進行過什麼議論。唐初的經濟既然使用着從絹帛到金銀等各種各樣的貨幣，鑄造貨幣在政治、經濟上所佔的地位並不高，那麼看不到有關的議論也是很正常的。

　　如果說中國歷代王朝的貨幣政策就是一種與私鑄即僞造貨幣的較量，這種說法也不過份。不過這樣一來，我們很容易認爲無論古今國家都是把僞造貨幣看作是一種反社會的罪惡，歷來都是嚴厲取締禁止私鑄以及假幣的使用的，但事實上未必如此。作爲歷史基調，當然是禁止私鑄的，但自漢代以至唐代産生過"容忍私鑄論",甚至出現了積極的"允許私鑄論",有時還付諸實行。①

　　但是唐朝並不允許私鑄,對開元通寶的私鑄也是嚴厲禁止的,"敢有盜鑄者身死,家口配没"(《舊唐書·食貨志上》)。儘管如此,發行不久後,私鑄就開始橫行,朝廷也當然發布詔敕出臺了應付私鑄的對策。不過關於禁止的理由,卻很簡單:"高宗嘗臨軒謂侍臣曰:'錢之爲用,行之已久,公私要便,莫甚於斯。'"(同上)議論如此簡單,恐怕不是因爲私鑄必須禁止的理由不言而喻,因此不必多費口舌,而是因爲使鑄造貨幣具有後世那樣的積極意義的社會條件還没有成熟,所以對私鑄惡果的認識,也僅限於它會造成經濟混亂和物價飛騰而已。其證據就是開元以後的私鑄禁止論中,關於禁止的理由出現了很多挑剔的議論。

　　在應付惡錢的對策中,還有一個值得深味之事,那就是私鑄的惡錢如果具有一定程度以上的品質,就容許其流通。"儀鳳四年(679)……其厚重合斤兩者,任將行用"(《通典·食貨典·錢幣下》)、"武太后長安中(701—704)……非鐵錫銅蕩穿穴者,並許行用"(同上)。不用説這也有不得已的一面,儘管是私鑄的銅錢,但與其讓它白白地引起混亂,不如允許使用可用的私錢。而且歷史上也有使用私鑄銅錢的傳統,在主張私鑄禁止論的同時也採納過私鑄容忍論,即使有人私鑄,但祇要想到鑄造貨幣的流通程度遠遠没有達到可以給國家經濟全體帶來負面影響,那麽對惡錢的流通採取一定程度的寬容態度,

① 　漢文帝時曾允許私鑄,南朝劉宋的沈慶之(386—465)曾提議自由鑄造,北魏接受其影響而實施自由鑄造政策。不過漢代採取完全放任的態度,而六朝時期的自由鑄造則設定了條件,必須要滿足一定的規格。參照胡寄窗《中國經濟思想史》(上海人民出版社,1962年)第334頁以下。

也不是不能理解的。

但是自武則天長安年間起，"盜鑄蜂起，濫惡益衆"(同上)：

> 神龍(705—706)先天(712—713)之際，兩京用錢尤甚濫惡。其郴、衡私鑄小錢，纔有輪廓，及鐵錫之屬，亦堪行用。乃有買錫，以錢模之，斯須盈千，便賣用之。(同上)

由於不堪這種狀態，開元五年(717)宰相宋璟"奏請一切禁斷惡錢"(同上)，翌年正月頒發了詔文。在此，唐朝終於採取了嚴禁使用惡錢的政策。但是由於"不堪行用者，並銷破復鑄"(同上)，"由是四民擾駭，穀帛踴貴"(同上)，宋璟也因此引咎辭職。不管開元五年的這次奏請是否成功，它主張不但私鑄而且包括惡錢的使用都要全面地禁止，就此點而言，是前所未有的(不過詔文似乎容忍了可"堪行用"的錢幣，比奏請後退了一步)，而且在唐朝把鑄造貨幣當作國家權力的源泉而逐步加以獨佔管理(後文將詳述)的過程中也可以說是劃時代的。事實上，開元六年二月下達的詔文中所提到的禁止使用惡錢的理由之一，是"若真僞相雜，則官失其守"(同上)，即惡錢威脅到官府有效地執政。不過在當時導致加強貨幣管理的很大的或直接的原因，與其說是私鑄，不如說是貨幣數量的不足(即所謂錢荒)這一問題。開元十七年(729)下達的制文中有如下之語：

> 今天下泉貨益少，幣帛頗輕，欲使天下流通，焉可得也……宜令所在加鑄，委按察使申明格文，禁斷私賣銅錫，仍禁造銅器。所有採銅錫鉛，官爲市取，勿抑其價，務利於人。(同上)

從這裏可以看到，朝廷欲確保掌握鑄造貨幣的質量和流通這種明確的意志。

　　一般認爲唐朝的前半期苦於私鑄,後半期苦於錢荒,而自開元時期起,隨着鑄造貨幣流通的擴大,在煩惱私鑄問題的同時也開始煩惱起錢荒問題。對此,當時的人所想到的解決對策是什麼呢? 其一就是上文所説的加強管理,而另一個就是允許私鑄,試圖以此來解決問題。開元二十二年(734)由宰相張九齡起草的敕文中就是這樣提議的:

> 　頃者耕織爲資,乃稍賤而傷本;磨鑄之物,卻以少而致貴。頃雖官鑄,所入無幾,約工計本,勞費又多,公私之間,給用不贍,永言其弊,豈無變通……且欲不禁私鑄,其理如何。公卿百僚詳議可否。朕將親覽,擇善而從。
>
> 　　　　　　　　(《曲江張先生文集・敕議放私鑄錢》)

政府的中樞竟然會提出這樣的意見,我們也許會稍稍覺得奇怪。但是傳統上既有允許貨幣私鑄之論,而且根據情況也予以實施,同時據上引的敕文中也可窺知的那樣,錢幣歷來被視爲末賤之物,一個輔助的存在,由此看來,張九齡的提議在某種意義上説也是出之必然的。

　　但是他的提議反響極不好,引來了裴耀卿、李林甫、蕭炅以及崔沔等人的反駁,而其中提出劃時代意見的是劉秩。他説:

> 　夫錢之興,其來尚矣。將以平輕重而權本末,齊桓得其術而國以霸,周景失其道而人用弊。考諸載籍,國之興衰,實繫於是。　　　　(《舊唐書・食貨志上》)

這是劉秩《貨泉議》的開首之文,也是他的貨幣論的主題宣言。在此之前的唐代貨幣論大都衹把貨幣定位於承擔經濟即物質流通的輔助作用之上,而劉秩則明確主張貨幣是君主權力的源泉。與劉秩同樣持反對態度的李林甫也不過是認爲"錢者

通貨,有國之權,是以歷代禁之,以絕奸濫。今若一啟此門,但
恐小人棄農逐利,而濫惡更甚,於事不便"(《通典·食貨典·
錢幣下》),還有崔沔也祇是説:"若許私鑄,人必競爲,各徇所
求,小如有利,漸忘本業,大計斯貧"(《唐會要》卷八九《泉
貨》),兩人都是站在傳統的農本主義的立場加以反對的,貨幣
是君主權力或國家權力的源泉的這種認識很淡薄。與此相對
照,劉秩在《貨泉議》中引《管子》之文説:

> 管仲曰:"夫三幣(指珠玉、黄金、刀幣),握之則非有
> 補於煖也,捨之則非有損於飽也。先王以守財物,以御人
> 事,而平天下也。"是以命之曰衡。衡者,使物一高一下,
> 不得有常。故與之在君,奪之在君;貧之在君,富之在君。
> 是以人戴君如日月,親君如父母,用此術也,是爲人主之
> 權。今之錢,即古之下幣也。陛下若捨之任人,則上無以
> 御下,下無以事上,其不可一也。

由此從思想史來説,劉秩的觀點是繼承管子的思想,並非完全
是他的獨創。但是,在他之前的主流觀念是以農業及其生産
物爲本,以鑄造貨幣爲末,而且同樣是貨幣,在理念上也把與
農業有直接關聯的布帛視爲主貨幣,如開元二十二年十月六
日的敕曾這樣説:"布帛爲本,錢刀是末,賤本貴末,爲弊則深。
法教之間,宜有變革。"(《唐會要》卷八九《泉貨》)不過這個敕
文相反可以使人窺知,當時理念與現實之間已經產生了很大
的距離,因而劉秩的《貨泉議》也是順應當時的現實的。

　雖然就現存的文獻來看,找不到其時積極贊成私鑄的言
論,但是政府中樞部確實有一些人主張可以允許私鑄,不僅是
張九齡,信安郡王李褘也以財政困難爲由再度提議應該允許
私鑄。許多人因爲顧忌李褘是玄宗之弟而不敢表明反對意

見,祇有倉部郎中韋伯一人反對,而終於没有採納李祐的提議。接着根據劉秩的《貨泉議》而下敕郡縣嚴禁惡錢,開元二十六年在"宣潤等州初置錢監"(《新唐書·食貨志四》)。在這裏可以看到唐王朝致力於貨幣管理的決心,其結果就是"至天寶之初,兩京用錢稍好,米粟豐賤。"(《舊唐書·食貨志上》)

從劉秩的議論被採納以及其後的發展結果來看,不管理想觀念是什麽,大多數人面對現實都與劉秩具有同樣的認識。由政權中樞提出的允許私鑄論因遭反對而流産,這反映了把鑄造貨幣視爲權力之源的觀念,順隨着社會現實的趨勢而逐漸普遍化。可以説,劉秩的這一看法象徵着關於鑄造貨幣的觀念正迎來轉折期。

開元年間貨幣論迎來了轉折期,又因天寶十四年(755)的安史之亂而加速進程。安史之亂造成了唐朝收入劇減、支出驟增這一狀態,使唐朝陷入了極其困難的財政危機。此時期力圖增加財政收入的有第五琦。雖然他以主持鹽專賣而聞名,但他爲了改善財政而推行錢幣的改鑄一事,在考察唐代貨幣觀念時,也是不可忽視的措施。

乾元年間(758—759)第五琦提議鑄造乾元重寶及重輪乾元錢。乾元重寶一錢相當於開元通寶十錢,重輪錢一錢相當於開元通寶五十錢,與開元通寶一起流通。這就好像朝廷自己在造惡錢,這種錢也被稱作"虛錢",口碑甚劣。實際上當時就導致了惡果,"尋而穀價騰貴,米斗至七千,餓死者相枕於道,……長安城中,競爲盜鑄,寺觀鐘及銅象,多壞爲錢"(《舊唐書·食貨志上》),最後以失敗而告終。我們也没有必要議論這種蠢舉,不過重要的是,它不是靠增收穀帛或其他實物,而是企圖利用貨幣價值的差額來增加財政收入,這就意味着它所需要的是現金收入而不是實物收入。下面來看一下重輪錢發行時的敕文：

> 今國步猶阻，帑藏未充，重斂乃人日不堪，薄征則軍
> 賦未足。是以須令改鑄，務於濟時。……每以一錢，用當
> 五十，利豐費約，實允事宜。……在京官寮，比無俸料，桂
> 玉之費，將何以堪。宜取絳州新錢，給冬季俸料。……頃
> 者急於軍戎，所以久虧祿俸，眷言憂恤，嘗愧於懷。
>
> （《冊府元龜》卷五〇一《錢幣三》）

像這樣，乾元錢以及重輪錢的發行是因爲困於軍費和官員俸
祿的支付，由此可探知，如果不能支付現金俸祿，就將無法維
繫對軍隊和官員的支配。

而在同一時期，"史思明據東都，亦鑄'得一元寶'錢，徑一
寸四分，以一當開元通寶之百"（《新唐書·食貨志四》）。開元
通寶的錢徑是八分，每緡（一千文）重六斤四兩。對此，乾元重
寶的錢徑是一寸，每緡十斤；重輪錢的錢徑是一寸二分，每緡
二十斤；得一元寶的錢徑是一寸四分（重量不明）。這也就表
明無論是朝廷一方還是叛亂一方，都試圖利用貨幣價值的落
差來賺取資金，以維持自己的權力，並摧毀對方的權力基盤。
虛錢的鑄造是以鑄造貨幣是權力之源的這一現實爲前提的，
而權力擁有者不用説對此有清醒的認識。權力的抗爭即成了
激烈的貨幣抗爭，在這一時期誰也不會再發出容忍私鑄這種
議論了。

## 二、兩税法的納錢制和貨幣觀念

繼第五琦之後而任鑄錢使的是劉晏。他作爲鑄錢使的作
用似乎就是處理乾元錢所造成的混亂。不過在他所實施的各

項改革中,在解決漕運問題上推進以雇傭勞動來取代賦役勞動這一項,是極其重要的,正如史書所稱贊的那樣,"不發丁男,不勞郡縣,蓋自古未之有也"(《舊唐書‧食貨志下》)。他之所以得以推行這項改革,是因爲這種雇傭形態已經在社會上普及開來之故,它顯示了在這個時代已經建立起以鑄造貨幣爲媒介的人際關係,任何政治權力離開鑄造貨幣就無法實現其目的。與徭役那種不容分説的人際關係不同,以鑄造貨幣爲媒介的人際關係,使得被雇傭者的意志有了活動的餘地。祇有這種雇傭形態及上文所述的鑄造貨幣觀念普及之後,纔有可能出現民衆地位的提高和中下層階級的興起。換一種極端的説法就是,鑄造貨幣促進了社會新秩序的形成。

下面終於輪到楊炎登場了。大曆十四年(779),楊炎提倡兩稅法,並在建中元年(780)二月實施。衆所周知,兩稅法是一個具有多重革新意義的大改革,這裏僅就與貨幣觀念深有關係的納錢原則的問題而加以討論。

兩稅法爲何要採用納錢原則呢?魏晉以來,租稅基本上是用實物來征收的。據《通典‧食貨典‧賦稅下》的統計,天寶年間實物收入尚佔全租稅的大半,現金收入祇有二百餘萬貫這樣的程度。雖然不清楚兩稅法實行之前的現金征收額的數量,但不可能有大幅度的增加。而且兩稅法實行的當時,絹的價值異常高,而經過安史之亂、藩鎮割據,朝廷的財政陷於窮困的境地,因此對唐朝來説維持實物征收也不錯。

關於兩稅法採用納錢制原則的理由,不妨援用一下日野開三郎的觀點。他認爲兩稅法的納錢制原則是由量出制入和對應户產課稅這兩項原則所引導而出的。也就是説,實施兩稅法時必須對各户的資產進行詳細的計算,"各户交納的的稅款都精算至細小的單位,而要征收這樣的稅款就必須考慮使用單位小的錢幣,但這種錢數、納錢制還不是一種必須以征收全額或高比率的實錢爲前提的納錢制"①。另外日野還舉出別的因素,比如"試圖減緩、糾正在兩稅法之前的代宗時期出現的物價高昂即錢輕物重之弊的這種意圖,作爲一個直接的動因也起了很大的作用"②,又如布絹雖然便於遠距離運送,但單位價值過大,不能分割成小單位,而且不適宜長期保存,有污損變質之虞;而穀物也難以保存,同時體積龐大且重,長距離運送不便等等③。

上述的這些理由是最關鍵的,事實上當時的人們也出於同樣的看法而認識到銅錢的長處。但是對於第一理由,有必要再做一下探討。日野開三郎認爲"因稅法運營的技術要求而採用了錢數原則,而兩稅法的納錢原則(中略)就是作爲這種錢數原則的延伸而出現的"④,這種看法就意味着納錢原則的採用祇具有消極意義。但是我們已經看到,把管理貨幣的鑄造和流通看作權力的基盤的這種觀念在當時已經普及開來,在這種時代背景之下採用納錢原則,就不能認爲祇是出於單純的技術上的要求。當時由於錢的流通存在着地域性、階層性的顯著差別,因而在實際運用兩稅法時不得不大幅度地用實物折算交納,而這種局面在開始實施時就會預料得到的,但儘管如此,依然採用納錢制,就不單單是爲了解決技術問題,也是因爲存在着把鑄造貨幣看作國家經營、權力的基盤的

---

① 《楊炎兩稅法的見居原則和錢數、納錢原則》(收入《日野開三郎東洋史學論集》第四卷第 85 頁,1982 年)。所謂"錢數原則",就是用錢額計算的原則。

② 《兩稅法與物價》(同上書第 422 頁)。

③ 《楊炎兩稅法的見居原則和錢數、納錢原則》(同上書第 83—85 頁)。

④ 同上,第 89 頁。

這種觀念。日野認爲"兩税法實行後,實踐證實了這種納錢原則所帶來的實錢征收的推進對强化中央政權做出了貢獻,而這種貢獻是否在兩税法的立案當初就被意識到、就被期待着,沒有史料可以確證,而且就採用這個原則的來由而言,也不可遽然如此推斷"①,誠如所言,確實找不到直接明確的史料記載。但是如果作爲權力基盤的鑄造貨幣的觀念已經成爲社會共識,那麽恐怕沒有必要再去議論並特意記載下來吧。

## 三、兩税法納錢制和《通典》的編纂

在兩税法成立的前後,有一部重要書籍的編纂正在進行着,那就是編纂始於大曆元年(766)、完成於貞元十七年(801)的杜佑的《通典》。這部書在很多方面都具有劃時代的意義,特別是把財政置於國家經營的根本之上這一點尤爲重要②。楊炎主張"夫財賦,邦國之大本,生人之喉命,天下理亂輕重皆由焉"(《舊唐書·楊炎傳》),爲了實行自己的政策而重用杜佑(《舊唐書·杜佑傳》)。由此看來,楊炎與杜佑的立場觀點是極其相近的,那麽恰好在此時期編纂《通典》,不可能與兩税法的成立沒有關係。楊炎與杜佑的具體關係尚無研究,不過可以認爲《通典》的貨幣論反映了兩税法產生的思想背景。

把鑄造貨幣的管理運營放在國家經營的中心位置上的這一思想,在開元年間劉秩就已明確地提出,此後衍化爲思想潮流,而《通典》中所見的貨幣論正是直接繼承劉秩的《貨泉議》而來的。先來看一下《通典》誕生的經緯。據記載:

① 《楊炎兩税法的見居原則和錢數、納錢原則》。
② 關於《通典》在思想史上的意義,參見本書《〈通典〉的史學與柳宗元》。

　　初開元末,劉秩採經史百家之言,取《周禮》"六官"所
職,撰分門書三十五卷,號曰《政典》,大爲時賢稱賞。房
琯以爲才過劉更生。佑得其書,尋味厥旨,以爲條目未
盡,因而廣之,加以《開元禮》《樂》,書成二百卷,號曰
《通典》。　　　　　　　　　　　　　　　(《舊唐書·杜佑傳》)

即《通典》是在劉秩的書的基礎上發展而來的。而且《通典·
食貨典·錢幣上》的小注説:"自昔言貨幣者,在於圖史無之,
皆不達其要,唯漢賈生、國朝劉録事秩,頗詳其旨"①,可見杜
佑對劉秩的貨幣論評價很高。再來看《通典》中的具體的貨幣
觀。《食貨典·錢幣下》在總結歸納隋代貨幣政策時,最後這
麼記述道:

　　大業以後,王綱弛紊,鉅奸大猾,遂多私鑄。錢轉薄
惡,初每千猶重二斤,後漸輕至一斤。或剪鐵鍱、裁皮、糊
紙以爲錢,相雜用之。貨賤物貴,以至於亡。

這一部分是轉録劉秩的原文,還是出自杜佑之筆,尚不清楚
(大概是杜佑所寫吧)。如果是劉秩所寫的,那麼結合他的《貨
泉議》來看,他是把隋朝没能成功地獨佔支配鑄造貨幣當作它
滅亡的原因(至少是原因之一)。假如這一段是杜佑所增寫
的,那麼也許人們會認爲,僅用這麼一點文字不足以説明隋代
滅亡的原因在於貨幣管理的失敗。但是考慮到《通典》成書的
狀況,以及它是一部强調財政爲國家經營的根本的著作,考慮
到杜佑和劉秩一樣都非常推崇《管子》,就可以説杜佑是《管

①　此處文字據中華書局校點本。"無之"二字意思不明。據校勘記,底本
爲"形模",據諸本改爲"無之"。"形模"即模型之意,意思反而醒豁易
懂;點校者爲何校改爲"無之",不詳。不過不影響對全文的理解。

子》、劉秩的貨幣思想的直接的繼承者,他也一定和劉秩一樣
認爲對鑄造貨幣的獨佔支配是國家繁榮的關鍵。既然這種貨
幣論反映了兩稅法的思想背景,就不得不説兩稅法的納錢制
不可能祇作爲附帶的制度而被採納的。

不過,杜佑未必贊成連農民也要交納錢幣租税[1]。而且
不僅是他,兩稅法實行之後,陸贄等有名的大臣們也多次强烈
反對向農民征收現錢。儘管如此,納錢制還是被採用、被確立
下來,其理由又是什麼呢? 對此,楊炎及其周圍的人都沒有留
下任何言論,我們祇能進行推測。其理由之一恐怕就在貨幣
論之中。《通典·食貨典·錢幣上》中這麼説:

> 原夫立錢之意,誠深誠遠。凡萬物不可以無其數,既
> 有數,乃須設一物而主之。其金銀則滯於爲器爲飾,穀帛
> 又苦於荷擔斷裂,唯錢但可貿易流注,不住如泉。

這裏所説的,實在不是令人耳目一新的内容。雖同是貨幣,但
鑄造貨幣與布帛米穀不同,它本身沒有實用價值,關於這一
點,《管子》早已指出,而《通典》也曾引用過(《食貨典·錢幣
上》),而且《通典》所收載的貨幣論中也有不少是持同樣的看
法。比如東晉元興年間(402—404)桓玄提議廢止錢幣、改用
穀帛時,孔琳之就作了如下的議論:

> 故聖王制無用之貨,以通有用之財。既無毀敗之費,
> 又省運致之苦,此錢所以嗣功龜貝,歷代不廢者也。
>
> (《通典·食貨典·錢幣上》)

又如時代較近的開元十七年的制文中也説:

---

[1] 《通典·食貨典·輕重論》中説:"農者,有國之本也。先使各安其業,是
以隨其受田,税其所植。焉可征求貨幣,捨其所有而責其所無者哉。"

　　　　且銅者，餒不可食，寒不可衣；既不堪於器用，又不同
　　於寶物。唯以鑄錢，使其流布。

　　　　　　　　　　　　　　　　　（《通典‧食貨典‧錢幣下》）

可見，《通典》也是上承這些議論而來的。正因爲銅幣自身沒
有實用價值，所以它纔能有效地發揮交換流通的作用，這種看
法在當時很普遍。在這裏必須注意的是，關於貨幣之所以爲
貨幣的理由這一點，他們認爲穀帛主要是因爲它是有用之財，
而與此相對，銅之所以能作爲貨幣，是依據於它與穀帛相對立
的原則。另外這種貨幣論雖然自古就有，而到了唐代中期它
已不再是一部分思想家所具有的看法，而已經得到了廣泛的
認同。在此出現了兩個問題：一是選擇無實用價值的銅來作
爲流通的媒介，是否具有積極意義？一是爲什麼無用之貨的
銅能成爲流通的媒介，而這又成爲時代的潮流？

　　雖然可以概括地說財政是國家經營的關鍵，但具體是以
什麼爲中心來進行運營（以穀帛還是以鑄造貨幣），會造成本
質的不同。這是因爲如上所述，穀帛貨幣與鑄造貨幣是依據
於不同的原則而成爲貨幣的。既然這樣，那麼銅的無實用性
所帶來的特徵又是什麼呢？那就是便於管理，即可管理性。
當時一般認爲，貨幣是必須使之流通的，而金銀穀帛會轉爲他
用，或易於破損，但銅比起其他貨幣的素材來，就很少有這類
擔心，這些意見都是針對銅的便於流通管理的特性而言。而
且就管理這一點而言，銅這種金屬的物質特性，不僅在流通上
而且在製造上也無疑是重要的因素。鑄造貨幣不是不論何人
何地都可以生產的物品，即要有獨佔（相對而言的）的可能性，
要能規定和維持一定的品質標準，而且其原料不會受到因氣
候等而造成的豐歉收的影響，在必要時還可大量生產。事實
上，這種明示錢幣的規格、設置錢監、限制流通範圍（禁錢）、或

限制銅器的鑄造買賣等的通貨政策,正是鑄造貨幣纔有的政策。從而把鑄造貨幣置於財政的中心,可以說對確立中央集權制是本質的必要的。與楊炎關係親密、在建中三年因其財政能力而被任命爲户部侍郎、判度支的韓洄上奏論道:"天下銅鐵之冶,是曰山澤之利,當歸於王者,非諸侯岳所有。今諸道節度都團練使皆占之,非宜也。請總隷鹽鐵使。"(《舊唐書·韓滉傳附洄傳》)這無疑是企圖使朝廷獨佔貨幣鑄造,並通過這種手段來達到確立中央集權這一目標。

　　唐朝儘管困擾於私鑄、錢荒等問題,又受到來自傳統的農本主義的反對,而現實中又由於貨幣的不足而不得不允許以實物抵交稅款,但朝廷仍然堅持使用鑄造貨幣,這是出於權力的一元支配構造這一根本上的要求。唐代的主貨幣由穀帛轉爲銅幣,這不僅是商品、貨幣經濟的發展的結果,而且從根本原因上來說,這也是追求中央集權的統一國家所具有的秩序形態的產物。正因爲如此,所以可以說銅幣成爲主貨幣是一種時代的潮流。

　　最後再來探討一下唐代廢止傳統的五銖錢而發行流通開元通寶的意義。在流通史上實績顯著的五銖錢爲什麼會被開元通寶取而代之? 所謂的鑄造貨幣的可管理性等等,這些都是統治者一方所要求的貨幣特性,而對於一般民衆來說,成爲不了本質的因素,他們祇要有某種物質可當作貨幣來使用即可。民衆把開元通寶當作貨幣來使用,首先就是因爲它是唐王朝所鑄造的,換言之,唐朝的政治權力和信用是使開元通寶作爲貨幣而流通的一個因素。不過這並不是說,開元通寶從一開始就僅靠唐朝的權力而得以成爲貨幣的。這一方面是因爲使用銅幣已成爲歷史傳統,在這一傳統之下,開元通寶不過是代替前代的質量粗惡的貨幣而被使用的,同時還因爲剛成立不久的王朝所制定的貨幣有多大程度的信用尚不可知,唐王朝的權威信用要滲透至全社會還需要一定的時間。開元通寶雖然是擔負着唐王朝的權威的貨幣,但既然發行當初被稱贊爲"輕重大小,最爲折衷,遠近便之",這就説明開元通寶能夠作爲貨幣而流通,不僅僅依靠着國家的權力。

但是隨着唐王朝的權威的確立,開元通寶獲得信用而在國內外的市場流通開來。也因此私鑄泛濫起來,具有諷刺意味的是,私鑄的盛行可以説正是國家權力已經確立的一個證據。由此產生了一個循環構造:開元通寶要作爲貨幣而流通,就需要有國家的權威;而國家爲了維持增强其權威,又需要鑄造貨幣,國家權威又使得無用之貨作爲貨幣而流通。開元通寶的廣泛流通,顯示了貨幣之所以爲貨幣的價值已從素材的價值逐漸地移至國家的權力之上。

# 唐宋古文中的“氣”論
# 與“雄健”之風

## 一、詩歌散文化的一個側面
### ——“健”之詩是否合乎詩體

宋代的嚴羽在《答吳景仙書》中曾説了這樣一段話：

> （吴景仙）又謂盛唐之詩“雄深雅健”。僕謂此四字但
> 可評文，於詩則用“健”字不得。不若《詩辯》“雄渾悲壯”
> 之語爲得詩之體也。

嚴羽這一段話中把“健”字視爲文章批評的專用術語，這一點
是很耐人尋味的。嚴羽認爲“雄深雅健”祗應該用來批評文
章，而自用“雄渾”來批評詩歌，並且單單剔除“健”字，以爲非
詩歌之評語，這就表明了嚴羽認爲盛唐的詩與文的本質差異
就在於“健”。由於嚴羽以盛唐之詩爲典範，從這一文學觀出
發，也可以認爲嚴羽不僅僅把“健”視爲盛唐時的詩與文的差
異所在，而且也是更爲一般的、典型的詩與文的本質差異所
在。下面先來探討一下嚴羽此話有多少合理性。

其實，“健”字在詩評中並非没有使用過，比如六朝時鍾嶸
的《詩品》中就有這樣的評論：

> 彥伯詠史，雖文體未遒，而鮮明緊健，去凡俗遠矣。

（袁宏條）

戴凱人實貧羸，而才章富健。（戴凱條）

但《詩品》中也衹有這兩例。六朝時期另一部文學評論的鉅著《文心雕龍》中也有四處用例，不過其中兩例明顯是指文章而言，一論檄移，一論章表："故其植義揚辭，務在剛健"（《檄移第二十》）、"琳瑀章表，有譽當時。孔璋稱健，則其標也"（《章表第二十二》）。還有兩例，均在《風骨》篇："剛健既實，輝光乃新"、"若能確乎正式，使文明以健，則風清骨峻，篇體光輝"。《風骨》篇的這些部分當然是針對包含詩歌在内的全體文學而言的，而似乎主要是就文章而言的。像這樣不知是有意還是無意，《文心雕龍》中雖然使用"健"一詞來進行文章的批評，但在單獨論詩時卻沒有用過"健"字。除此之外，整個漢魏六朝時期"健"的用例並不多，而且像曹丕《與吳質書》中的"孔璋章表殊健"那樣，主要是針對陳琳文章而作的評論。順便提一下，後世在評價陳琳的文章時，往往用"健"字，似乎這已經成了他文章的定評，如"陳琳健筆"（徐陵《讓五兵尚書表》）、"孔璋傷於健"（王僧孺《太常敬子任府君傳》）等因襲之論。總而言之，在漢魏六朝時期，用"健"來評詩是例外，"健"一語主要是文章的批評用語。

在唐代詩評中，中唐皎然的《詩式》把詩體分爲十九類，其中之一是："力　體裁勁健曰力。"在筆者所查檢之範圍内，這是唐代最早的用例。其後至晚唐，司空圖《二十四詩品》中有"喻彼行健，是謂存雄"（《勁健》篇）、"返虛入渾，積健爲雄"（《雄渾》篇）等論述。五代王定保的《唐摭言》"韋莊奏請追贈不及第人近代者"條中有"李群玉……詩篇妍麗，才力遒健"之語。僅此幾例而已，可以説整個唐代的用例非常少。而且這其中，關於司空圖之書，近年來陳尚君、汪涌豪兩位提出了明

末偽作之説①;而皎然的詩論,則如後詳述應當是置於標志着
文學觀念轉變這一歷史定位上的,因此是比較特殊的用例。

由此看來,嚴羽對"健"這一論述,並非僅僅是他一個人的
看法,而是代表傳統的見解,從這個意義上説,他的論述有相
當的合理性。

但是大概從唐末起,"健"字的用法發生了變化。北宋《後
山詩話》(舊題陳師道[1053—1101])中有:"與洪朋書云:嫗
父所寄詩,語益老健",胡仔《苕谿漁隱叢話前集》(1148 年成
書)張子野條有:"東坡云:子野詩筆老健",等等,用"健"字來
評詩,似乎在北宋變得普通起來了。有個耐人尋味的資料,傳
遞出其中的信息。宋代的魏泰《臨漢隱居詩話》中云:

> 沈括存中、吕惠卿吉父、王存正仲、李常公擇,治平中
> 同在館下談詩。存中曰:"韓退之詩乃押韻之文爾,雖健
> 美富贍,而格不近詩。"吉父曰:"詩正當如是,我謂詩人以
> 來未有如退之者。"正仲是存中,公擇是吉父,四人交相詰
> 難,久而不決。

對韓愈詩的特徵是"健美富贍"這一點,他們四人大概都無異
議;但是這種格調是否合乎詩體,卻成了一個問題。也就是
説,從此處可以窺探出詩文概念有了很大的變化,舊觀念與新
觀念之間發生了爭執衝突。至於魏泰本人,則往往同意沈括
的意見:"予每評詩,多與存中合。"(同上《詩話》)在評論其他
詩人時他也闡述了同一主張:

> 頃年嘗與王荆公評詩,予謂:"凡爲詩,當使挹之而源

---

① 陳尚君、汪涌豪《司空圖〈二十四詩品辨偽〉》(收入陳尚君《唐代文學叢
考》,中國社會科學出版社,1997 年)。

> 不窮,咀之而味愈長。至如永叔之詩,才力敏邁,句亦清
> 健,但恨其少餘味爾。"

這是批評歐陽修的詩。又如評蘇舜欽詩時也説:"蘇舜欽以詩
得名,學書亦飄逸,然其詩以奔放豪健爲主。"在這些論述中,
都對"健"一類的詩持批評否定的態度。

但在稍後的惠洪(1071—?)的《冷齋夜話》(1102—1110
年之間成書)中則明確主張:"句法欲老健有英氣,當間用方俗
言爲妙。"而南宋的張表臣(紹興年間 1131—1162 年前後)在
其《珊瑚鉤詩話》中更是對"健"之詩給予了一定的地位:

> 詩以意爲主,又須篇中練句,句中練字,乃得工耳。
> 以氣韻清高深眇者絕,以格力雅健雄豪者勝。元輕白俗、
> 郊寒島瘦,皆其病也。

自此以後,即使在普及類的作詩指南性質的書籍中,也把"健"
作爲一種值得推崇的風格而再三地論説。

由此看來,在嚴羽的時代,以"健"來評詩並且把"健"之詩
視爲好詩,已經不再是少數人的看法,可以説,吳景仙的批評
是順從時流之論,相反嚴羽倒是代表保守意見的。

《詩品》、《文心雕龍》等書中"健"字的用例極少,這表明了
在六朝時期"健"尚未成爲文藝批評中一個重要的概念。而且
這些爲數不多的用例主要針對陳琳的章表而言,使用場合相
當固定,從這裏也可窺知,在陳琳以後的六朝時期沒有産生過
可以稱得上"健"的文章。正如後文所述,作爲文章特質的
"健"之所以受重視,還是與唐代古文的形成有關係。

宋詩出現了散文化傾向,我們不妨推論:"健"一語也隨着
詩歌的散文化而適用於詩歌的批評上了。這種推斷未嘗不
可,但更可以反過來説,原本是文章所特有的"健"的風格被引

入詩歌,而作爲詩歌創作的一個要求,這本身就是所謂"詩歌散文化"的一個表現。這當中可以看出積極地肯定"健"的價值觀已經在發揮作用。那麼"健"的内涵指什麼? 爲什麼"健"的風格會得到積極的肯定? 下面在探討這個問題之前,先做一個大迂回。

## 二、雄　文

### ——從揚雄之文到雄健之文

接下來換一個出發點,來看詩文批評中另一用語——"雄"。在這裏需要先説明的是,在兩字或四字的批評用語中祇取出其中一部分來分析,這種做法是有問題的。首先因爲各個批評用語的前後文字雖然原本各有其義,但也往往會脱離原意而祇具有共同的含義。其次也因爲作爲一個完整的用語,它表達了作品的截然不可分割的有機的特徵。然而,雖然存在着方法上的問題,但我認爲以"雄""健"之語爲中心去探討,是有一定的有效性的。這是因爲從中唐至宋代以後的詩文批評中,儘管也使用其他的用語,但顯然"雄""健"的使用率更爲頻出。而這種頻出表明了批評者在表述某篇詩文的特質時所用的這些用語,其所表示的特質往往成爲詩文的中心特徵,同時也表明了主張應該積極肯定"雄""健"之風的這種文學觀已經存在着了。

既然如此,當然就應該探討圍繞"雄"的諸問題。上文已經提及,"健"是從中唐開始用於詩歌批評中的,那麼"雄"又如何呢? 正如"雄健"這一熟語那樣,"雄"與"健"在内涵上有着很深的關係。本文開頭所引的嚴羽的文章中,認爲"雄"一語可以兼用於詩、文兩方的批評中,也就是説無論是詩還是文,

"雄"都是作品所應有的理想的風格特徵,至少是理想的風格特徵之一。儘管"雄"與"健"詞義相近,而衹有"雄"可以作爲詩文兩方的理想的風格特徵,那麼它與"健"究竟有什麼不同呢?

我們先來簡略地看一下六朝時期的狀況。在《文心雕龍》中沒有發現"雄"字有用於詩文本身批評的例證。《詩品》中的用例也極少,衹有評張協的"雄於潘岳,靡於太沖"這一條而已,而且不過是用來進行兩者的比較。那麼,"雄"這一用語究竟是從什麼時候運用於詩文批評中的,這一點現在已很難確證,因而就以"雄文"這一詞爲綫索來探求一下。當然從根本上來説,僅以"雄文"一詞是不能涵蓋所有的有關"雄"的用法的,但要在數量龐大的文獻中找出所有包含"雄"字的用語、並考證出其出處,這不但是困難的,而且是勞多獲少之舉,在這裏就需選擇一個具有標志性的詞語作爲綫索,來研求其大體的傾向。至於爲什麼要選擇"雄文",首先是因爲在詩文批評中它是最直接單純的基本的語構,被使用的可能性較大,而且"文"不但可以指散文,同時也經常用來指包含"詩"在内的全體文學,因此在一定程度上都可以用這個詞語來調查詩文兩方的批評狀況。

從結論上看,"雄文"的含義指"雄風之文"(文章或文學),這一用法大概是自八世紀初開始的。在中唐以前,雖然也經常出現"雄文"一語,但僅就管見所及,均是指揚"雄"之"文"章。換言之,對唐以前的人來説,所謂"雄文"就是指揚雄的文章,而對現代的我們誰都很容易聯想到的另一個用法——"雄的風格的文學",似乎根本沒有注意到。筆者所知的"雄風之文"的最早用例,是李適(七世紀末—八世紀初)的"豹略恭宸旨,雄文動睿情"(《奉和幸望春宫送朔方軍大總管張仁亶》)。

其後中唐文人的作品中也有數例,如權德輿、白居易、元稹等人都用過好幾例。但另一方面,柳宗元、劉禹錫卻都是"揚雄之文"的用法,也就是説這個時期是兩種含義混雜使用的轉換期。韓愈有"舉目無非白,雄文乃獨玄"(《酬藍田崔丞立之詠雪見寄》)的詩句,意謂放眼望去,都是一片白茫茫的雪景,唯有你(指崔立之)的雄偉的文章,猶如揚雄《太玄》那樣是一點黑。這裏的"雄文"雙關"揚雄之文"和"雄風之文",這種不足稱道的雙關語的存在,其本身就標示着兩種含義混存的狀況。據傳韓愈另外還有"未爲世用古來多,如子雄文世孰過"(《唐才子傳》卷六"韓湘條"引)的詩句,但此句是否真爲韓愈所作,尚有疑問。總之在這個時期,"雄風之文"的用例衹有以上所提及的數例,數量並不多,而且也衹限於這幾位作家使用而已。但是這之後,"雄風之文"的用法開始普及起來,隨着時代的推移,用例增多,作者群也擴大開來,而到了宋代,可以説"雄風之文"這一用法已完全固定下來,相反"揚雄之文"的用例卻很難找到。

　　像這種"雄文"涵義的轉換究竟意味着什麼呢?從本來已經有"揚雄之文"這一確定涵義的"雄文"一詞中,又引發出新的内涵而用於評點詩文,這一定是因爲所要表達的文學特徵,是非"雄"字就不能表達出來的新内容。儘管後世的用例中,"雄文"也有單純是泛指"優秀的文藝(或學問)"的這種用法,但本來應當是用來表達衹有"雄"字的原意纔能表達的特徵。另外,在宋代以後的詩話和文評中,不但是"雄文"一詞,而且含有"雄"字的其他評語也都屢屢出現,這就意味着自中唐以後,把"雄"當作詩文理想的特徵來追求,已經是一種普遍的現象。這不僅僅是因爲在中唐以前很難找出"雄風之文"這種用例,而且還因爲這種現象與文學觀念的變化相關聯。那麼唐中期以後人們爲何要追求"雄"，而"雄"具體所指又是什麽呢？

## 三、古文中的"氣"論

從我們現在來看，"雄"並不是中唐以後的文學所特有的特徵，如果所謂"雄"單純是指男性式的强有力的文學，那麽人們馬上都會聯想到它的祖型漢魏文學；而且正如學術界所共知，唐詩最初也主要是以建安風骨爲理想而發展起來的，而作爲其發展成果的盛唐詩則有"雄渾"之定評。既然如此，中唐以後的所謂"雄風之文"的文學傾向，似乎不能立爲一個問題來對待。但是奇怪的是，正是這個中唐時期，詩文評中幾乎看不見有關風骨的議論。（當然並不是説别的方面也沒有論及風骨，如人物論、書畫論等中仍然相當頻繁地議及這個話題）僅以筆者手頭所持的《中國古代文藝理論專題資料叢刊　文氣·風骨編》（徐中玉主編，中國社會科學院出版社）這一種資料書爲例，檢視一下其《風骨編》所收録的項目的多寡，統計結果如下：

| | |
|---|---|
| 六朝以前 | 三十二條 |
| 初唐—盛唐 | 十六條（其中七條出自《河嶽英靈集》） |
| 中唐—唐末 | 二條 |
| 兩宋 | 十七條 |
| 明清 | （數量龐大） |

（以上所列之數，僅取與文學相關之條而計）

當然這些數據不能囊括全部，但從中至少可以看出其大致的傾向。而且利用其他的檢索手段，也很難在中唐至唐末的文學論中找出"風骨"一語的用例。

儘管中唐以後的文學也應該是處於初唐以來的崇尚風骨

的延長綫上的,但它似乎不是一種單純的發展。之所以出現
上面那種背離的現象,其原因現在還不能完全明瞭,然而,從
"風骨"到"雄(健)"的這種變化方向,與中唐這個時期重視
"氣"有很深的關係。皎然(720—貞元年間後期?)的《詩式》就
是一部代表着朝這一方向轉换的著作。皎然的生平已不可詳
知,而已知的他的交遊關係卻極耐人尋味。他與顏真卿、權德
輿、梁肅都交遊甚密,而與他關係友善的僧靈澈則又跟柳宗元
等人有交往。劉禹錫幼年時曾陪侍皎然而學作詩,有學者認
爲他的詩明顯受到《詩式》的影響①。總之,皎然不僅在這種
人際關係上與古文家們相距很近,而且《詩式》的主張也與古
文家的主張、實踐都有相通之處。以下,簡單地舉一下兩者的
共通點。

　　《詩式》的特點,首先是在分析詩體時,重視作者的道德修
養;其次在創作方面,反對模擬古人,主張自我創新;第三是尚
氣,推崇"氣"之充沛而有力的詩風。比如他説:

　　　　氣高而不怒,怒則失於風流;力勁而不露,露則傷於
斤斧。("詩有四不"條)
　　　　要力全而不苦澀,要氣足而不怒張。("詩有二要"條)
　　　　以氣劣弱而爲容易。("詩有六迷"條)
　　　　力　體裁勁健曰力。("辨體"條)

除此之外,在評論漢高祖《大風歌》等許多詩作時,皎然也往往
注上"氣也"之類的評語,可見在他的詩論中"氣"是個極重要
的概念。一般認爲他的"氣"論直接來源於傳王昌齡所著的

---

① 　王運熙、楊明《隋唐五代文學批評史》(上海古籍出版社,1994 年)
　　第 430 頁。

《論文意》①，但筆者以爲也應該考慮到它與道教的關係。也許因爲皎然以詩僧而著名，所以對於他的詩論，也從來祇是多提及與佛教的關係，但實際上他曾學過道教。祇是有關他學道時期的資料殘存極少，因而不得不説無法直接證實道教與他的詩論之間的關係。然而，他的周圍瀰漫着濃鬱的道教的氣氛，這是毋庸置疑的。這種情況在那個時代的人的身上並不少見，而皎然也是如此，他的友人顏真卿、權德輿以及梁肅等人都與道教有很深的接觸，因此無論是直接還是間接，他不可能與當時的道教的動向毫無關聯。不過關於這一點由另文詳論，此不贅述。

儘管全面論證皎然的文學主張與古文的關係，這是今後的課題，但可以説他的主張與古文理論、實踐多有相合之處，關係頗深。現僅就"氣"論來分析。與皎然交往密切的權德輿、梁肅等人曾説：

> 故文本於道，失道則博之以氣，氣不足則飾之以辭。蓋道能兼氣，氣能兼辭，辭不當則文斯敗矣。……若乃其氣全，其辭辨，馳騖古今之際，高步天地之間，則有左補闕李君。……議者又謂君之才，若崇山出雲，神禹導河，觸石而彌六合，隨山而注鉅壑，蓋無物足以遏其氣而閼其行者也。世所謂文章之雄，捨君其誰歟？
>
> （梁肅《補闕李君前集序》）

---

① 《文鏡秘府論》南卷收。此書非王昌齡所著，乃偽託之作。參看興膳宏譯注《弘法大師空海全集第五卷・文鏡秘府論》（筑摩書房，1986 年）第1127 頁。雖是偽書，但它是《文鏡秘府論》所引詩文理論中採錄最全的一種，可見此書在當時讀得非常廣泛，從中也可窺探出當時這種文學論在不斷地成熟。另外關於皎然的詩論是受王昌齡影響一事，可參看王運熙、楊明《隋唐五代文學批評史》第 338 頁以下。

　　　客有問文者，漬筆以應之云。嘗聞於師曰：尚氣尚
　　理，有簡有通。能者得之以是，不能者失之亦以是。四者
　　皆得之於全，然則得之矣。失於全，則鼓氣者類於怒矣，
　　言理者傷於儒矣。　　　　　　　　　　　（權德輿《醉説》）

權德輿的文字，雖是"醉説"，不過兩人對"氣"都給予了非常重
要的位置。至於皎然所説的"氣"與他們兩位上文中的"氣"之
間有怎樣的具體關聯，現雖不可詳知，但如果檢討一下其他古
文家的文論，就會發現他們常常論述到"氣"的作用。比如柳宗
元的親戚柳冕(？—805 年)就曾非常强調"氣"在文學中的作
用。梁肅、權德輿的"氣"論是斷片式的，柳冕的"氣"論則是抽
象的，因此很難論證他們各自所説的"氣"的概念在多大程度上
一致，但是他們互有交往，切磋推進古文的思想和文體，那麼他
們的"氣"論決不會是了不相關的東西，由此也可以推想他們的
"氣"在概念內涵上存在着某種共通性。而且"氣"論在古文家
之中相互傳承，如梁肅的門人韓愈有如下這段著名的言論：

　　　氣，水也；言，浮物也。水大而物之浮者大小畢浮。
　　氣之與言猶是也，氣盛則言之短長與聲之高下者皆宜。
　　　　　　　　　　　　　　　　　　　　　　（《答李翊書》）

不但是韓愈如此，梁肅、柳冕與柳宗元之父友善，而柳宗元等
人也有述及"氣"的文章(如後面將引的《送崔群序》等)，可見
古文家重視"氣"的主張已成爲一種傳統。

　　韓愈上文中的"氣"，自來都認爲是出自於《孟子·公孫丑
上》中有名的"浩然之氣"一節[1]，但在韓愈之前，以古文家爲

---

[1]　比如張清華《韓學研究》(江蘇教育出版社，1998 年)上册第 390 頁，王運
　　熙、楊明《隋唐五代文學批評史》第 499 頁。

中心已經形成了"氣"的學說,那麼韓愈的"氣"論,並非一定是直接來源於《孟子》的、他個人獨創之説,而應該説是繼承他的古文前輩的學説而來的主張。當然,孟子之言也有可能直接地或間接地成爲韓愈以前的古文家的"氣"論的來源之一。

由此可見,重視文章中的"氣"是古文家們的共同的主張。當然文學作品與"氣"有關係,這不是古文家專有之物,衆所周知,曹丕就有"文以氣爲主。氣之清濁有體,不可力强而致"(《典論·論文》)之語,以後也不斷地得到繼承和發展。但是古文家的"氣"論與六朝有很大的區別,而且爲什麼此時期如此盛行新的"氣"論,這也是一個問題。下面就詳細論述一下這些問題。

首先是關於六朝的"氣"與唐代古文家所説的"氣"的異同。漢魏六朝人所説的"氣"有兩種情況,一是如剛纔所舉的曹丕的《典論》、劉勰的《文心雕龍·體性篇》"氣有剛柔"等那樣,是指作者固有的氣質、才氣等天生的個性;一是如《文心雕龍》中"慷慨以任氣"、"氣盛而辭斷"等那樣,是指文章的氣勢。後者雖然在唐代文論中也得到繼承,但是六朝時的"氣"與道德修養無涉,而唐代古文家所言的"氣"與"道"有密切的關係[①]。而且古文家所説的"氣"是脱離個別作家而普遍存在之物。我們來看一下"氣"的最活躍的主張者柳冕的言論吧:

> 夫善爲文者,發而爲聲,鼓而爲氣。真(或作直)則氣雄,精則氣生,使五彩並用,而氣行於其中。故虎豹之文,

---

① 關於漢魏六朝文學與"氣"的關係,可參看王運熙《中國古代文論中的文氣説》(收入《中國古代文論管窺》,齊魯書社,1987年)。唐代古文家所説的"氣"與"道"有密切關係,關於這一點可參看王運熙、楊明《隋唐五代文學批評史》第500頁。

> 蔚而騰光,氣也;日月之文,麗而成章,精也。精與氣,天
> 地感而變化生焉,聖人感而仁義生焉。不善爲文者反此,
> 故變風變雅作矣。　　　　　　　　(《答衢州鄭使君論文書》)

柳冕的議論都是抽象性的,而且大多是回信中的論述,而作爲
前提的對方的議論,我們現在又無法得知,這種情形就好像是
隔墻旁聽外國人打電話討論哲學問題一樣。此處的文字也相
當難懂,特別是"真""精"的意思究竟指什麽,不太明瞭,或者
就是把當時道教常説的"真精"一語分而言之,也未可知。如
果含混地取其大意而言,這段話的大意是:有了"真""精",
"氣"就產生了活力;從"精"和"氣"中萬物生成、仁義(道德)生
成,由此就能產生優秀的文學。可以説在這裏,柳冕把由"氣"
而導致的天地、道德的生成,與文學的興廢聯繫了起來。這種
思想是他一貫的主張,另外的文章中也常常重複着同樣的見
解,比如他説:

> 來書論文,盡養才之道,增作者之氣,推而行之,可以
> 復聖人之教,見天地之心。甚善。嗟乎,天地養才而萬物
> 生焉,聖人養才而文章生焉,風俗養才而志氣生焉。故才
> 多而養之,可以鼓天下之氣,天下之氣生,則君子之風盛。
> 古者陳詩以觀人風,君子之風,仁義是也。……夫君子學
> 文,所以行道。足下兄弟,今之才子,官雖不薄,道則未
> 行,亦有才者之病。……故無病則氣生,氣生則才勇,才
> 勇則文壯,文壯然後可以鼓天下之動,此養才之道也。
>
> 　　　　　　　　　　　　　　　　(《答楊中丞論文書》)

這裏也論述了"天下之氣"、"君子之風(仁義道德)"和"文"三
者的關係,雖然照例難懂,但很明顯,柳冕所説的"氣"是與仁
義道德的"道"相聯繫的、具有普遍性的"天下之氣",而不是指

作者固有的氣質、性格、才能，也不是單純地指昂揚的精神狀態，即所謂的氣勢。那麼其他的古文家所說的"氣"又是如何的呢？

前文已引的梁肅《補闕李君前集序》一文中的"氣"，雖然也可以解釋爲作者的個性氣質（才氣）或文章的氣勢，但這樣的解釋有幾個問題。首先梁肅明確地説"道"兼容着"氣"（"道能兼氣"），那麼他的"氣"就很難認爲單單是指個人的才氣。因爲如果把"氣"歸結爲個人的屬性，那麼一旦文章具備了"道"，也就意味着同時兼備了個人的屬性，即能體現出才氣，這樣的想法不是太過於跳躍了嗎？雖然梁肅沒有詳細論述"道"與"氣"的關係，我們也很難下斷言，但是道既然是本原性的東西，那麼爲這種道所兼容的"氣"也應該是生成萬物的"氣"，這樣的理解恐怕最爲自然吧。而且"氣全"這一説法的前提意識，是認爲"氣"有過份與不足之別，或能周流布及各處，或祇能滯澀阻於一處，所以他纔會在評論李翰的文章時借流水之狀來比喻。從這一點來看，如果把"氣"解釋爲作者的個性，就顯得不太合理了。其次是"氣"指文章之氣勢這種解釋也有問題，梁肅的"氣"是與"道"相聯繫的"氣"勢，與我們現在所謂反映作者高昂的精神狀態的"氣勢"恐怕不是一回事。而且正如下文所述，此時期正開始把天地共有之"氣"引入文論中，在這種背景下，權德輿、梁肅所説的"氣"雖有程度之差，但卻不能視爲單純的個人氣質或文章的氣勢。

天寶十三載洞曉玄經科出身的獨孤及曾評論李華的文章説：

> 其偉詞麗藻，則和氣之餘。
>
> 　　　　　　（《檢校尚書吏部員外郎趙郡李公中集序》）

此處的"和氣"一語往往見於道教系統的典籍（如《雲笈七籤》等）而爲獨孤及所喜用。或許可以認爲這個詞不過是用來表示李華個人氣質的温和，但是如果考慮到獨孤及的學術素養，以及"和氣"一語的普通用法，即意謂化生萬物的祥瑞之"氣"，那麼此處的"和氣"也可能含有那種道教的色彩。更有可能，正是因爲這個詞語有這種色彩，所以獨孤及纔特意選用它來表彰李華的文章。而梁肅據説就是被這個獨孤及所看重、最能理解獨孤及文論的人："常州愛士，而（梁）肅最爲所重，討論居多，故其爲文之意，肅能言之。"（李舟《獨孤常州集序》）梁肅撰寫的李華祭文中有如下之語：

> 粹氣積中，暢於四肢，發爲斯文。
>
> （《爲常州獨孤使君祭李員外文》）

從這些話來看，所謂"氣"決不是一個單純的個人氣質的問題，而顯然是把"天地之氣"與個人的"氣"聯繫起來考慮的。這也不是他們獨有的思想，時代稍後的柳宗元在《送崔群序》的篇首論述松樹志操的來由時，也有這樣一段話：

> 貞松產於巖嶺，高直聳秀，條暢碩茂，粹然立於千仞之表。和氣之發也，稟和氣之至者，必合以正性。於是有貞心勁質，用固其本，御攘冰霜，以貫歲寒，故君子儀之。

接下來稱讚崔群"其有稟者歟"，自是題中之意。

但是，文學中的"天地之氣"並不是有師弟關係的古文家所獨有的觀念，因爲一般不被視爲古文家的人也有類似的言論，如符載《淮南節度使灞陵公杜佑寫真贊序》説："（杜佑）公參三才之粹氣，包五行之靈用。"與韓愈等人的文學立場稍異的白居易也有同樣的想法：

> 天地間有粹靈氣焉，萬類皆得之，而人居多。就人
> 中，文人得之又居多。蓋是氣凝爲性，發爲志，散爲文。
> 粹勝靈者，其文沖以恬；靈勝粹者，其文宣以秀；粹靈均
> 者，其文蔚温雅淵、疏朗麗則，檢不扼，達不放，古常而不
> 鄙，新奇而不怪。　　　　　　（《故京兆元少尹文集序》）

在這裏，白居易明確地指出了貫通天地萬物而存在的"氣"的
觀念與文學之間的關係。隨後李德裕等人所提及的"氣"也是
指自然的靈氣(《文章論》)，由此可見，當時這種觀念已經由以
古文家爲中心而向外擴展至一定的程度。

　　這樣一來，如果把古文家的"氣"論的來源祇歸結爲這種
"氣"與"道"相關這一内在邏輯關係，恐怕是不充分的。那麼
這種思想又是從哪裏來的呢？這裏首先值得注意的是當時道
教中的"氣"的理論。唐代道教中的"氣"論本身並没有什麼值
得一提的新内容，但是"氣"的定位卻與六朝時期不同，有了更
爲重要的意義①。著名道士吳筠在其進奉玄宗的《玄綱論》一
書中，主張天地萬物的根源是自然的道，而這個"道"又是通過
"元氣"具現爲人以及各種各樣的形態。吳筠還認爲祇要控制
這個"氣"，就可以"學而至神仙"。人與天地萬物一樣都是受
元氣而成的，這一説法在據説成書於八世紀或九世紀的《元氣
論》(《雲笈七籤》卷五六)一書中已經出現，福井文雅先生對此
論述説："這種宇宙生成説祇是與《淮南子·天文訓》稍有變化
而已，並無什麼新意。但是'元氣'受到重視這一點，卻值得注
意。……而且在重視天地之氣的同時，更進一步設想了人的
體内也有元氣。比如這部《元氣論》中就接着前文論述道：'人

---

① 　小野澤精一、福永光司、山井涌編《氣的思想》(東京大學出版社，1978
　　年)第320頁。

之元氣亦同於天地,在人之身生於腎也.'在唐代,這種人體內的元氣被稱爲'内氣',外界的元氣被稱爲'外氣',而且'内氣'的價值更高。内外氣的區別和内氣的受重視,這兩點是唐代以來氣觀的一個時代特徵。"①吳筠及《元氣論》中所集中反映出的"氣"的思潮,與以古文家爲主的文人們的"氣"論,兩者之間有很深的聯繫,而文人們的議論也可以看作是把元氣運用於文論中的結果。

　　兩者的思想性的影響關係暫且不論,無論是道教一方還是文人一方,當時採納這種思想的時機已經成熟,而且恐怕也有必要。這是因爲當時人的觀念已經發生了"由重門第到重修養"的轉變②,而所謂"道"、"元氣"都是超越個體而普遍存在的本原,因此人就可以憑借"道""元氣"而極大地向上發展,這種想法正是應時代的要求而產生的。雖然不清楚古文家們是否意識到這一點,但是他們主張以"道"爲文章的中心内容,同時積極創作充溢着與"道"密不可分的"氣"的文章,其結果就是產生了古文。順便提一下,這種文學主張還有另一層意義,即古文家認爲由於古文是根據這種普遍本原的"道"、"氣"而進行創作的,所以更有價值,以此來對抗通行的駢文而提倡維護自己的新文體。

　　可以説,詩文中的"氣"脱離了個別的作家而成爲天下共通的"氣",這一點意義非常重大。因爲無論是誰,祇要他能養氣,使之正大而盛,就能創作出優秀的作品。這樣一來,中唐的"氣"論孕育了向萬人敞開文學創作大門的契機。之後的宋

---

① 　前出的《氣的思想》第 325 頁。此段日語原文中引用《元氣論》的部分是概括大意而成,與《元氣論》原文稍有出入。

② 　三浦國雄《氣質變化考》(《日本中國學會報》第四五集,1993 年)。

代的"氣"論有了進一步的發展和普及,而它又與以學問爲詩文的傾向、創作人口的增加等因素之間在底流交互相關。

## 四、"氣"論與"雄健"

上文已經提到,漢魏六朝文論中的"氣"最初是指作者固有的氣質、才氣,之後又有了詩文的氣勢這層含義。但是《文心雕龍》中沒有把它與作爲萬物根源的"氣"直接聯繫起來的論説;鍾嶸的《詩品》中倒是有一例:

> 氣之動物,物之感人。故摇蕩性情,形諸舞詠。照燭三才,輝靈萬有。靈祇待之以致饗,幽微藉之以昭告。動天地,感鬼神,莫近於詩。　　　　(《詩品·序》)

而這祇是六朝時期言及詩歌與作爲萬物根源的"氣"之關係的少數幾個用例之一。而且即使是《詩品》,也同樣沒有強調人是由根源之"氣"賦形而成的存在,更沒有對詩歌與萬物之"氣"的關係展開充分的論述。由此可以説,唐代文論中的"氣"論纔把"天地之氣"與文學直接相連,並推至一個重要的地位。

另外漢魏六朝時,由於作者的"氣"基本上被看作是作者個人所固有的東西,因此對這個"氣"很少從動態的視角去把握。與此相對,唐代則認爲這個"氣"是萬物根源之"氣",從而必然把它當作是一個會生成、發展、流動的存在。

既然古文家所謂的"氣"是這樣的性質,那麼充溢着"氣"的文學自身就規定了其面貌的某些傾向。就外在形態而言,氣越是盛,詩文就越需要、或是越意識到需要有一定的長度。比如上文提到的以水喻"氣"的這個比喻,就是認爲"氣"應該如大河一樣,如此纔能承載起各種各樣的"言"。

　　到唐代中期爲止,詩以五言律詩爲主流,七言詩被認爲是"務以聲折爲宏壯,勢奔爲清逸"(樓穎《國秀集序》),地位遠遠不及五言律詩①。就連創作七言詩數量較多而且出色的李白也認爲"七言又其靡也"(孟啓《本事記·高逸》)。但是唐中期以後,七言詩終於繁榮起來,而且形式較爲自由的古體詩、歌行也多起來,這恐怕也是因爲古體詩、歌行等形式比較容易創作氣宇恢弘、任"氣"所之的作品的緣故吧②。實際上,到了此時還出現了貶低律詩的言論:"律體卑痹,格力不揚。"(元稹《上令狐相公詩啓》)

　　這種狀況也同樣地出現在文章中:追求自由的而不是定型化的形式,喜寫長篇而不是短章。他們之所以提倡復古,創作擺脫外在形式束縛的古文,恐怕充溢於文章中的"氣"起了很大的作用。既然文章以"氣"爲"幹"(劉禹錫《答柳子厚書》),那麼不但沒有理由再受駢文形式的束縛,相反更意識到這種形式已成了應該擺脫的桎梏。另外以滔滔汩汩之"氣"爲主體的文章,不難想像其格調也有了一定的傾向。不過,由於古文家在創作實踐上主要是以秦漢的文體爲榜樣的,那麼考

①　參看王運熙、楊明《隋唐五代文學批評史》第 321、第 369 頁。

②　關於唐中期以後長篇詩歌增多的原因,王運熙《元稹李杜優劣論和當時創作風尚》(收入《望海樓筆記》第 374 頁,東方出版中心,1999 年)中分析有幾個:長篇排律可以顯示出作者的才學;它又是與律賦互爲表裏的文學樣式等。至於古體詩比較適合創作氣勢雄壯的作品這一點,《隋唐五代文學批評史》也有如下的評述:"七言古詩和七言歌行,往往雜以其他句式,有的句子長至九言以上,體式較自由,句調奔放,容易寫得流暢雄健,或豪邁慷慨,或流轉縱逸,形成一種特有的風格,多數偏於陽剛之美。"(第 260 頁)此段話本是分析《國秀集》中七言古詩、歌行入選很少的原因。

察他們作品的文學特色時,除了推究其純理論性的主張外,也必須檢視一下他們是如何看待秦漢文章的。

在探討以一個時代或一個作家的作品爲典範的文學之時,我們很容易把成爲典範的作品的特質單一化。的確,在大多數的場合下,經歷一定時代的作品往往有定評。但是,在解讀作品時,不但有讀者個人的差別,而且還有時代的差別,即各個時代有其各自的解讀方式。因而從現在的我們來看,某個古典作品已有了某種固定的評價,而古人未必是用同樣的眼光來看那個古典作品並加以學習的。

比如,在"氣"論盛行之前,以"氣"來評論古典詩文的例子不是沒有,但是並沒有像中唐,特別是宋代以後那樣的頻繁。在現在看來是"雄"或"健"的建安文學,實際上到盛唐爲止,幾乎沒有被評爲"雄"的例子。杜甫等人雖然特別推崇建安詩人,稱建安文學爲"壯",但也沒有用"雄"字來評價。而現在的文學史中,我們會看到對建安文學經常用"雄壯"、"雄偉"或"剛健"、"健壯"等形容詞,這從中反映了現在的我們與盛唐以前的人們對建安文學的評價尺度實際上存在着微妙的差異。

再回過來看唐人又是怎樣解讀秦漢文章的呢? 一些一直被認爲"多哀怨"而從來沒有被評爲"雄"的秦漢之文,中唐以後也開始用"雄"這一評語了。比如:

> 君以爲六經之後有屈原、宋玉,文甚雄壯而不能經;厥後有賈誼,文詞最正,近於理體。
>
> (李華《揚州功曹蕭穎士文集序》)

> 炎漢制度,以霸王道雜之,故其文亦二。賈生、馬遷、劉向、班固,其文博厚,出於王風者也;枚叔、相如、揚雄、張衡,其文雄富,出於霸途者也。
>
> (梁肅《補闕李君前集序》)

到了韓愈那裏,《楚辭》、司馬相如、揚雄等作品、作家,被給予了更高的評價:認爲屈原是"古之豪杰之士"(《答崔立之書》),司馬相如、揚雄是應該學習的榜樣。總之,這種現象顯示了對文學的評價軸發生了變化,古代作品中"雄"的一面被挖掘了出來。

那麼爲什麼用"雄"而不是用"風骨"、"壯"來評價呢? 至盛唐爲止,近體詩主要是以建安風骨爲理想而發展過來的,但是中唐的復古則是因爲看到了近體詩經李白、杜甫等人已達到最高峰,爲了超越這一高峰而把復古的目標定在了建安以前,因而恐怕不能再把"風骨"、"壯"來當作口號。當然這不過是一種推測,其積極的、本質的理由是,當開始意識到文章中有"氣"的存在的時候,便不滿足於僅用"風骨"、"壯"等詞語來表現。這是因爲"風骨"、"壯"等語祇是一種静態的把握,無法把文章中流動着的"氣"準確地形容出來。"雄"和"壯"雖然詞義相近,而且"雄壯"也經常連用,但是"雄"一語有跳躍的、如奔流一般的感覺,恰好可以表現作品中如奔流一般澎湃有力的"氣"①。

對於"氣"與"雄"的關係,唐人似乎還没有充分地自覺到;但唐末至宋代以後,則相當程度地意識到了兩者的關係而加以使用的。比如從這個時期起,包括文學批評在内的各種批評中,"氣"與"雄"經常同時出現,而這正反映了"雄"是表現

---

① 關於"氣"是一種動態之物,前引的《氣的思想》第 328 頁從佛典的翻譯例證中推導出了一個很有意味的結論。書中認爲,後漢至唐的漢譯佛典中幾乎没有使用"氣"字,但對梵語"vāsanā"一詞卻例外地翻譯爲"習氣"。這是因爲"vāsanā"的本質是指"從内面發動的、自身不斷活動的潛在餘力",而表現這層意思,祇有"氣"最爲合適。由此得出這樣的結論:所謂"氣"就是"一直伴隨着某種運動的潛在之力、潛在之活力"。

"氣"之高揚有力、流動不止這種狀態的最恰當的詞語。這類評語很多,這裏不憚其煩聊舉幾例。

> 雄芒逸氣測不得,使我躑躅成狂顛。(僧鸞《贈李粲秀才》)

> 雄辭逸氣,聳動群聽。　　　　　(姚鉉《唐文粹序》)

> 次山當開元天寶時,獨作古文,其筆力雄健,意氣超拔,不減韓之徒也。可謂特立之士哉。

> 　　　　　(歐陽修《集古錄》卷七《唐元次山銘》)

> 公文章雄健有氣骨,稱其爲人。

> (《五朝名臣言行錄》卷三之三《尚書張忠定公〈詠〉神道碑》)

> 獨念吾元章邁往凌雲之氣,清雄絶世之文。

> 　　　　　　　　　　　(蘇軾《與米元章》)

> (高蟾)性倜儻離群,稍尚氣節。……詩體則氣勢雄偉、態度諧遠,如狂風猛雨之來,物物竦動,深造理窟,亦一奇逢掖也。　　(辛文房《唐才子傳・高蟾》)

因此可以説,古文家在解讀古代作品時引進"雄"這一視點,這同時意味着他們對自己的作品也以創作"雄"風之文爲目標。實際上古文家追求的第一目標是用"氣"來創作文章,其結果就是"雄",而用"氣"論來看待典範作品是這種文學主張的一種補充發揮。

那麽這樣創作出來的作品實際狀況如何,下面就以唐代古文代表作家韓愈和柳宗元爲例來檢視一下。其中韓愈的文章更能展示出這種流溢着"氣"的文章的面貌。比如柳宗元的《讀韓愈所著〈毛穎傳〉後題》、皇甫湜的《諭業》等文中都用奔騰不息的大河來比喻韓愈的文章,特別是皇甫湜的這篇《諭業》尤爲重要:

> 韓吏部之文,如長江大注,千里一道,沖飆激浪,瀚流不滯,然而施於灌溉,或爽於用。

這個評論顯然是意識到韓愈"氣,水也"之説而加以發揮的,因此可以認爲這是比喻韓愈文章中流溢着的"氣"。除了皇甫湜以外,後代也有同樣的評價。雖然不能確定後代的批評者是否也意識到韓愈的"氣"論,但至少顯示了皇甫湜的評論有一定的影響力和説服力。

> 韓子之文,如長江大河,渾浩流轉,魚黿蛟龍,萬怪惶惑,而抑遏蔽掩,不使自露,而人望見淵然之光、蒼然之色,亦自畏避不敢迫視。　　(蘇洵《上歐陽内翰第一書》)
>
> 如大海回風,一波未平,一波復起。
>
> 　(《古文觀止》卷八《諱辯》吳楚材、吳調侯評語)

這樣的文章如果用一個字來形容,那就是"雄"字,對此恐怕誰也没有異議吧。事實上,傳白居易所撰《韓愈比部郎中史館修撰制》中曾説:"太學博士韓愈,學術精博,文力雄健。"此文可能是宋代以後的僞作(岑仲勉《白氏長慶集僞文》),但是元稹在制文中也曾對韓愈的文章作了這樣的評語:"惟爾愈雄文奥學,秉筆者師之"(《贈韓愈父仲卿尚書吏部侍郎》),從中也可看出,自當時起已是衆口一致地認爲韓愈文風爲"雄"。

至於對柳宗元文章的評價,劉禹錫在《答柳子厚書》中説:"氣爲幹,文爲支,跨躒古今,鼓行乘空,附離不以鑿枘,咀嚼不以文字。"認爲柳宗元文章的根幹是"氣",而且此氣跨越古今,如軍隊鳴鼓前行一般有力,如天馬行空一般自由自在。而韓愈則認爲柳文:"(昌黎韓退之志其墓,且以書來吊曰)吾嘗評其文,雄深雅健。"(劉禹錫《唐故柳州刺史柳君集》)如前所述,所謂"雄"就是有"氣"之文的風格特徵,那麽可以説對柳文的評價,劉禹錫和韓愈兩人是不期而一致的。

由此看來,韓愈和柳宗元能成爲唐代古文的代表人物,並被後人奉爲古文家的正統,是自有其因的。

在對韓柳之文的評價以及後世的文學批評中,我們可以發現"雄健"一語使用得非常之多。既然如前文所論,在六朝至唐代前半期的詩文批評中很少使用"雄"、"健"這類評語,那麼唐宋古文在文體上的特色或追求就不僅僅是平明流暢這一點了,而更應該就是"雄健"。"雄"的内涵前文已述,不僅僅是指規模宏大或是陽剛有力,更是流動着磅礴之"氣"、具有躍動美的一種强力。與此相對,"健"的内涵是什麼? 追求它的理由又是什麼? "雄""健"經常被使用的一個原因是,這兩個評語在"强有力"這一點上性質相近,既然是"雄",就很自然會"健"。但更爲本質的原因是,科舉入仕這一身份立場決定了古文家在創作時自身主動追求"健"這種風格。行文至此,在繞了一個大彎之後,總算回到了本文出發點的問題之上,下面就辨析"雄"與"健"的不同,並以此歸結本文。

## 五、結　語

再回到本文篇首嚴羽的議論上,他認爲詩歌可以"雄",但不可以"健",其理由是什麼? 這裏還是嚴羽本人的議論最有啟發性。在那封書信中,他接着寫道:

> 毫釐之差,不可不辨。坡、谷諸公之詩,如米元章之字,雖筆力勁健,終有子路未事夫子時氣象。盛唐諸公之詩,如顏魯公書,既筆力雄壯,又氣象渾厚,其不同如此。

據他的論述,"健"是指呈現在表面上的力,具有一種稍稍粗獷之態。而顏真卿書法之妙則在於"雄壯"這一點上,即一方面有着"氣"力充沛的躍動美和力度,一方面"氣象渾厚",具有深度。關於"氣象雄渾"的内涵,葉夢得的闡述可作參考:

> 七言難於氣象雄渾,句中有力,而紆徐不失言外
> 之意。　　　　　　　　　　　(《石林詩話》卷下)

另外前文曾引的魏泰《臨漢隱居詩話》中也説:"凡爲詩,常使挹之而源不窮,咀之而味愈長。至如永叔之詩,才力敏邁,句亦清健,但恨其少餘味爾。"魏泰也認爲"健"的特徵就是雖健壯有力,但言辭過盡,缺乏言外之意。但是這祇是就詩歌而言,如果是散文的話,"健"相反就具有積極的價值了。《文心雕龍》中也把"健"看作是一種明快的文風,事實上,漢魏六朝時"健"的文章最有代表性的作家是以擅長檄文而聞名的陳琳,而在古文家中,被韓愈稱爲"雅健"的柳宗元則是以論理明晰而著稱。由此看來,文章中的"健"是指明快有力而不含糊曖昧之意。與韓愈同時受張建封之辟的馮宿,據説"其書檄奏記,公皆專焉"(王起《馮公神道碑銘並序》)。白居易在任命馮宿爲知制誥的制文中,闡述任命的一個理由時曾這麽説:

> 刑部郎中馮宿,爲文甚正,立意甚明,筆力雄健,不浮
> 不鄙。　　　　　　　(《馮宿除兵部郎中知制誥制》)

這裏也同樣認爲,所謂"健"是一種有力而明晰的文章表現能力,而這種表現能力正是官場中所必需的,具有重大意義。古文不是作爲悠遊自在的貴族、隱士們的休閑文字而存在的,而是具有某種主張的官僚(主要是科舉官僚及其預備軍)爲了申訴自己的主張而形成的一種文體,這一點早已是文學史上的常識。而且古文所承載的内容一般都是與現實密切相關的政治、經濟、哲學等問題,因此文章必須立意鮮明。如果把古文

的文學性特徵定爲"雄健"的話,那麼甚或可以反過來說,這種特徵是爲了表現非文學性的主張而產生的。雖然在唐代後期韓愈之流亞,不知何故文章反而寫得艱澀難懂、含意不明,猶如鑽進了一條死胡同。但到了宋代,古文再度復興,"雄健"之風也完全得到肯定,成爲古文的一個重要特徵。根據上面所分析的理由來看,導致這種結果是很自然的。

古文推崇"雄健"之風,有其思想方面及實務方面的必要性,那麼把"雄健"之風引入宋詩中又是什麼原因造成的呢?詳細的解答,將另文論述,現在僅提出若干的假設,以結束本文。

到了宋代,詩文中都對"雄"的風格給予了高度的肯定。"雄"是指一種強有力之"氣"自由縱橫、肆意流貫的狀態,而在創作實踐中它就體現爲"任意所之"的寫作方式。《石林詩話》卷上曾對歐陽修詩做了這樣的評論:

> 歐陽文忠公詩始矯"昆體",專以氣格爲主,故其言多平易疏暢,律詩意所到處,雖語有不倫,亦不復問。

在這裏葉夢得認爲,由於歐陽修不受用典這類"形式"的束縛,而以自己內在的"氣"爲主進行創作,所以他的詩就形成了平易疏暢的風格。而這一點正與文章有相通之處,比如從蘇軾有名的《文説》等的論述中也可窺探出來。約自中唐起,一個作家同時喜作詩文的現象漸漸多了起來,但是即便是詩文兼擅,祇要是同一個人,那麼一般來説他的個性、癖好就不免會同時出現在他的詩文中。蘇軾這樣的天才或許可以另當別論,但普通的中小作家如果"任氣(意)"而寫,那麼他們的文章或許能寫出"雄健"之風,而詩歌就很難做到"雄渾",因爲就連歐陽修,他的詩也被批評爲"少餘味"。所謂"詩",是一種言而不盡的文字表現,某些東西不直説而就能表達出來,而且還能表達出文字所不能表達出來的意味,這種表現手法不是學而能得的,而是屬於天賦才能的領域。而在宋代以後做詩的人數增加,這與"健"被引入詩歌之中並得到認可的這一風潮恐怕有一定的關聯。因爲對於大部分作者而言,詩歌是"學而可至"的,他們也需要一個能夠達到的努力目標。

# 宋初的古文和士風

## ——以張詠爲中心

## 一、徐鉉與古文家們

一般認爲宋初的詩文是唐末五代的延伸，但也存在着這樣的觀點：

> 君子之道，發於身而被於物，由於中而極於外，其所以行之者，言也；行之所以遠者，文也。然則，文之貴於世也尚矣。雖復古今異體，南北殊風，其要在乎敷王澤、達下情，不悖聖人之道，以成天下之務，如斯而已矣。至於格高氣逸、詞約義微、音韻調暢、華采繁縟，皆其餘力也。
>
> （《故兵部侍郎王公（祐）集序》）

此文的作者是五代宋初的代表性文人徐鉉（917—992）。徐鉉一般不被視爲古文家，而他的文章也幾乎都是駢文，但他的文學論卻令人誤以爲是古文家之論。徐鉉這篇序文是爲王祐（924—987）寫的。王祐，大名府莘（今河北省莘縣）人，儘管他的作品均已亡佚，生平事跡也不得其詳，但也是一位被宋太宗稱爲"文章清節兼著"（《宋史·王祐傳》）的名士，曾致力於儒學、古文的復興。後文將提及的柳開等人就屢屢向這位王祐獻呈古文之作，並得到王祐"真古之文章也"（張景《柳公行狀》)的盛贊。

徐鉉爲王祐文集作序,雖是應遺屬之求,但也是因爲他們生前有深交,所以並不是一般的應酬。

文集序的寫法當然是要表彰序主的詩文。"南北殊風"以下的記述也可以看作是,從文化發達地區南唐歸降於宋朝的徐鉉努力抬高北方名士的詩文的一種措辭,而且文集的主人又是生前有深交的,所以序文中反映了多少徐鉉自身的文學理念,我們也無從知道。另外,徐鉉也沒有留下完整的文學論,祇能從爲數不多的詩序、文集序中進行推測。然而儘管如此,徐鉉上述的主張決不是祇限於那個場合的應酬之辭,因爲他本人的思想也持同一基調,而且他的文章儘管是駢文,但也是以這種主張爲根基的。下面就來看徐鉉是如何作文,又是如何被評價的。《四庫全書總目提要》(以下簡稱《總目提要》)對徐鉉的文章作了下述意味深長的評論:

> 當五代之末,古文未興,故其文沿溯燕許,不能嗣韓柳之音,而就一時體格言之,則亦迥然孤秀。
>
> 　　　　　　　　　　　　　　　　(《騎省集》提要)

《總目提要》在這裏之所以提及韓愈、柳宗元,一定因爲是它認爲徐鉉以其文學之才本應"嗣韓柳"而復興古文的。如果進一步推想的話,或許還認爲徐鉉的駢文中也有着與韓柳古文相通之處。清代盧文弨的《徐常侍文集跋》中説:"其(徐鉉)文儷體爲多,亦雅淡有餘。"這一批評即可支持我們這種推想。這不僅是推想,而且有實例,我們不妨看一下。比如《宋史》徐鉉傳所引的《説文解字》的序文等,都是一些平易明暢、"雅淡有餘"的作品。徐鉉在宋代也受到了同樣的推崇,最好的證據就是他的文章成了後代宋人的範文。余恕是這樣叙述自己的體驗的：

　　　夙昔師範徐騎省爲文，騎省有《徐孺子亭記》，其警句
　　云：“平湖千畝，凝碧乎其下；西山萬疊，倒影乎其中。”它
　　皆常語。　　　（魏慶之《詩人玉屑》卷一六“詞意深妙”條）

宋代古文的特徵之一就是運用平易的語彙來建構精妙的表
現，余恕所學的正是徐鉉駢文的雅淡而不炫奇之處。蘇軾的
詞作《水調歌頭·快哉亭作》，雖不是文章，但其中“一千頃，都
鏡凈，倒碧峰”等句也被認爲是化用了徐鉉的句意（魏慶之同
上書），這樣，徐鉉的“雅淡有餘”的詩文與蘇軾的文學也有了
淵源關係。因此可以説，徐鉉的這種文章與他的“音韻調暢、
華采繁縟，皆其餘力也”的主張是有關聯的。

　　駢文與古文往往被對立起來，但實際並非如此。僅就形
態而言，駢文與古文是有一定的區別的，但更重要的是其文體
的精神，從這一立場來看，或許可以説徐鉉的駢文孕育了宋代
的古文。首先是他主張爲了經世濟用，文章應除去不必要的
修飾。如果僅僅是主張運用平易明暢的字句，那麼唐以來的
駢文也並不怎麼使用僻奧難解的語句和典故，這樣，徐鉉的駢
文也就不值得特別地關注。但問題是他同時自覺地追求文章
的“力”。他曾這樣論述創作詩文的秘訣：“嘗謂爲文速則意思
雄（或作敏）壯，緩則體勢疏慢，故未嘗沉思。”（《郡齋讀書志》
“徐鉉集三十卷”解題）可以説，在多有“薄弱”、“卑弱”之譏評
的五代宋初的文章中，“雅淡”、“雄壯”正是徐鉉文章的價值所
在，他以後受到宋人一定的評價，其緣由也正在此處。不過另
一方面，《總目提要》中對他的詩曾評述説：“故其詩流易有餘，
而深警不足。”（《騎省集》提要）如就後代宋詩的面貌而言，這
一評述也同樣是意味深長的。

　　我之所以把徐鉉的文章當作宋代古文的源流，除了以上的理由外，還因爲可以考知王禹偁一派的人與他多有交往，儘管柳開等人對他不太敬重①。王禹偁出自宋白和畢士安的門下。宋白與徐鉉之間的具體交往，除共同參與《文苑英華》的編纂外，其餘不得其詳。但畢士安則是王祐的好友（《宋史·畢士安傳》），而王禹偁少年時起就受到畢士安的獎掖，得到畢士安的親手傳授，是其得意弟子（同上）。而且當時同在畢士安門下的還有陳彭年，他曾向徐鉉學作文之法。另外王禹偁自己也與王祐有交往，並對王祐抱有敬意。可以説，通過這些人，王禹偁與徐鉉一定有着不同尋常的關係。事實上，當徐鉉受妖尼道安誣陷時，王禹偁曾竭力辯護徐鉉的無辜，因而遭到貶謫，此事就是一個很好的佐證（《宋史·王禹偁傳》）。此外出自宋白門下、以知貢舉而提拔多位古文家的蘇易簡，其著作《文房四譜》即是請徐鉉作序的。《故兵部侍郎王公集序》寫於端拱二年（989），其時王禹偁等人已處於盛年，正致力於復興平明達意的古文。由此看來，兩者在文學主張上有相近之處，絕非偶然。

　　在宋初的官場上，北方出身的官僚與南方出身的官僚之間存在着對立，對此已有不少的論述②。北方官僚對南方官

---

① 蔡絛《鐵圍山叢談》卷三：“（柳）開性豪橫，稍不禮（徐）鉉。”

② 宮崎市定《科舉史》（《宮崎市定全集》第十五卷）第三章第二節“官僚生活與科舉”中論述宋初官場上的黨争是由出身地的南北差異所造成的。從科舉和行卷方面對此展開論述的有東英壽的《歐陽修古文研究》（汲古書院，2003 年）。該書上篇第四章第二節之二“宋白和南方出身的官僚”中指出當時北方出身的官僚批評南方官僚輕佻浮薄，認爲宋白“利用科舉的事前請託，在採録士人時，努力阻止南人的入仕，擴大北方官僚的勢力”。從這一背景來看，王禹偁與徐鉉的關係緊密就更爲突出了。

僚抱有歧視意識和反感情緒，這是事實，但這祇是就整體傾向
而言，並不影響個別的士人之間另有着別種關係，王祐的遺屬
請徐鉉爲王祐文集作序，就是其例。徐鉉不僅僅是南方文化
的代表士人，正如後文將詳述的那樣，他還是一位讓宋太祖感
服的剛直之人。這種爲人，對於重視剛直的北方士人而言，自
然會予以留心、看重。因此不妨可以這麼認爲，對於北方官僚
的王禹偁、蘇易簡等人來説，徐鉉是一種特別的存在，而蘇易
簡請徐鉉爲其《文房四譜》作序一事，更是個象徵。

　　五代的戰亂擴大了南北的文化水準之差，不管北方官僚
如何嫌惡南方官僚，也不能否認這種文化水準的差異。蘇易
簡的《文房四譜》之所以冠上徐鉉的序文，是爲了替自己的著
作貼上金箔，而徐文能成爲金箔，正是反映了北人對南方文化
的憧憬。而且，正如平田昌司先生所論述的那樣，因爲北方方
言與《切韻》的音韻體系有了很大的差別，所以在科舉的進士
科的考試中，與南方文人相比，北方文人在文化上、語言上處
於一個絕對不利的地位[1]。然而他們爲了能博得進士及第，
必須進行詩賦訓練，那麼或許沒有比徐鉉更爲合適的指導者
和模仿對象。雖然沒有現存資料顯示，王禹偁曾經接受過徐
鉉的文學指導，但至少可以認爲對於王禹偁等人而言，徐鉉是
作爲南方文化的代表人物的一個特別的存在。從北方文化和
南方文化的融合這一視角來看宋代古文，徐鉉的存在確實是
不可缺少的。

　　從徐鉉的文學理念出發，他似乎也可以寫出些古文作品，
但這畢竟還要考慮到時代，徐鉉之後，到自覺提倡古文復興的

---

[1]　平田昌司《唐宋科舉制度轉變的方言背景——科舉制度與漢語史第六》
　　（收錄於《吳語和閩語的比較研究》，上海教育出版社，1995 年）。

柳開、王禹偁等人的出現時,已是後一個世代了。比如柳開等
人恰好比徐鉉晚出生三十年,同時期提倡古文而觀點與柳開
相異的王禹偁比徐鉉年輕三十七歲。至於在論宋代古文復興
時常常提及的穆修則比柳開年輕三十歲,歐陽修又比穆修年
輕二十八歲,因此可以說,宋代的古文大概每隔三十年左右一
節一節地登上復興的階梯。在文學的發展變化上,世代的交
替是必需的。從這一點看,置身於五代末的徐鉉的確讓人產
生"迥然孤秀"之感。

　　那麼徐鉉文章的精神又是如何被繼承發展下去的呢? 或
許是偶然,對徐鉉不敬的柳開與爲徐鉉洗冤昭雪而極力辯護的
王禹偁,兩人無論是文學觀點還是文章本身,都是截然對立的,
這一點是很有意味的。下面接着考察下個世代的古文家們。

## 二、先驅者的人格類型與心理

　　柳開(947—1000),一般認爲是直接開啟宋代古文的先驅
者。范仲淹對柳開曾下過這樣一段有名的贊語:"皇朝柳仲塗
起而麾之,髦俊率從焉。仲塗門人能師經探道,有文於天下者
多矣。"(《尹師魯河南集序》)但這段話不能照單全收,以爲事
實如此。柳開以韓愈、柳宗元的後繼者爲己任,爲儒學及古文
的復興做出了一定的貢獻,這一點是不可否定的。然而,他影
響所及之範圍是相當有限的,絕沒有遍及整個社會①。其理

────────────────

① 對柳開的影響力也有持肯定論者,雖然具體觀點略有不同。如祝尚書
《北宋古文運動發展史》(巴蜀書社 1995 年)第 19 頁中引用范仲淹《尹師
魯河南集序》,認爲柳開在宋初提倡古文,培養人才,改變了風氣,這在
當時已有定論。另外《宋元學案補遺》卷九中也列載了柳開的弟子,有
十一人左右。

由有好幾點。

首先是時代環境的問題。雖然當時也有一些士人師從柳開學古文，但在北宋初期這一時代環境中，很難有所作爲。其次，柳開的社會地位並不高，官銜僅至殿中侍御史(從七品下)。與他同時有古文聲名的梁周翰、范杲等人分別官至知制誥、知貢舉等職，但也並沒有因此給宋初的文章帶來多大的變化，那麼，身爲殿中侍御史的柳開擁有多大的影響力，不能不說是有疑問的。

不過導致他的影響不夠深遠廣大的直接原因，主要還不是上述這些理由，而更應該從他的個性上去探求。一個人如果要走與世上的凡衆相異之路，往往會有偏頗的舉動，柳開正是人我共認的偏執之人。如他對自己是這樣評價的：

> 予性甚僻，氣甚古，不以細行累其心，走四海間，求與知者竟無一人……僕寔非野夫，蓋不能苟與俗流輩拘，以自蕩厥意，故是言耳。　　　　　　《上符興州書》

正如後文將詳細論及的那樣，各種書籍中所記載的柳開的爲人是，愛說豪言壯語，藐視他人，傲岸不遜，以至於自許爲"宋之夫子"(《答臧丙第三書》)，因此在歷史上也留下了爲數不少的口碑不佳的傳聞。當然這些傳聞未必全部都實有其事，但他是奇人這一點是毋庸置疑的。

進而論之，柳開影響不廣的最本質的原因在於他所寫的古文自身有問題，其結果招致後人的批評，比如王士禎說："予讀《河東集》，但覺苦澀，初無好處。豈能言之而不能行也。"(《池北偶談》卷一七)章士釗說："其文之不從，字之不順，臃腫滯澀，幾使人讀之上口不得。"(《柳文指要》下卷八"宋初古文"

條)等甚至還有批評他在遣詞造句上有缺陷和錯誤①。

　　即使是到了柳開之下一代的穆修的時代,對於習慣於駢文的一般文人來説,韓柳古文還是不易句讀的難讀之文②。因此,柳開的那種生硬的古文在當時能得到多大範圍的接受,這是可想而知的。

　　因此前引的范仲淹那段贊語中所言的那種情狀,即或反映了一定程度的現實,但很難認爲已經達到了推動整個社會的程度。如果把這看作是范仲淹爲了表彰柳開這位先驅者而寫的頌詞,似乎更爲妥當一些。就年齡而言,楊億(974—1020)應該比范仲淹(989—1052)更瞭解柳開在世時的狀況,他在論及宋初復古之興時僅説:"本朝穆修,首倡古道,學者稍稍尚之。"(《楊文公談苑》"穆修")絲毫没有提及柳開。從這一點上來看,柳開及其弟子、友人不過是爲數極少的先驅者而已。至於現在把柳開當作北宋第一位提倡古文與古道的人,這也許是范仲淹的表彰所帶來的一種錯覺。嚴格地説,柳開是最早期的提倡者之一,或者是最"熱烈"的提倡者。據《宋史·梁周翰傳》説:

　　　　五代以來,文體卑弱,周翰與高錫、柳開、范杲習尚淳
　　古,齊名友善,當時有"高、梁、柳、范"之稱。

僅就已知的生年來看,梁周翰比柳開年長十八歲,而柳開曾向梁周翰上行卷,因此那種把柳開當作最早的"功臣"的觀點,似

①　參見祝尚書《北宋古文運動發展史》第72頁以下。
②　《楊文公談苑》(上海古籍出版社,1993年)"穆修"條中説:"(穆修)晚年得《柳宗元集》,募工鏤板,印數百帙,攜入京相國寺,設肆鬻之。有儒生數輩至其肆,未評價直,先展揭批閲,修就手奪取,瞋目謂曰:'汝輩能讀一篇,不失句讀,吾當以一部贈汝。'"

平有必要作一定的修正。當然,追究誰是最早的提倡者,其本身沒有多大意義,重要的是他們似乎形成了一個文學集團①,而這正是他們文風形成的一個契機。

柳開以外的人是如何創作古文的,又得到後人怎樣的評價,因沒有留下足夠的作品及相關資料,現在已不可詳知了。《皇朝文鑒》卷九三收錄了高錫的《勸農文》,《宋史·梁周翰傳》中引了梁周翰的上奏文,這些文章沒有古怪之處,稱得上是暢達之文。但是《皇朝文鑒》和正史傳記在收錄作品時,往往祇擇取符合後世文學評價標準的作品,因此僅就這一點點作品是很難窺探他們文章的全貌的。即便是有"難澀"之評的柳開的文章,也不是篇篇都是這種難澀之文。除柳開以外的人,之所以沒有留下什麼作品,極有可能也是因爲他們的大部分作品不符合後世的評價標準。現在可以確知的是,至少他們中的一些人推崇怪僻之文,其中與柳開並稱"柳范"的范杲就曾寫過"深僻難曉"(《宋史·范杲傳》)的文章,而這種難懂之文在當時受到一定的歡迎:"後生多慕效之"(同上)。既然這種"深僻難曉"的文章受歡迎,那麼寫這種文章的人也絕不止一二位吧。

下面來分析他們爲什麼要寫這種"深僻難曉"的文章。首先,正如王運熙教授所論述的那樣,宋初存在一種誤解,以爲難懂就是古文②。其原因之一是宋初的儒者尊崇揚雄,由此即便不是特意地學揚雄,也會把揚雄《太玄》之類的文章視爲

---

① 高津孝《宋初行卷考》(鹿兒島大學法文學部紀要《人文學科論集》第三六號)中,把柳開的行卷作爲"(行卷)是文學集團形成的契機的一個例證"而進行了論述。

② 王運熙《韓愈散文的風格特徵和他的文學好尚》(收入《漢魏六朝唐代文學論叢》,上海古籍出版社,1981年)。

古雅之文；而且他們這些古文家所師範的榜樣韓愈也是尊崇揚雄，並寫有模仿揚雄文章的作品的。那麼柳開有模擬揚雄之文的作品①，也就極爲自然了。另外當時也寫作怪僻古文的張扶，就曾擧出《太玄》爲自己晦澀之文張目、辯護②。

從上面來看，雖然對梁周翰、高錫還不能確論，但可以説，在柳開、范杲的周圍聚集了一群推崇怪僻文章的人。他們怪僻文章的形成，除了上述的理由以外，還當有別的因素，那就是作爲先驅者的性格和他們所集結的集團的内在心理。

這些先驅者具有共同的一種性格類型。作爲考察柳開等人的心理的一條輔助線，首先掃視一下五代時古文家的狀況。在柳開之前、在五代時期便以古文創作而知名的，就管見所及，有李愚(？—935)一人。史稱他"爲文尚氣格，有韓柳體"(《舊五代史·李愚傳》)，但在當時他幾乎是一個孤立的存在。對處於這種狀況下的人而言，所不可缺少的就是性格上的"剛介"：往好裏説是"剛毅"，往壞裏説就是與周圍人格格不入的"狷介"。"長興季年，秦王恣橫，權要之臣，避禍不暇，邦之存亡，無敢言者。愚性剛介，往往形言，然人無唱和者。"(同上)長興末年，已近李愚的晚年。如果没有這種"剛介"的性格，是很難成爲先驅者的。而且值得注意的是，他原名是"晏平"，而

①　祝尚書《北宋古文運動發展史》第 75 頁，具體論述了柳開之文模仿揚雄《法言》一事。

②　王禹偁《再答張扶書》中説："子之所謂楊雄以文比天地，不當使人易度易測者，僕以爲雄自大之辭也，非格言也，不可取而爲法矣。……且雄之《太玄》，準《易》也。《易》之道，聖人演之，賢人注之，列於六經，懸爲學科，其義甚明而可曉也。雄之《太玄》既不用於當時，又不行於後代。謂雄死以來，世無文王周孔，則信然矣；謂雄之文過於伏羲，吾不信也。僕謂雄之《太玄》，乃空文爾。今子欲擧進士而以文比《太玄》，僕未之聞也。"

後改爲"愚",這表示他自覺到自己與時代、社會不相容,表面上是自嘲,而實際上是自傲,對社會白眼相視。而這種性格和心理,在宋初的古文家身上也是共通具有的(雖然程度上有多少之別),而且與他們的文風的形成也有着關聯。下面就從柳開起來考察。

> 公爲布衣,神貌奇偉,尚氣自信,不願小謹,凡所結交,皆求豪傑有出於人者,視齷齪俗儒輩不與言。
>
> （張景《柳公行狀》）

這是門人所描寫的柳開的爲人。既然其弟子所寫的行狀中柳開都是這樣的形象,那麼上文中已提及的那樣,有關柳開有不少的奇行怪事的傳聞,這也就是很自然的事了。在被稱爲"高、梁、柳、范"這四位古文同道者之中,在個性上沒有奇矯之事流傳下來的,祇有高錫(但也談不上人品高潔),其他人都無一例外地有矯激之處。現在不妨看看他們各自的形象:

> (梁)周翰性疏儁卞急,臨事過於嚴暴,故多曠敗。
>
> （《宋史·梁周翰傳》）

> (范杲)俄上書自言其才比東方朔,求顯用,以觀其效。太宗壯之,擢爲制誥……杲性虛誕,與人交,好面譽背非,惟與柳開善,更相引重,始終無閒。
>
> （《宋史·范杲傳》）

另外還有一位與范杲並稱的郭昱,其爲人也是:

> 好爲古文,狹中詭僻。周顯德中,登進士第。恥赴常選,獻書於宰相趙普,自比巢、由,朝議惡其矯激,故久不調。
>
> （《宋史·郭昱傳》）

在這些人中,柳開、范杲、郭昱這三人都不約而同地自視極高。

像這種性格矯激、自負心强的人居然没有"文人相輕",相反，互相之間關係友善,這難道僅僅是因爲這些奇人們偶然意氣相投嗎？應該説他們的這種性格類型,與當時"習尚淳古"、創作晦澀古文的現象之間有着一定的關係。

細想一下,矯激、自負,這難道不是先驅者所常有的性格、言行嗎？宋初一部分的古文具有晦澀古怪的傾向,其原因除了個人的才能、思想傾向以及對唐代古文的理解方式等之外,先驅者所特有的心理也是一個要因。

那些感到與社會大衆相齟齬的人們,往往會產生這樣一種心理,即認爲得不到社會的理解,正可以證明自身的存在。越是自負自許,越不會謀求與社會的融合,反而加深與社會的斷絶。他們的性格都同樣的矯激,決不是出於偶然。當時的一般的駢文都不像六朝駢文、李商隱的作品等那樣講究典故技巧而難以解讀,即使使用典故,也是選用當時人所周知易曉的内容。在這種文學傾向中,如柳開那樣個性矯激的人,如果想要以文章名世,就會在文章表現上故意採用曲折難解的表達方式,並以此自榮自傲。柳開曾對其門人李憲半安慰半激勵地説："李生所謂不得喜於衆者,蓋真好於韓文者也。"(《送李憲序》)不被世人理解,正是自身價值所在。又如,王禹偁曾勸説文風古怪的張扶："今子希慕高遠,欲專以絶俗爲主,故僕欲子之文句易道,義易曉也。"(《再答張扶書》)從中也可看出,對他們來説,如果作品讓自己所鄙視的俗世凡衆一讀就懂,實在是有損自己孤高的形象。

他們一方面由於個性恃强,因而抬高自身、藐視他人和俗世,而另一方面則因爲相信自己的正統性,所以又必須要社會承認自己。用世人所不能寫(或者説不想寫)的文體進行創作,這是既可把自己區別於俗世,同時也能以此聳動視聽,讓世人承認自己的存在。關於這一點似乎還與當時尚存着的行卷這一風習有關。沈括曾記述了一則很能傳神地反映出柳開爲人的逸事：

> 柳開少好任氣，大言凌物，應舉時以文章投主司於簾前，凡千軸，載以獨輪車，引試日，衣襴自擁車以入，欲以此駭衆取名。時張景能文有名，唯袖一書簾前獻之。主司大稱賞，擢景優等。時人爲之語曰："柳開千軸不如張景一書。"　　　　　　　　（《夢溪筆談》卷九）

此事的真僞不詳，但爲了中試，就有必要顯示自我，因此就特意做奇矯之事。這則逸話中是以作品的數量來引人注目的，而據東英壽之説，宋初古文先驅者之所以創作古文，也可看作是謀求科舉中試的一種自我表現①。

雖然他們性格孤僻，無法與周圍的人進行正常的交往，但他們之間卻關係良好，這也是因爲在一個遠離社會一般的價值觀的群體中，志同道合者的結合反而變得更加緊密。得不到外部世界的理解，就祇能加強內部的相互理解。比如性格上相當有問題的范杲祇看重柳開，而且自始至終情好意密，而柳開也對范杲感激不已：

> 先生（柳開）所行事，人咸以爲非，可與伍惟范杲，有復古之什，以頌其德。……先生見之曰："范杲知我矣，天之未喪斯文哉！天之若喪斯文也，則世無范矣，范無是言矣。"　　　（《補亡先生傳》，收錄於《皇朝文鑒》）

從這裏可以讀到孤獨的同道者的一種心理流露。

---

① 詳見東英壽《歐陽修古文研究》第三章"北宋初期古文復興的展開——以行卷爲着眼點"。

　　范杲等人創作"深僻難曉"的文章,和上面所述的一樣,也是因爲置身在一個不被外人所理解的集團中,既會出現偏激行爲,也會濫用祇有集團内纔懂的語言。在這個集團内,越是偏激,就越顯得"正統",越能讓"後生多慕效"。另外,在這個集團中處於領袖地位的人,既容易自我絶對化,也往往被集團中的其他成員絶對化。如後生奉柳開爲"宋之夫子",而柳開本人也當仁不讓接受這個稱號,這不僅體現了柳開桀驁不馴的天性,而且也顯示了他與世間在精神上的決裂。

　　事實上,柳開有一時期也曾欲創作平易流暢的文章(如《應責》等文中即有這類主張),祝尚書認爲,這是柳開年輕時的觀點,以後他的思想發生了變化①。正如祝先生所論,思想的變化可以説是柳開文風怪僻的一個重要的原因,不過,正是柳開與一些人結成一個意氣相投的小集團,更把他原有的個性激發而出,從而爲他的思想轉變並形成了怪僻文風提供了一個契機。

　　從總體上説,後世對這一時期的古文評價不高,其原因就是柳開之類的古文倡導者的作品往往成爲評論的主要對象。但在先驅者之中,也有人並不以創作難解的古文來顯示自我的存在,比如田錫(940—1003)、王禹偁(954—1001)、張詠(946—1015)等。與柳開等人不同,這些人在當時的社會裏已經聲名顯赫,雖然社會地位的高低與文風的異同没有必然的關係,但是他們確實没有必要寫作驚世駭俗的文章而自夸自傲。尤其像田錫,雖然其文有聲,但離臨終前親自燒棄文稿,這雖是因爲他不願向後世炫耀其批評時政的剛直,是出於文章内容的考慮;但至少也説明,文章之於他,並不是絶對的、必

① 　祝尚書《北宋古文運動發展史》第一章"興起古文以達於'古道'"。

不可少的存在,誠如《總目提要》所說的那樣:"詩文乃其餘事。"(《咸平集提要》)

他們雖然與柳開一樣都是先驅者,並且也結成了文學集團,但是沒有成爲柳開式的人物,這不但有思想、氣質等方面的緣故,而且如下文所述,還因爲他們的文學主張易於得到社會的廣泛認可。

就宋代的古文復興來説,田、王、張等人的存在要比柳開及其周圍人更爲重要。這不僅僅是因爲他們的社會影響力大,提倡平明達意的古文,而且這以後宋代士大夫所特有的新型人格的典型特點已在他們身上顯示了出來。應該説,宋代的古文如果沒有某種人格類型爲根基,是無法創作出來的。在分析這種人格類型的内涵之前,我們先來探討他們的文學理念和創作的實際成效。不過本文將以張詠爲中心進行考察,而對田錫、王禹偁二人祇在必要時有所論及,因爲筆者認爲張詠是代表這一時期的典型人物。

## 三、張 詠 的 文 章

張詠,字復之,號乖崖。太平天國五年(980)進士,官至樞密直學士(正三品),是宋初政界舉足輕重的名臣。雖然他通常不被視爲宋代古文的先驅,但實際上卻是不可忽視的存在①。

首先把張詠視爲北宋古文復興人物的,恐怕是祝尚書。

---

① 　對於張詠,從文學角度和歷史學角度的研究迄今寥寥無幾。頗有研究價值的是張其凡編纂整理的《張乖崖集》(中華書局 2000 年)的前言《張詠詩文考跡》一文,論述詳至。另外,該書是今後張詠研究之基礎的力作,本文也多受教益,謹志以謝。

據他分析,張詠的文學理念屬於"正統的儒家文學觀",其"好古"(《上宰相書》)也是以"助治"(《進文字表》)爲前提的①。用張詠的事跡加以考察,也確如祝先生所言。張詠雖傾心於詩文創作,但一生基本上做地方官,長於實務,對文學本身的論述極少。論述稍爲集中、可以視爲文論的,祇有《答友生問文書》一篇而已。該文的核心部分有如下的論説:

> 若以偶語之作,參古正之辭,辭得異而道不可異也。
> 故謂好古以戾,非文也;好今以蕩,非文也。

在他看來,文章不必拘於駢文、古文這種形式上的分別,其關鍵是内容要以"道"爲本位。在當時存在着像柳開那樣偏激的古文家的情況下,張詠的主張是非常穩健而又重要的。從個性剛毅上來説,張詠和柳開有相同點;但他的主張具有一定的柔軟性。不過,他在古文復興中所起的作用不是在理論方面,而主要是在創作上和人格類型上。

先來看張詠作品的特點。韓琦(1008—1075)在《故樞密直學士禮部尚書贈左僕射張公神道碑銘》(以下簡稱《神道碑》)中曾稱張詠之文:"文章雄健有氣骨,稱其爲人。"這個評論是否貼切,我們再來看其他人的評價。晁公武認爲張詠"爲文尚氣,不事雕飾"(《郡齋讀書志·張乖崖集十卷題解》),而在宋代即刊刻張詠文集的郭森卿,在其序文中這樣寫道:

> 天下誦其事業,而鮮有知其文者。今觀其文,大抵脱去翰墨畦徑,無屬辭綴文之跡,而磊磊落落,實大以肆。方國初踵五季文氣之陋,柳仲塗、穆伯長輩力爲古文以振之。公初不聞切磨於此,而當時老於文學者,稱其秉筆爲

---

① 祝尚書《北宋古文運動發展史》第94頁。

> 文,有三代風。蓋其光明碩大之學,尊主庇民之道,英華
> 發外,而經奇典雅,得於天韻之自然,殆非言語文字之學
> 所能到也。　　　　　　　　　　　　(《乖崖先生文集序》)

當然序文有褒揚宣傳之用,讀者或許不能照文字全盤接受。
但是時代更晚的《總目提要》中也有同樣的評價:

> 其文乃疏通平易,不爲嶄絶之語。……特其光明俊
> 偉,發於自然,故真氣流露,無雕章琢句之態耳。
> 　　　　　　　　　　　　　　　(《乖崖集》提要)

《總目提要》中的這段評論,也許受到了前世對張詠文章評價
的影響。不過從這一點也説明,《乖崖先生文集序》的評語不
能單純地視爲溢美之辭,而如果稍稍閱讀一下張詠的文章,也
會贊同這一評價的。而且宰相張齊賢因嫉恨張詠而向真宗誣
告説:"張詠本無文,凡有章奏,皆婚家王禹偁代爲之。"(王闢
之《澠水燕談録》卷二"名臣")從這則逸事也可看出,張詠的文
章已經達到了可以被誹謗爲王禹偁代作的水準。張詠爲了證
明自己的無辜,進呈自己的著述,得到真宗的稱贊:"且稱文
善。"(同上)①

　　對文章發展的貢獻有各種側面。首先是創作的實績和理
論,其次是對後進的指導和培養等。如果説王禹偁對宋代古
文的復興起過作用,那麼同樣也應該肯定張詠文章的功績,雖
然他在古文復興上所涉及的面不如王禹偁那樣廣泛。其實張
詠除了文學以外,還有政治、軍事等諸多才能,建立了顯赫的

---

① 張其凡認爲張詠向真宗呈文一事不可信。詳見《張乖崖集》所附《張詠
年譜》"真宗咸平元年"條(第257頁)。真僞姑且不論,此則軼事的出現
至少表明張詠文章已有相當高的質量和水準。

功業,掩蓋了他的文學成就。另外張詠的性格也偏向於武人,獨立不羈,在文學創作上,也是獨來獨往,從不聲稱要以韓柳爲範①,這大概導致他不被視爲古文先驅者的一個緣故吧。然而,實際上可以説他的文章開闢了"雄健有氣骨"的宋代古文之路,現舉一例。大中祥符年間丁謂等在朝中煽熾道風,八年,張詠臨終前上奏文説:

> 不審造宮觀,竭天下之財,傷生民之命,此皆賊臣丁謂誑惑陛下。乞斬丁謂頭,置於國門以謝天下。然後斬(張)詠頭,置於丁氏之門以謝丁謂。
>
> (司馬光《涑水記聞》卷七引)

張詠彈奏丁謂這件事,多種書籍均有記載,而文字略有出入,司馬光所抄録的是否爲張詠的原文,已不得而知。但是此事在當時很有名,相當能反映出張詠骨鯁的性格,而奏文也應該是一篇如韓琦所説的"稱其爲人"的文章,他的文章就是他爲人的表現。另外有名的文章如給楊億的信(《答汝州楊大監書》)等,也都反映出他的爲人,並具有一定的諧謔性。

## 四、姚鉉《唐文粹》和王禹偁一派

田錫、王禹偁、張詠等人有相同的或相近的文學理念,這并不是偶然的産物。因爲田錫和王禹偁關係很好:"數日論文暗相許。"(王禹偁《酬贈田舍人》)他們在個性氣質上也有共通之處,在人際關係上也形成了一個派別。從上文所引的資料

---

① 張詠有《木伯傳》文,可能是倣韓愈《毛穎傳》而作。對此還有必要進一步探討,但也説明他并非完全不學前人之文的。

裏,已知王禹偁與張詠有姻親關係,而田錫和王禹偁同出於宋初政界文壇的大人物宋白的門下,同門還有蘇易簡。張詠與蘇易簡是同年進士,後來又得到蘇的推挽。

他們在文學上也形成了一個派別,而探討這個派別時,還有一位不可忽視的人物,那就是與王禹偁同爲太平興國八年(983)進士、交從親密的姚鉉(968—1020)。當年知貢舉的正是宋白,也就是説姚鉉與王、田一樣都是宋白的門人,而且姚鉉也"雋爽頗尚氣"(《宋史·姚鉉傳》),與王禹偁等人個性相類,意氣相投。

由此看來,姚鉉在大中祥符四年完成的《唐文粹》一百卷的編纂,恐怕不能認爲祇出於他個人的文學理念。衆所周知,《唐文粹》是在以"古道"爲旨、"止以古雅爲命,不以雕篆爲工,故侈言蔓辭,率皆不取"(《唐文粹序》)的方針下,"纂唐賢文章之英粹者也"(同上)。與此相同,王禹偁也説:"夫文,傳道而明心也。"(《答張扶書》)指出經書除非不得已,一般都寫得平明易曉,主張要取法六經:"今爲文而捨六經,又何法焉"(同上),並認爲韓愈的古文就是繼承了經書之文平明的一面:"近世爲古文之主者,韓吏部而已。吾觀吏部之文,未始句之難道,未始義之難曉也。"(同上)可以説,姚、王二人的主張是相同的。姚鉉是在王禹偁的殁年開始編纂《唐文粹》的,這其中是否有某種聯繫,目前還不清楚,但是他們有着共同的文學主張,因而可以認爲《唐文粹》的編纂是以此爲背景的。

另一點值得注意的是,在《唐文粹》的文學觀中"氣"佔有重要的地位。

　　　觀夫群賢之作也,氣包元化,理貫六籍,雖復造物者,
　固亦不能測研幾而窺沉慮。　　　　　　　　　(《唐文粹序》)

此段話稍稍有難解之處。在姚鉉看來,唐代諸賢的文章有兩大構成要素,即"氣"與"理"。我曾經論述過"氣"論在唐宋古文中所起的重要作用①,而宋初繼承"氣"論的主要是王禹偁一派。至於柳開,至少在其現存的文章中祗有斷片式地用"氣"來評論自己和他人的作品,而沒有形成把"氣"與古文創作相聯繫的體系性的理論,比如,對自己文章的自謙:"言疏而理簡,氣質而體卑"(《上王學士第四書》),對他人文章的稱贊:"足下之文,雅而理明白,氣和且清,真可貴也"(《與李宗諤秀才書》),諸如此類而已②。柳開在文學論、文學批評以外也論及了"氣",但都與古文無關。

雖然不清楚柳開與范杲等盟友之間是如何主張的,但從現存的資料來看,在他們之中沒有人把"氣"與古文相聯繫。如果有的話,應該或多或少會留下一些帶有體系性的主張。與此相反,對王禹偁來說,"氣"是文章不可或缺的要素。他認爲好君好道,"氣形於貌"(《柳贊善寫真贊》),而在評論時,就把批評對象所呈現在容貌上的"氣"與該人的詩文聯繫起來而加以評論。比如對他所推重的孫何這樣評論道:

> 觀其氣和而壯,辭直而溫,與夫向之著述相爲表裏,則五事之言貌、四教之文行,生實具焉。　(《送孫何序》)

而在《答鄭褒書》一文中,王禹偁雖然沒有明言人物的"氣"和文章的關係,但從上面所述他的主張來看,兩者之間隱然有着關聯:

---

① 見本書《唐宋古文中的"氣"論和"雄健"之風》。
② 另外如《與任唐徵書》中也有"及聽足下之辭氣,有異於他人也,觀其言察其行者,果如是哉"語,雖也提及"氣",但含意稍異,故不包括在內。

　　　　洎與生語，見生言訥而貌壯，氣和而心謹，吾益自喜

　　於得生也。退而閱其文，句辭甚簡理甚正，雖數千百言，

　　無一字冗長，真得古人述作之旨耳。　　　（《答鄭褒書》）

他激勵後輩應該以經書和韓愈爲法，爲詩作文要平明易曉，然
後若能“又輔之以學，助之以氣”，就能以文章而名世。僅從以
上幾例就能看出，王禹偁主張作家的“氣”與其詩文密不可分，
而這一觀點是承唐代古文家的看法而來的。

　　如果説在以王禹偁爲中心的一派人物的文學主張中，
“氣”是不可或缺的要素，那麼姚鉉的《唐文粹序》也應該看作
是其中的一環。雖然南宋的周必大在《文苑英華序》中説，《唐
文粹》是從《文苑英華》所收的作品中以十篇選一篇的比例選
編而成的。這恐怕不是事實，因爲《文苑英華》雖已編纂成書，
但在北宋時代是否刊刻發行，卻仍有疑問。至於《唐文粹》則
是一部私人獨自編纂的總集，因爲他把當時所能看到的韓愈、
柳宗元之文，幾乎完全收錄在内，尤其對柳宗元，收錄了《文苑
英華》中所未收錄的作品①。當時韓愈的文集不易看到，因而
在這樣的時代編纂出版這樣的書籍，肯定對普及王禹偁一派
的文學主張起到了很大的作用，而據周必大説，《唐文粹》很
“盛行”（《文苑英華序》）。

　　下面再來看王禹偁周圍的人。首先是孫何（961—1004）、
孫僅（969—1017）兄弟倆。他們是蔡州汝陽（今河南汝南）人，
哥哥雖然曾得到王禹偁的激賞：“皆師戴六經、排斥百氏，落落
然真韓柳之徒也。”（《送孫何序》）但遺憾的是，在文學理論上
沒有留下值得稱道的東西，相反弟弟孫僅倒有令人注目的言

────────────

①　關於《唐文粹》所收的柳宗元文章、及其對宋代古文復興所起之作用，請
　　參看本書所收《宋人眼裏的柳宗元》。

論。他説：

> 五常之精，萬象之靈，不能自文，必委其精、萃其靈於
> 偉傑之人，以涣發焉。故文者，天地真粹之氣也。所以君
> 五常，母萬象也。……夫文名一，而所以爲用之者三，謀、
> 勇、正之謂也。謀以始意，勇以作氣，正以全道。苟意亂
> 思率，則謀沮矣；氣萎體瘵，則勇喪矣；言蕘辭蕪，則正塞
> 矣：是三者迭相羽翼以濟乎用也。備則氣淳而長，剝則
> 氣散而涸。　　　　　　　　（《分門集注杜工部詩集序》）

他不但指出文的本質就是“氣”，而且還具體闡述了“氣”與文
學作用的關係。孫僅的這一文學觀決不是孤立的存在，而是
當時文學思潮的一個組成部分。那麽，這種文學思潮衹存在
於王禹偁的一派之中，是封閉性的東西嗎？與柳開不同，王禹
偁一派的思潮似乎帶有一定的社會廣度。

與孫何同年進士（淳化三年）的趙湘（958—994），字叔靈，
衢州西安（今浙江衢縣）人，做過幾任地方官，又早亡，所以其
文學業績現在幾乎湮没無聞，流傳下來的文集是從《永樂大
典》中輯録彙編而成的。但在當時他也算是古文家，主張文章
應以仁義爲根本（《南陽集·本文》）。歐陽修曾對其文評價
道：“余讀太傅趙公之文，至於抑揚馳騁、辯博宏遠，可謂壯
矣。”（《南陽集跋》）宋祁也曾爲他的文集作序（《南陽集序》）。
當然歐陽修、宋祁稱揚趙湘之文的一個原因，可能是因爲他是
著名的“鐵面御史”趙抃的祖父這層關係，但是《總目提要·南
陽集提要》也認爲：“其古文亦掃除排偶，有李翱、皇甫湜、孫樵
之遺，非五季諸家所可及。”由此看來，歐、宋所言並非全是溢
美之詞。關於趙湘，没有留下有價值的資料，因而不清楚他與
其他古文家的關係，僅就地理而言，他也不可能在早年就與王

禹偁等人有交游關係。而且他生前似乎詩名高於文名,而文章也幾乎没有留存。儘管如此,他的文學論也重視"氣":

> 詩者文之精氣,古聖人持之攝天下邪心,非細故也。由是天惜其氣,不與常人,雖在聖門中,猶有偏者,故文人未必皆詩。……太原王公,文固天與之精氣,又能詩也。
>
> (《王彖支使甬上詩集序》)

雖然在他看來,文學中詩的地位高於文章,但兩者的本原都是"氣":文是天之精氣,詩是文之精氣。

宋初,古文復興的中心主要在北方,而在江南古文復興之勢也漸次高漲起來,這不但是因爲有趙湘一人在,另外令人深味的是,還出現了天台宗的僧人智圓(976—1022)這個人物。智圓是浙江錢塘人,幼年入佛門,精通儒道諸子,並擅詩文,可謂博學多才,自號中庸子。雖然他與當時的古文家們的交往情況,現在已不可得而詳知了;但他的主張卻令人驚異地與王禹偁等人有諸多相同點。比如他説:"今其辭而宗於儒,謂之古文可也。"(《送庶幾序》)認爲古文應該宗儒,即以儒學之道爲本,字句則可以用"今辭",没有必要摹擬剽襲經書;又説:"古文之作,誠盡此矣。非止澀其文字,難其句讀,然後爲古文也。"(同上)擯斥晦澀文風等。值得注目的論述還有:"觀文公之言,則古文非稟粹和之氣、樂淳正之道,胡能好之哉?"(同上)他以韓愈文章爲例,同樣也認爲"氣"是古文的重要因素。

總而言之,雖然當時駢文的勢力仍很强盛,古文尚未佔據主流,如與智圓同時代的穆修(979—1032)曾這樣描述當時的文壇狀況:

> 今世士子習尚淺近,非章句聲偶之辭不置耳目……其間獨敢以古文語者,則與語怪者同也。(《答喬適書》)

然而從這個時候起，王禹偁一派的古文思想也逐漸流傳開來，具有一定的社會廣度。

　　創作柳開、范杲式的怪癖之文，還是創作王禹偁、張詠那樣的雄健暢達之文，宋人的選擇纏絡着各種因素，不可一概而論。我們雖然不能僅僅用先驅者的與世格格不入的心理來解釋問題的全部，但是至少一部分先驅者的心理是造成怪僻派最終消亡、雄健派定型爲宋代古文主要文風的一個原因。怪僻派是出現在時機尚未成熟時期的一種畸形現象，隨着時代環境的成熟，就沒有必要怪僻。歐陽修知貢舉時所存在的太學體，造成其怪癖或許另有其因。儘管有歐陽修力主排斥怪僻文風，儘管他的排斥是導致怪僻派消亡的直接契機，但單單靠他的反對是不可能完全扭轉風氣的，怪僻派的消亡有其歷史必然性。既然如此，下面就探討一下雄健暢達的古文逐漸普及、最後固定爲宋文特徵的必然理由何在。

## 五、“尚氣”之風與張詠的人格類型

　　宋代文風變革的契機是什麼？首先是安定統一的王朝給社會帶來了明朗的氣氛。在得之不易的和平中，人們燃起了重建一個嶄新社會的希望，同時也想讓文章的風格煥然一新。姚鉉在《唐文粹序》的開首這樣叙述道：

　　　　五代衰微之弊，極於晉漢而漸革於周氏。我宋勃興，始以道德仁義根乎政，次以《詩》《書》《禮》《樂》源乎化，三聖繼作，曄然文明。霸一變至於王，王一變至於帝，風教逮下將五十年。熙熙蒸黎，久忘干戈戰伐之事；优优儒雅，盡識聲明文物之容。《堯典》曰“文思安安”，《大雅》云“濟濟多士”。盛德大業、英聲茂實，並屆於一代，得非崇文重學之明效歟？

這裏在對朝廷的稱頌的同時，也傳達了當時士大夫的真實心情。而《唐文粹》也可以説就是在這種社會氛圍中、作爲新文化運動的一個環節而被編纂成書的。而姚鉉生於 968 年，恰好是宋代開國後的第一代人，由他來編纂這樣一部總集，絶非偶然的巧合。

其次就是宋代的"尚氣"之風。宋人在提倡古文之初就在各個方面推崇"雄健"，這與他們"尚氣"之風有關。在宋人中，我們常常能看到有氣骨者。查閲傳記資料，"尚氣"或"尚氣節"等詞出現的次數也很多。如果用機械的手段檢索一下《宋史》中"尚氣"（包括"尚氣節""尚氣概"等）的用例，竟多達三十五例。現在試以此與其他正史的用例數量做一比較，立表如下：

| 正 史 名 | 用 例 數 | 正 史 名 | 用 例 數 |
|---|---|---|---|
| 《史記》 | 0 | 《周書》 | 0 |
| 《漢書》 | 0 | 《隋書》 | 0 |
| 《後漢書》 | 5 | 《舊唐書》 | 3 |
| 《三國志》 | 1 | 《新唐書》 | 8 |
| 《晉書》 | 1 | 《舊五代史》 | 2 |
| 《宋書》 | 0 | 《新五代史》 | 0 |
| 《南齊書》 | 0 | 《宋史》 | 35 |
| 《梁書》 | 1 | 《遼史》 | 2 |
| 《陳書》 | 1 | 《金史》 | 10 |
| 《魏書》 | 2 | 《元史》 | 8 |
| 《北齊書》 | 2 | 《明史》 | 10 |

（據臺灣"中央研究院"漢籍電子文獻、瀚典全文檢索系統 http://sinica.edu.tw/~tdbproj/handyl 檢索）

其中,《新唐書》的用例數要多於《舊唐書》,這大概是因爲它編纂於宋代之故吧。那麽這也可以看作是宋人"尚氣"之風的一個反映。儘管我們不能用這種數據做單純機械的比較,但是不可否認,比起其他的朝代來,宋人"尚氣"之風確實很突出。這種風氣並不是在所謂理學形成之後出現的,早在宋初就已經存在了。產生這種風氣的思想史背景還不太清楚,作爲一個可能的原因,大概它是五代戰亂中所形成的武人風貌的一種延續。如果是這種原因的話,那麽爲什麽在其他情形相似的時代(比如三國時代等),卻很少用"尚氣"來評價人物形象呢? 因此,單單從武人風貌的角度是不足於説明問題的,雖然宋初士人的確很有武風。

下面爲了理解"尚氣"之意,我們來探討一下宋初士人所共同具有的人格類型。

宋初文壇的領袖、當時學者文人的代表性人物徐鉉就是一位"質直無矯飾"(《宋史·徐鉉傳》)的人,而他身處南唐滅亡之際,其態度也是相當果敢沉着的。當時金陵已被宋軍包圍,徐鉉臨危受命去宋營請求解圍。此時恰好另有援軍從上流而至,後主考慮到使者徐鉉的安全,想命援軍止兵,徐鉉便説:"此行未保必能濟難,江南所恃者援兵爾,奈何止之……要以社稷爲計,豈顧一介之使? 置之度外可也。"(同上)後主"泣而遣之"。後來南唐終於滅亡,徐鉉又隨後主"入覲,太祖責之,聲甚厲。鉉對曰:'臣爲江南大臣,國亡罪當死,不當問其他。'"(同上)昂然之態使太祖感服。徐鉉絲毫不顯文弱,相反可以説是氣概橫溢之士。

宋初文壇上另一位重要人物宋白也是"豪俊尚氣節,重交友"(《宋史·宋白傳》)。他是河北大名人,但"多游鄠、杜間,嘗館於張瓊家。瓊武人,賞白有才,遇之甚厚"(同上)。宋白

十三歲起就顯露出文學才能,武人張瓊所賞愛的宋白的才能,
有可能是他的文才。不過宋白在氣質上也一定具有某些與武
人共通之點。據《宋史·地理志三》"陝西"中記載,宋白所游
的鄠、杜具有這樣的民風:"大抵夸尚氣勢,多游俠輕薄之風,
甚者好鬥輕死。"游於民風如此的鄉里,又受到武人的厚遇,宋
白的性格由此也可推想而知。

　　柳開雖列入《宋史·文苑傳》,但也"尚氣自任"(文瑩《湘
山續録》),善弓箭(《宋史·柳開傳》),曾上書表示"願從邊軍
效死","雖身歿戰場,臣之願也"等(同上)。他的性格、志嚮也
顯然是軍人式的,同時在他的身上,更體現出一種在兵罅戰亂
中爲求生存而特有的兇蠻性。他和宋白一樣也是大名府人,
據説自幼"有膽勇"(同上),十三歲時就曾追擊盜賊,揮刀砍落
盜賊兩根足趾,而留下武勇之聲(同上)。另外還留下他篤義
剛勇的逸話。據虞裕《談撰》記載,柳開赴舉途中,在驛舍聞一
女子夜哭,打聽下來,原來女子之父在任臨淮令時貪污受賄,
因而受到僕人要挾,要求娶此女爲妻。篤於"節義"的柳開聽
説後便設法殺了那個僕人,並烹而分與衆人食之。同時他與
宋白一樣也"好交結",有一次他欲接濟友人,而主持家事的叔
父不肯拿出錢,他便放火燒家,脅迫叔父出錢(吳處厚《青箱雜
記》卷六)。雖然關於柳開"自背割取肝,抽佩刀割啖之"(江少
虞《事實類苑》)等這類喜吃人肝的傳聞似不太可信①,但既然
他有過好幾件揮刀追殺人的逸事,那麼他被糾纏上吃人肝這
類奇聞,也就不足爲奇了。

---

①　據宮崎市定《宋代殺人祭鬼之習俗》(《宮崎市定全集》第十卷)指出,宋
　　代曾流行殺仇敵、食其心肝以洩怨憤並告祭死者的風俗。像傳聞中的
　　柳開那樣,對方並不是仇敵,而僅僅是出於喜好而食人肝的,確實很少
　　見,不過他在驛舍的行爲,在當時情況下也並不算是突兀之舉。

　　得到宋白延譽而揚名的田錫是一位"耿介寡合,未嘗趨權
貴之門"(《宋史·田錫傳》)的硬骨錚錚的諫臣,真宗曾稱贊他
是"朕之汲黯"(《五朝名臣言行録》引《名臣傳》)。王禹偁也同
樣"性剛狷,數忤權貴,宦官尤惡之"(《五朝名臣言行録》引《記
聞》),而他又自"以直躬行道爲己任"(《宋史·王禹偁傳》),所
以連皇帝的戒諭都不起作用:"上累命執政召至中書戒諭之,
禹偁終不能改"(《五朝名臣言行録》引《記聞》)。雖然他也由
此屢屢産生憂慮自危之感,但仍然表示:"屈於身而不屈於道
兮,雖百謫而何虧。吾當守正直而佩仁義兮,惟終身而行之。"
(《三黜賦》)田錫也罷,王禹偁也罷,他們的氣骨不但在當時爲
翹楚,而且還得到了後代的敬仰,影響深遠。而同樣也代表宋
初這種士風,並且對其後的宋代士風的影響力超出田、王二位
的,那就是張詠。

　　張詠是濮州鄄城(今屬山東省)人,太平天國五年進士。
他是王禹偁的姻親,大概就是因爲兩人交誼深厚,所以結成子
女親家。張詠也是一位豪放磊落之人:"少任氣,不拘小節"
(《宋史·張詠傳》),他的神道碑和墓志銘中是這樣刻畫他的
形象的:

　　　　公少倜儻,有大志,尚氣節,重然諾。爲學必本仁義,
　　　不喜浮靡。……生平勇於爲義,遇人艱急,苟情有可哀,
　　　必極力以濟,無所顧惜……至自奉養,逮於服玩之具,則
　　　寡薄傶陋,雖寒士不若也。　　　　　　　　　(《神道碑》)

　　　　惡人諂事,不喜俗禮。士有坦無他腸者,親之若昆
　　　弟;有包藏誠素者,嫉之若仇讎。(錢易《宋故樞密直學士
　　　禮部尚書贈左僕射張公墓志銘》。以下稱《墓志銘》)

即便因爲是神道碑、墓志銘上的記述,不免有美化誇大之處,

但多少可以看出爲人的大致輪廓。而正因爲有這樣的性格作風,所以張詠與王禹偁是款交,也就是理所當然的事了。

由上可見,這種性格類型不是單純的個人性的,而是具有時代性的、社會性的。除了徐鉉是揚州人、田錫是四川人外,宋白、柳開、王禹偁、張詠等出身地都很近,而且具有非常相似的氣質風貌。值得一提的是,與張詠同年進士、也以剛直名世的著名宰相寇準,他的本籍雖然是華州,但卻生長於大名①。值得注目的是,張詠的出身地鄄城與大名近在咫尺。還有王旦,其父王祐是徐鉉的好友,曾任官於大名府。王祐的性格是"倜儻有俊氣"(《宋史·王祐傳》)、"篤義"(《宋史·柳開傳》所引評王祐語),而王旦,王禹偁稱他是"以雄文直氣揚其父風"(《送王旦序》),可見父子都是剛直之士,尤其兒子王旦後來更成爲以硬骨而著稱的宰相。由此可以推想出,他們這種氣質性格的產生恐怕與以大名爲中心的鄉風有關。下面就他們出身地非常接近這一點,探討一下代表人物張詠的特點。

據説張詠"自少學劍,頗得妙術,無敵於兩河間。好弈棋,精射法"(《墓志銘》)。超群的武藝,從某種意義上說決定了他今後的人生方向。他一生幾乎在地方上任職,政績顯赫。使他聲名遠揚的是益州(治所在今成都市)在任期間。當時,五代動亂的餘波仍未完全平息:"自五代以來,軍卒凌將帥,胥吏凌長官,餘風至此時猶未盡除"(羅大經《鶴林玉露》乙編卷四)。特別是在地方上,中央王朝的權威還沒有真正確立,事實上,蜀地就叛亂頻仍。而每次都靠張詠來平定局面,維持秩序,就是因爲他具有武人式的果斷和行動力,而這種果斷和行動力有時是非常兇酷的。

---

① 　據王曉波《寇準年譜》(巴蜀書社,1995 年)第 5 頁及第 206 頁之考證。

　　　　嘗有小吏忤詠，詠械其頸。吏恚曰：“非斬某，此枷終
　　不脱。”詠怒其悖，即斬之。　　　　　　　　（《宋史·張詠傳》）

他往往用這種斬截斷然的態度來臨事處政。雖然張詠的治理
手段是恩威並施，並非一邊倒的嚴厲，但是如有必要，他就會
當場採取行動，以樹立自己的威權。在全域沒有完全臣服於
宋朝王權的時期，要在政情不穩的地方上取得政績，可以説他
是個合適的人才。張詠不是單純的能幹的政治家，也不是博
學的文人，而正如其所自稱的那樣：“幸生明時，讀《典》《墳》以
自律，不爾，則爲何人邪？”(《宋史·張詠傳》)，天生是一個武
人。對此，不但他自認，而且真宗也“稱其材任將帥”(同上)，並
對他的將才表示信賴：“得卿在蜀，朕無西顧之憂矣。”(同上)

　　既然他們的相同點除了剛直的性格外，還有這種武人的
氣質，那麼就應該認爲這是時代環境所醖釀生成的。關於張
詠，還有一個頗有意味的傳聞。

　　　　張乖崖布衣時，客長安旅次，聞鄰家夜聚哭甚悲，訊
　　之其家，無它故。乖崖詣其主人，力叩之。主人遂以實告
　　曰：“某在官失不自慎，嘗私用官錢，爲家僕所持，欲娶長
　　女。拒之則畏禍，從之則女子失身。約在朝夕，所以舉家
　　悲泣也。”乖崖明日至門首，候其僕出，即曰：“我白汝主人
　　假汝至一親家。”僕遲遲，强之而去。出城使導馬，前至崖
　　間，即疏其罪。僕倉皇間，輒以刀揮墜崖中。(王鞏《聞見
　　近録》，據《知不足齋叢書》本)

上面已經引述過，柳開也有同樣的傳聞，雖然細節有些不同。
這大概是同一事件在傳播過程中，一頭轉爲柳開的軼事，另一
頭卻作爲張詠的軼事而流傳開去。若要追究傳聞之主究竟是
誰，其實無多大意義；重要的是，這與其説是某一個人所特有

的行爲,不如説在當時祇要是剛勇之士,誰都有可能採取這樣的行動。換言之,這則傳聞中反映了當時社會的價值觀和行動類型。《宋史·張詠傳》中以另一種形式記述了這一事件①。上文所引的張詠的"幸生明時,讀《典》《墳》以自律,不爾,則爲何人邪"這一自省之語,就是在這一事件後對友人所説的。也就是説他也自覺到自己的人品性格是時代的產物。

從五代末到宋初這一時代環境中,張詠有着卓越的才能,而成爲這一時代的典型人物。可以説,這是祇有在由尚武逐漸變爲尚文的時代中才能出現的少有的人格類型。在他之後的士人的身上,繼續秉承了張詠那樣的武人式的剛毅之性,但擯棄了其中的酷薄性,並增加了文人性的氣質。也就是説,宋代文人的性格根底中,存在着武人式的性格要素。

再來看張詠的作爲文人及政治家的這一側面。

> 公生平以剛正自立,智識深遠,海內之士,無一異議。不事產業,聚典籍百家近萬卷,博覽無倦。副本往往手寫。至於卜筮、醫藥、種樹之書,亦躬自詳校。
>
> (《墓志銘》)

這裏所説的就是他的另一側面,即作爲學者、作爲百科全書式的學者的形象。一提起宋代文人的典型,我們很容易想到的就是以歐陽修爲首的士大夫。雖然具體的性格可以各不相同,但都必須學貫百藝、精通諸家,這是宋代士人的理想形象。既然如此,那麼宋初出現張詠這樣的人物,其意義就不同尋常了。他連卜筮、醫藥、種樹這類實用書都收集閱讀,當然都是

---

① 《宋史·張詠傳》説:"有士人游宦遠郡,爲僕夫所持,且欲得其女爲妻,士人者不能制。詠遇於傳舍,知其事,即陽假此僕爲馭,單騎出近郊,至林麓中,斬之而還。"

爲了實用的。他作爲地方官而政聲卓著,首先是因爲他有武
人式的性格和行動力,這一點上文已論述;其次,同樣重要的
是他在經濟、農業、土木等各方面的具體措施得當,而要做到
這一點,必須要具備有關各個領域的龐大的知識積累。因而
可以説他的學問不單純是出於興趣,而是爲了經世濟民。或
許他也是真心喜歡學問,但同時他的學問觀是很功利主義的。
就連不輕易贊許他人的王安石都認爲:

> 忠定公殁久矣,士大夫至今稱之,豈不以剛毅正直有
> 勞於世如公者少歟?　　　　　　　　　(《題張忠定書》)

王安石之父王益十七歲時曾向張詠呈獻文章,爲此,張詠寫了
這封熱情褒揚的回信。這封張忠定書也成了王氏父子的家藏
之寶。據説王益因爲張詠的提議而改字爲“舜良”。且不論有
無直接影響關係,單從經世濟民的精神譜系上看,張詠就可以
説是王安石的先驅。王安石在這篇題文的結尾這麼寫道:“竊
觀遺跡,不勝感惻之至。”他的感惻追懷之情,恐怕不是祇針對
亡父一人而已。

　　張詠在地方官的諸多政績中,作爲文化人的業績有振興
教育一項,而這恐怕對北宋文學的發展也起了很大的作用。
他曾積極鼓勵四川的士人參加科舉考試。當時的益州已有二
十年沒有人科舉中試,而在他的舉措下居然出現了及第者,
“文風日振,由公之誘掖也”(《神道碑》)。1015 年,他遠在陳
州病逝時,蜀地百姓“聞之,皆罷市號慟。得公遺像,置天慶觀
之仙游閣,建大齋會,事之如生”(同上)。他治蜀清正嚴明,被
比爲諸葛亮,去世百年以後,仍然受到四川百姓的懷念:“蜀父
老謂,本朝名臣治蜀非一,獨張詠德政居多。”(《宋會要輯稿·
食貨》六八之五五)由此可推知,張詠對蜀風的嬗變影響甚鉅。

他去世時,蘇洵近七歲,但已曉世事。雖然蘇洵早年不力爲學,但如果沒有張詠,如果蜀地依舊政情不穩、文風不振,恐怕不會有將來的三蘇的出現。這樣的設想不是無意義的。

張詠"誠一代之偉人也"(《神道碑》),但在歷來的文學史上卻被遺忘忽視。究其由之一,可能是與他被後世誤以爲是西崑派人物有關。因爲《西崑酬唱集》中收錄了張詠的兩首詩,而他與楊億也有個人交誼。但正如祝尚書所論,祇因爲這些,是不足於把張詠歸入西崑派的①。

不過應該注意的是,即便是西崑體的代表人物楊億,其性格也與王禹偁、張詠等人有共同之處,即都富有骨氣。除此之外,楊億還有不少與張詠類似的個性,如"博覽强記"、"喜誨誘後進,……重交游,性耿介,尚名節,多周給親友"(《宋史·楊億傳》)等等。名列於《西崑酬唱集》的詩人,雖然個性氣質各異,不一定都像楊億、張詠那樣耿介,但其中也不乏剛毅之士。

在人格類型上屬於剛毅尚氣節、有武風的士人卻喜歡李商隱式的艷詩,這看上去有些矛盾,但是,首先必須考慮到,《西崑酬唱集》是編纂《冊府元龜》的閑暇時所作的詩集,可以看作是一種心理反動的産物。第二,新型人格的誕生也不可能立即打破文學的成規。在詩文的成規、傳統有着强大的支配力量的社會中,祇有遵循這種成規才能成爲這一社會的一份子,才能與這一社會中的其他成員互相溝通交流。如寇準(962—1023)以豪放耿直聞名,但他的詩作卻"含思凄婉"(《總目提要·寇忠愍公詩集提要》),有晚唐之風。

但是,儘管西崑體風靡一世,但新酒不能一直裝在舊瓶中,新的人格也要求有與之相適應的表現方式。宋代古文經

---

① 祝尚書《北宋古文運動發展史》第96頁。

歷了諸多曲折後，逐漸走向“雄健”、平明暢達的風格，其原因之一就是以張詠爲典型的人格類型的誕生。

# 結　語

上面論述了在以王禹偁爲中心的古文家的文學論及其文學作品中所存在的共同點。他們幾乎都很重視“氣”，而這又與他們的“尚氣”的人格類型有關聯。王禹偁等人認爲一個人的“氣”是與他的文學作品互爲表裏的，對他們來説，在人格上的尚“氣”，就是等於在文學上的尚“氣”。

但是這樣就產生了一個問題，即柳開爲什麽不重視文章的“氣”。對此必須考慮到思想、學術背景。其實不僅是柳開，包括王禹偁、張詠等人在內的這些人的思想、學術與“尚氣”之風有何關係，其後這種關係又是如何發展開去的，等等，疑問之處還有很多。對於這些問題將另文論述。

# 宋初的易學者與古文家

## ——從陳摶到馮元

長期以來一般所以爲的太極圖的傳授譜系是這樣的：

> 濮上陳摶以《先天圖》傳种放，放傳穆修，修傳李之
> 才，之才傳邵雍。放以《河圖》《洛書》傳李漑，漑傳許堅，
> 堅傳范諤昌，諤昌傳劉牧。修以《太極圖》傳周敦頤，敦頤
> 傳程頤、程顥。　　　　　　　　　　　（朱震《進〈周易〉表》）

這其中，從陳摶到穆修之間的傳承，從文獻考證來看顯然是虛
構的①，不過陳摶居於宋代新易學的開山祖師的地位恐怕是
確實無疑的，因而要考察宋代易學的新發展，是不能避開陳摶
其人的。同時，即使這個譜系作爲學問的直接傳授的譜系，是
含有虛構的成份的，但它作爲思想的繼承關係，則未必是不正
確的。既然如此，那麼這個譜系中存在着穆修，就極富暗示
性。衆所周知，穆修是在宋代古文復興上起過很大作用的古
文家。穆修本人没有留下有關易學的著作，但是他確實把易

---

① 中國方面有李申的《話説太極圖——易圖明辨補》(知識出版社，1992
　年)、《易圖考》(北京大學出版社，2001 年)等書，日本方面有今井宇三郎
　《宋代易學的研究》(明治圖書出版株式會社，1958 年)、吾妻重二《太極
　圖的形成——圍繞儒佛道三教的再探討》(《日本中國學會報》第四十六
　集，1994 年)等，都對此進行過考證。

學傳授給李之才。本文雖以探討易學爲主，但順便也想提一下，穆修還精通《春秋》學，並傳授給了尹洙。在宋代，五經學問之中尤其《易》學、《春秋》學相當興盛，出現了新的發展。穆修的存在是不是暗示了這兩個學問與古文之間關係匪淺？遺憾的是，由於如前所述的那樣穆修沒有留下有關易學的著述，所以不可能從文獻上通過穆修本人來究明易學與古文的關係。

　　本文擬檢證宋初易學與古文家們是否存在着某種聯繫，以此當可以查明朱震所描繪的譜系中穆修的存在是否妥當，弄清易學傳授的另一個側面。

　　像宋代那樣朝野上下都熱心於《易》的講學，並使研究得到很大發展的時代，或許可以説是絶無僅有的。《宋史·藝文志》中著録了“易類”二百三十部、“書類”六十部、“詩類”八十二部、“禮類”一百十三部、“春秋類”二百四十部，而《新唐書·藝文志》則著録“易類”八十八部、“書類”三十三部、“詩類”三十一部、“禮類”九十六部、“春秋類”一百部，兩相比較，在這裏也反映出宋代《易》學、《春秋》學盛行之一端。

　　同時在《宋史》中常常可看到皇帝召易學者講《易》的記載。皇帝聽講《易經》，或許被認爲是理所當然之事，但是正史中像這種講《易》的記載，《五代史》中沒有，新舊《唐書》中也僅有一例，《隋書》中也無，出人意料地少。當然歷代都有對皇帝的進講，有國子監和太學等教育機關的講義和研究，但是隋唐五代的正史對此幾乎沒有記録，而《宋史》卻一一作了記録，這正説明易學受到了前所未有的重視。

　　召易學者進講，始於宋太祖，太宗、真宗對此也很熱心，而仁宗更是到了擔心講讀官厭煩的程度：“謂講讀官曰：‘《易》旨精微，朕每以疑難問卿等，得無爲煩乎？’”（《續資治通鑒長編》

卷一七〇"仁宗皇祐三年四月丁未"條。以下略稱爲《長編》）
可以預料，皇帝的這種聽講《易》的熱心當然與易學的發展密
切相關。

　　歷代王朝在建立當初都需要有理論來保證自己的正統性
和提高自己的權威，因而往往利用各種經書來作爲理論根據。
不用説，《易》也受到了歷代的重視，有過種種"政治利用"，這
已是周知之事了①。既然如此，那麼宋代的易學發展，雖然有
皇帝出於新建立的統一王朝的政治要求而熱心於《易》這一側
面的原因，但僅有這個原因，是無法説明宋代易學的崛起，並
取得獨特的發展的。比如唐代初期最興盛的學問不是易學，
而是《禮》學、《漢書》學以及《文選》學②。因此，應該認爲宋代
之所以需要宋代所特有的易學，是有某種理由的，而且還必須
考察這種易學導致理學產生的原因，以及對其他領域的影響。

　　宋代建國伊始，講授《易》學或撰寫有關《易》的著作的學
者們，自然都是生長於唐末五代時期，他們的學問興趣及積累
都是在五代時期形成起來。關於五代的學問狀況，限於資料
的缺乏，無法得知詳情。據記載，此時期在濮州范縣（在今山
東）出現過"以《周易》《春秋》教授，學者自遠而至，時號逍遙先

--------

①　據張濤《漢初易學的發展》（《文史哲》1998 年第 2 期）説，"（陸賈、賈誼、
　　韓嬰等人）借助天尊地卑、乾坤定位之説，要求從根本上維護封建宗法
　　統治"（內容提要語）。而同時政治狀況也會反過來影響學問的面貌。
　　比如王連儒《王弼"易學"與漢魏學風》（《聯城師範學院學報》[哲學社會
　　科學版]1995 年第 1 期）中説："（賈逵）這種治學風格，嚴格説來並不是
　　一個單純的學術問題，而是現實政治於學術之中的具體表現。東漢末
　　年的現實狀況，使得文人士大夫無論在政治還是學術上，都力主居中求
　　和、損益得致，如此才能在自性與政治之間尋求到平衡的心態。"
　　（第 94 頁）。
②　趙翼《廿二史劄記》卷二〇"唐初三禮《漢書》《文選》之學"條。

生"(《宋史》卷二六三《張昭傳》)的張直(張昭之父,生卒年不詳)等學者。但據最近出版的張興武的《五代藝文考》(巴蜀書社,2003年)來看,當時經學類中易學方面的著作不是很多。當時還在戰亂之中,儒者們無論在思想上、生活上都處於困厄之境,因而自五代以來易學的傳統即使得以延續,也不可能興盛。由此要弄清從五代到宋初的易學狀況,可供查詢的資料極少。下面的探討,也許如同把深埋在地下的恐龍的零散不全的化石殘片收羅起來,而想像它生存時的樣子一樣,不過與恐龍不同的是,恐龍已經滅絶了,而宋初易學其後卻大爲繁榮,其子孫的面貌在一定程度上有助於對其先祖形象的想像。本文所論或許衹是理論上可能具有的一個面貌,但比起恐龍的復元來,當更爲確實可信。

## 一、陳摶的傳説

自五代至宋初的隱士中有陳摶(?—989)其人。據説他壽命長達118歲(《歷世神仙體道通鑒》卷四七《陳摶傳》),又説:"陳希夷(陳摶之號)先生,一睡或半歲或三數月,近亦不下月餘"(宋李石《續博物志》卷二)等等,極富有傳奇色彩。不僅如此,關於他的生卒年、出身地,也是諸説紛紜,没有定論,充滿疑團。①

儘管有關他的傳説的大部分不是事實,但他極其象徵性

---

① 據《宋史》卷四五七《隱逸上·陳摶傳》,陳摶字圖南,亳州真源人。關於生卒年、出身地的考證,有徐兆仁《〈宋史·陳摶傳〉旁考》(《史學月刊》1999年第1期)、李遠國《陳摶籍貫小考》(《中國史研究》1984年第2期)等文,另外還有卿希泰主編《中國道教史》第二卷(四川人民出版社,1992年)670頁以下。

地顯示出五代至宋初的易學的狀態,因爲這些傳說暗示了當時存在着產生出這些傳說的社會環境或氣氛。那麼產生出陳摶傳說的環境又是怎樣的呢?

　　陳摶雖然入載於《東都事略》中的《隱逸傳》、《宋史》中的《隱士傳》,而在後世則一般被視爲道士。但是正如李申所說,他本來應該屬於儒者一類①。他最感興趣的是易學,“好讀《易》,手不釋卷”(《宋史·陳摶傳》)。現在他的易學著作都是後世的僞作,或至少有這樣的嫌疑,不過關於他對易學感興趣的原因,可以從他的生平來做一番想像。

　　　　周世宗好黃白術,有以摶名聞者。顯德三年,命華州
　　　送至闕下。留止禁中月餘,從容問其術,摶對曰:“陛下爲
　　　四海之主,當以致治爲念,奈何留意黃白之事乎?”

　　　　　　　　　　　　　　　　　　　　　　(《宋史·陳摶傳》)

這段記載也見於《東都事略》等傳記資料中,下文所引的逸事中也提及所謂的黃白術,可見確實流傳過陳摶精通此術的“傳說”。但陳摶本人對此卻完全否認。《宋史》中還記載道:

　　　　太平興國中來朝,太宗待之甚厚。九年復來朝,上益
　　　加禮重,謂宰相宋琪等曰:“摶獨善其身,不干勢利,所謂
　　　方外之士也。摶居華山已四十餘年,度其年近百歲。自
　　　言經承五代離亂,幸天下太平,故來朝觀。與之語,甚可
　　　聽。”因遣中使送至中書,琪等從容問曰:“先生得玄默修
　　　養之道,可以教人乎?”對曰:“摶山野之人,於時無用,亦
　　　不知神仙黃白之事、吐納養生之理,非有方術可傳。假令
　　　白日沖天,亦何益於世?今聖上龍顏秀異,有天人之表,

————————————
① 　參看李申《易圖考》282頁以下。

博達古今,深究治亂,真有道仁聖之主也。正君臣協心同
德、興化致治之秋,勤行修煉,無出於此。"琪等稱善,以其
語白上。上益重之。(同上)

同樣的,這裏也反映出周圍人所見的陳摶與他本人的自我認
識有着差距。或詢以"黃白術",或問以"玄默修養之道",而陳
摶對此卻避而不答。但又據《宋史·陳摶傳》載,他曾長期棲
身於武當山、華山,並著有論述"導養及還丹之事"的《指玄篇》
一書。那麼這是他故意不說,還是《指玄篇》實爲後人偽託,陳
摶原本就不懂"黃白術"之類的道教秘術?

據說陳摶"有經世之才"(魏泰《東軒筆録》卷一),而與陳
摶交往密切的种放也曾"立碑叙希夷之學,曰'明皇帝王伯之
道'云"(邵伯温《邵氏聞見録》卷七)。這樣的人熱心研究
《易》,其目的也就不言而喻了。上面所引的《宋史》的記載中
也可看出他學問的目的在於經世濟民。然而人們有求於他的
是與經世濟民毫無關係的道教之事,這又説明了什麼呢?

我們再繼續看陳摶的人物形象。據記載:

後唐長興中,舉進士不第,遂不求禄仕,以山水爲樂。
自言嘗遇孫君仿、麞皮處士,二人者,高尚之人也,語摶
曰:"武當山九室巖可以隱居。"摶往棲焉。因服氣辟穀歷
二十餘年,但日飲酒數杯。移居華山雲臺觀,又止少華石
室,每寢處,多百餘日不起。　　(《宋史·陳摶傳》)

除此之外,他還與吕洞賓等許多道士交游①。由此可見,他的
後半生過着道士的生活。周世宗並不認識陳摶,所以風聞陳

───────────

① 關於陳摶與道士的交遊關係,徐兆仁《〈宋史·陳摶傳〉旁考》中有詳細
考論。

搏的道士(或隱士)之名,而向他詢問自己所關心的"黃白之事",當然是極其自然的事。可以説,陳搏易學的性質和目的與周圍人有求於他的之間存在着懸隔,其原因首先就在於他本人的道士生活。

但是宋太宗卻是從年輕時起就與陳搏有交往。在宋太祖即位前,太祖、太宗和趙普三人曾在長安的街頭遇見陳搏,並同席飲酒①。太宗既然瞭解陳搏的實際身份,而説"與之言,甚可聽",難道真是希望從陳搏那裏獲得道教的秘術嗎?比陳搏更具道士色彩的道士有很多,太宗雖然對道教深感興趣,但有必要特意向懷抱着儒家的經世之志的陳搏打聽道教之事嗎?

據另外的資料記載,"太宗問搏曰:'昔在堯舜之爲天下,今可致否?'"(邵伯温《易學辨惑》,《五朝名臣言行録》卷一〇之一"陳搏"條引),尋問的是治世的方針。還有如"帝初問以伐河東之事,(陳搏)不答。後師出果無功。還華山數年,再召見,謂帝曰:'河東之事可矣。'遂克太原。"(邵伯温《邵氏聞見録》卷七)等記載。由此看來,認爲"與之言,甚可聽"的太宗,他所期待於陳搏的是什麼,就非常清楚了。

不過從陳搏的回答來看,從未與陳搏有過直接交往的臣子們似乎向陳搏詢問了"神仙黃白之事"一類的內容。也就是説,儘管陳搏懷有經綸之才,爲了經世濟民而研究《易》,但在不瞭解真相的人看來,陳搏首先應該是精通"神仙黃白之事"的人。這種看法的產生,除了他在山林中過着隱逸生活這一理由之外,想來還有別的原因。如果祇是因爲隱居山林,那麼同樣的隱士也有很多,而且當時作爲一般的教養,當時人多少具有一些道教的知識。所以陳搏被認爲比普通人更精通"神

---

① 釋文瑩《續湘山野録》(中華書局,1984 年)第 78 頁。

仙黄白之事",一定是有其因的。

　　陳摶聞名於世的,與其説是山林生活外,更重要的是他的看相能力(相術)。比如《邵氏聞見録》卷七中記載了他爲种放和錢若水看相占卜:"希夷笑曰:人之貴賤莫不有命,貴者不可爲賤,亦猶賤者不可貴也。君(种放)骨相當爾,雖晦迹山林,恐竟不能安,異日自知之。""希夷初謂若水有仙風道骨,意未决,命老僧者觀之。僧云:……。老僧者,麻衣道者也,希夷素所尊禮云"。其中爲錢若水看相一事,大概是北宋以後附會而出的①,不過正是因爲陳摶擅於看相,所以才有這樣的附會吧。而且相傳南唐宋齊邱所撰的相書《玉管照神局》中也可看到不少冠有陳摶之名的條目,如"陳摶先生風鑒"、"陳摶袖裏金"、"陳摶相歌"等。另外《宋史·藝文志·五行類》中引録了陳摶所撰《人倫風鑒》一書。據説《玉管照神局》"專論相術,疑即出其門下客所撰集,而假齊邱名以行世也"(《四庫提要·〈玉管照神局〉提要》),而冠陳摶之名的條目是否爲陳摶真作,其事不明。《人倫風鑒》也同樣真僞莫辨。但是這些文獻中標舉陳摶之名,正是意味着當時陳摶作爲相士的名聲之高。

　　上面(《邵氏聞見録》卷七)所載的陳摶"素所尊禮"的麻衣道者,也是當時著名的相士。雖然還不明瞭兩人之間是否有師承關係②,但是值得注意的是,據説陳摶的易學也是師承於麻衣道者:

---

①　據竺沙雅章《陳摶與麻衣道者——以"若水見僧"逸事爲中心》(秋月觀暎編《道教與宗教文化》平河出版社,1987年)的考證。

②　竺沙雅章《陳摶與麻衣道者——以"若水見僧"逸事爲中心》中據劉克莊《術者施元龍行卷跋》(《後村先生大全集》卷一〇九)中的"國初,麻衣道者非陳希夷不能致"一語,而認爲"麻衣道者被看作是陳摶的相法之師"(《道教與宗教文化》第335頁)。不過僅此,情況還不甚明瞭。

　　處士陳摶受《易》於麻衣道者，得所述《正易心法》四
十二章，理極天人，歷詆先儒之失。摶始爲之注。

（釋志磐《佛祖統紀》卷四四）

這部《正易心法》一般認爲是後世僞託①，而陳摶爲之作注一
事，也當非事實②。儘管兩者在事實上都很難成立，但這些傳
說都暗示了當時的易學、易學者與相術有着密切的關係。這
樣推測的理由，是因爲當時以《易》知名的人士如王昭素以及
稍後的邵雍等，都留下擅長風鑒人物、預知未來等傳聞。風鑒
人物雖不同於狹義的相術，但在判斷人的吉祥善惡這一點上，
性質是相類的。而且北宋初的名臣、曾希望做陳摶弟子的張
詠(此事載於韓琦《故樞密直學士禮部尚書贈左僕射張公神道
碑》，以下簡稱《張公神道碑》)，雖説並不以易學而知名，但也
據説曾"自力學筮"(同上)，以"有清鑒，善臧否人物"(同上)而
聞名。總之，所謂擅長相術云云，正是由於精通《易》而産生出
來的"傳説"。通曉《易》與相術之間的確存在着某種聯繫，關
於其理由，後文再詳述，這裏先來考察一下作爲相士的陳摶與
道教之間的關係。

　　整個宋代相術都很流行。《舊唐書・經籍志》、《新唐書・
藝文志》中幾乎没有著録相書，與此相反，《宋史・藝文志》則
著録了近六十種③。既然有着這種時代氛圍，那麽陳摶雖是

---

① 陳振孫《直齋書録解題》《正易心法》一卷《解題》中説："蓋依託也。"
② 竺沙雅章《陳摶與麻衣道者——以"若水見僧"逸事爲中心》中考證説：
　　"可以推測，在此時期(北宋末)，麻衣道者被看作既是陳摶相法上的、同
　　時也是易學上的老師"(《道教與宗教文化》第342—343頁)。
③ 鄭炳森、王晶波著《敦煌寫本相書校録研究》(民族出版社，2004年)的
　　《概述》1頁中曾説，兩《唐書》藝文志所能看到的相書祇有兩種，但没有
　　具體指明書名。兩《唐書》所著録的書籍中，僅憑書名就能斷定是相術
　　書的，幾乎没有；但所著録的相書極少，則無可懷疑。

一介棲身於山林的處士而同時又是名士，其緣由不就很容易理解了嗎？

還要提一下，《邵氏聞見錄》卷七曾記載了這樣的一則逸事：

> 帝（太宗）以其（陳摶）善相人也，遣詣南衙見真宗。及門亟還。及問其故，曰："王門廝役，皆將相也。何必見王？"建儲之議遂定。

如果這是事實的話，那麼太宗召陳摶入宮的真正的理由，也許就在這一類事上，而不僅僅是爲了叙舊或諮詢經綸。

那麼，爲什麼臣子們與太宗不同而向陳摶詢問有關"神仙黄白之事"呢？這其中陳摶擅長相術的這一特點與"神仙黄白之事"之間有無關係呢？

《易》雖然一直與道教關係很深，但在唐末五代這一時期，兩者比以往更接近起來。傳說唐末五代編纂《太平經鈔》的閭丘方遠曾在廬山從陳元晤學《易》（南唐沈汾《續仙傳》），而在南唐也有道士向皇帝進講《易》，"道士申惟簡者，鄱陽人，隱居洪州西山。國主召之，館於紫極宫，常以冠褐侍講《周易》"（《長編》卷一六"太祖開寶八年九月"）。如果説，道士學《易》，此事歷來就有，不足以説明問題；那麼後蜀彭曉給《周易參同契》作注一事，可以説是顯示《易》與道教更爲接近的代表例子。《周易參同契》的主旨是把《易》和《老子》"參同"起來，用漢代象數易的理論來闡述煉丹之法的。也就是説，它具有思想和丹道這兩方面的内容，而彭曉的注釋《周易參同契分章通真義》則主要是從丹道之書這一側面來解釋《易》的。在此必須注意的是，《周易參同契》雖然早已存在，但一直没有成爲道教的主要經典,《易》本身也歷來被當作儒家的經典①。在彭曉之前雖也有人做過《周易參同契》的注釋②,但在他之後《周易參同契》的研究才興盛起來,一直未受重視的《周易參同契》突然之間備受關注,這與時代的思想動向不可能没有關係。

又據説陳摶的弟子張無夢(生卒年不詳)精通《老子》與《易》,"於山中嘗誦《老子》《周易》而已"(《歷世真仙體道通鑒》卷四八)。他所著的《還元篇》百篇是"把《道德經》和《周易》運用於内丹修煉"而著名於世③。也就是説,唐末五代至宋初這一時期,道教與易學不止是一般的接近,更出現了一種互相融合、渾然一體的狀況。

另外五代道士譚峭,即成爲内丹理論依據的《化書》一書的著者,他與陳摶是同門的師兄弟④,而陳摶據説曾讀過此書(陳景元《化書後序》:"吾聞希夷先生誦此書")。關於譚峭道士的修行之狀,有如下的描述:

> 得辟穀養氣之術,唯以酒爲樂,常醉騰騰,周游無所不之。夏服烏裘,冬則綠布衫。或臥於風霜雪中經日,人謂

---

① 李申《易圖考》289 頁批評《宋明理學史》上卷(人民出版社,1984 年)的"我們知道,魏晉以後《周易》本身已經被道教當作經典、爲道教所利用"(60 頁)的這一闡述,認爲與事實不合。他説:"在這個問題上,《宋明理學史》中有一句話是不正確的。《宋明理學史》説:'我們知道,魏晉以後《周易》本身已經被道教當作經典、爲道教所利用。'這個説法不符合事實。無論魏晉以前還是以後,道教没有把《周易》當作自己的經典。"

② 陳國符《中國外丹黄白法經訣出世朝代考》(《〈道藏〉源流續考》臺灣明文書局,1983 年)究明了《周易參同契》無名氏注(容字號)與"周易參同契"陰長生注大概完成於唐代一事。

③ 卿希泰主編《中國道教史》第二卷第 720 頁。

④ 據卿希泰主編《中國道教史》第二卷第 486 頁注①的考證。

其已斃，視之，氣出休休然。⋯⋯居南嶽鍊丹成，服之，入
水不濡，入火不灼，亦能隱形變化，復入青城山而不出矣。

（《續仙傳・譚峭傳》）

在這裏很容易聯想起，陳摶的生活之狀也據説是"服氣辟穀歷
二十年，但飲酒數杯"（《宋史・陳摶傳》），同時陳摶也撰寫過
《胎息訣》①，所以兩人可能在道教思想和實踐上都有共同之
處。據楊億《談苑》載，針對宰相宋琪等人的詢問（即上文已引
《宋史》中的内容），陳摶明確地回答説："未嘗習練吐納化形之
術。"②如果真有這種回答，那麼提問一方的宋琪等人也許知
道陳摶與譚峭關係密切，所以提出了"吐納化形之術"這類問
題。由此，他們之所以向陳摶詢問神仙之術的理由，不就很明
白了嗎？即使宋琪等人並不知道陳摶與譚峭的關係，但是如
上文所述的那樣，當時的易學與道教的關係可以説已經達到
了一體化的程度，那麼他們向擅長相術並精通易學的陳摶打
聽"神仙之事"，也不是不可思議之事。

易學與道教走向一體化，這種狀況的出現尚可理解；而相
術爲什麼與它們也有着很深的關係呢？關於其理由，上文已
提及的《玉管照神局》一書爲我們提供了一個暗示。《陳摶先
生風鑒》（《玉管照神局》上卷）中説：

人之生也，受氣於水，裹形於火。水則爲精爲志，火
則爲神爲心。精合而後神生，神生而後形全，形全而後色
具，是知顯於外者謂之形，生於心者謂之神，在於血肉者
謂之氣，在於皮膚者謂之色。

---

① 《諸真聖胎神用訣》引。據卿希泰主編《中國道教史》第二卷第 491 頁
説，内有從《化書》發展而來的内容。不過此是否爲陳摶的著作，不明。
② 《楊文公談苑・卷遊雜録》（上海古籍出版社，1993 年）第 100 頁。

在此可知,相術不是單純地從外在表面的容貌形狀來判斷其人的命運及其他的。除了冠有陳摶之名的相書外,還有著者不明的《千金賦》(《玉管照神局》上卷),其中也説"神傳氣授,精合形生,稟陰陽鍾秀之源,受水火智心之本,才成相貌,……貧賤壽夭,無不造於形神;得失榮枯,實難逃於氣色"。即使這些作品是把陳摶之後世的相術理論假託於陳摶、宋齊丘等人而行世的書籍,但是既然《玉管照神局》曾著録於《直齋書録解題》、《宋史·藝文志》,那麼宋代確實有過這樣的書。現在所見的《玉管照神局》是從《永樂大典》中輯出並復元的《四庫全書》的三卷本,上面的引文也當然據此而引。《四庫提要》曾考證説:"疑此本即《宋志》所稱之二卷,故與十卷之本多所同異歟。……特以其議論頗爲精晰,而所取各書尤多世所未睹,猶屬相傳舊文,故稍加訂正,釐爲三卷。"既然現行的《玉管照神局》反映了《宋史·藝文志》所載本的舊貌,那麼宋初的相術與易學、道教也有密切關係,這也就毫無疑問了。因爲即使從歷史傳承上説,宋初的相術也不會與《宋史·藝文志》所載的《玉管照神局》距離太遠。此外還有個原因,就是《玉管照神局》中所反映出來的相術思想强烈地受到了《周易參同契》的"坎離(水火)造化論"的影響。據吾妻重二考證,"從唐代而至五代、宋,道教尤其是它的内丹論中,出現了造化萬物的基本要素不是陰陽而正是坎離(或稱水火)的這一思想。……以至於坎離取代了陰陽而被看作生成萬物的根源"[1]。上文所引的兩段文字中的人物觀也顯然有着"坎離造化論"的影響,因此如果説《玉管照神局》的相術忠實地繼承了宋初的相術,也不會有

_____

[1]　《太極圖的形成——圍繞儒佛道三教的再探討》(《日本中國學會報》第四十六集,1994 年)第 81—83 頁。

很大的偏差。總之，宋初的相術是以當時的易學、道教的理論爲基礎的，而當時人則認爲相術名家理當通曉易學和道教的奧義。

但是邵伯温的《易學辨惑》在記述了一番"搏好讀《易》，以數學授穆修"等的易學的傳授關係之後，批評説："世但以爲學神仙術，善人倫風鑒而已，非知圖南者也。"這大概是到了後世，易學脱離了道教，再次作爲儒家的經典而實現了其獨自的發展，而對於陳搏，世上祇流傳其道士的、傳奇的一面，因而才産生了邵伯温這種批評。對於陳搏在世時的人們來説，易學者陳搏擅長神仙術、人倫風鑒，是極其自然的。

《玉管照神局》的人物觀中還有個意味深長之處。拙稿《宋初的古文與士風》中曾指出宋代與歷代王朝相比，有突出的"尚氣"之風，其結果是宋代士大夫中出現了很多剛直之士，並認爲其社會背景大概是五代的武人氣質的餘波。《玉管照神局》則暗示了這一風氣的思想背景，故附帶一論。卷下《形氣》中説：

> 丈夫欲其剛正，其氣欲剛，其性欲正。剛則不佞，正則不邪。得剛正之氣，爲天下之英才。或有金木水火之體，或爲獸蟲魚之形。蓋人貌不同，取類非一也。……人稟陰陽氣，形多像五行。

《玉管照神局》爲宋代後世假託之書的可能性很大，因而不能以此來説明宋初風氣的來由。不過很可以認爲在當時的風氣的背景中至少有易學道教的因素在。

從五代到宋初，易學與道教之間有着密切關係，這不僅從以上的分析中可以窺知。被稱爲宋初"三先生"的胡瑗（993—1059）、孫復（992—1057）、石介（1005—1045）等都以精通易學而知名,同時又都曾在泰山修學。從此事中可以窺知泰山大概有着易學的傳統。而據説陳摶的學術經歷是"年十五,《詩》、《禮》、《書》、數至方藥之書,莫不通究。親喪,先生曰:'吾向所學足以記姓名而已。吾將棄此,遊泰山之巔、長松之下,與安期、黃石輩論出世法、合不死藥'"(《歷世真仙體道通鑒》卷四七《陳摶》),如果這一記述稍可信,那麼可以認爲,他初始並没有怎麽學《易》,大概是去了泰山以後才正式地學《易》和道教的。雖然不過是想像推測,但如果認爲陳摶與"三先生"們的學問是屬於同一譜系,這也未嘗不可。此事姑且不論;與陳摶不同,"三先生"雖也在泰山修學,但並未因此而被視爲道士。這一是因爲與陳摶(卒於 989)的時代相比,在"三先生"的時代易學又開始作爲儒家之學而發展起來,纏繞在易學之上的道教氛圍漸次淡薄下去。同時還因爲他們都踏入仕途,出身、履歷都有明確的記録。"三先生"時代的易學與道教關係開始疏遠,正反襯出五代宋初這一時期易學與道教的關係密切。

相傳爲陳摶所撰的書籍中,現在可以證實確爲他本人的著作的幾乎没有①,因此要具體分析他的易學和思想難乎其難②。充其量也祇能做這樣的推測:他的思想與《化書》、《周易參同契》等是一脈相通的,並成爲宋代新易學的端緒。但是他確實是爲了經世濟民而治《易》,陳摶身上正體現了道教思

---

① 卿希泰主編《中國道教史》第二卷 680 頁認爲《易龍圖》及序爲確實之物,但今井宇三郎《僞陳摶龍圖説》(收入《宋代易學的研究》明治圖書出版,1958 年)則考證此書也是僞作(第 192 頁以下)。

② 李遠國《試論陳摶的宇宙生成論》(《世界宗教研究》1985 年第 2 期)是一篇把散見在各種書籍中的陳摶言論細心地鉤稽搜羅起來、並重新構建起陳摶思想的力作。對其收羅之廣,深感敬佩;但對於後世書籍中所謂的陳摶的著作或言論,都作爲可信資料加以利用,則稍嫌缺少擇別。

想與以經世爲目的的易學的這種結合。如果説太極圖傳授的
譜系象徵地體現了宋代學問思想的傳承關係，那麽把陳摶置
於這一傳承的起源地位，是有其思想史的理由的，不管事實
如何。

　　在新王朝成立之初，皇帝往往召隱士入朝，但並不是所有
的隱士都會得到辟召的。新王朝爲了向全天下顯示本朝已經
得到社會的肯定和承認，所召的必須是"名"隱士。既有盛名
又體現着儒道相通的時代精神的陳摶，正是恰當的人選。雖
然在某種意義上説，陳摶是被太宗"政治利用"了，但由於他是
時代精神的體現者，所以他的存在有超越這種政治目的之處。
陳摶被召至宮中，士大夫詢問於他的也不僅僅是"神仙黄白之
事"。比如：

　　　　陳摶被詔至闕下。間有士大夫詣其所止，願聞善言
　　以自規誨。陳曰："優好之所勿久戀，得志之處勿再往。"
　　聞者以謂至言。

　　　　（《倦遊雜録》，《五朝名臣言行録》卷一〇"陳摶"條引）

陳摶這一回答盛傳於當時。據《易學辨惑》，上面的陳摶之語
作"得便宜事不可再作，得便宜處不可再去"，在陳摶死後二十
年才出生的邵雍常常誦讀，並詠入詩中。（邵伯温《易學辨
惑》，《五朝名臣言行録》卷一〇之一"陳摶"條引）不但如此，名
士陳摶還認爲"陛下爲四海之主，當以致治爲念，奈何留意黄
白之術乎"（前文已引），否定黄白之術而主張應該以治世爲宗
旨，又極力闡説："假令白日沖天，亦何益於世？今聖上龍顔秀
異，有天人之表，博達古今，深究治亂，真有道仁聖之主也。正
君臣協心同德、興化致治之秋。勤興修煉，無出於此。"（前已
引）這在宋人的精神譜系上具有深遠意義。他對確立其後的

宋人的風氣以及學問面貌的發展方向起了一定的作用。

例如宋初的名臣之一、在宋代士大夫的精神譜系中一個重要的存在張詠，也曾希望做陳摶的弟子：

> 少時謁華山陳圖南，遂欲隱居。圖南曰："公方有官職，未可議此。其勢如失火家，待君救火，豈可不赴也?"
>
> (《語錄》，《五朝名臣言行錄》卷三之三"張詠"條引)

像這樣，僅僅在爲張詠指點其人生方向這一點上，陳摶的功績就不可不謂相當大了。前面曾述及張詠也曾"自力學筮"(《張公神道碑》)，熱心於學《易》，其目的是"仕則有澤及天下之心"(同上)。朱熹曾説："讀張忠定公(詠)之語，而知所論希夷、种(放)、穆(修)之傳亦未盡其曲折者。"(《周濂溪集》卷六"朱熹附見")並自作按語："按，張忠定公嘗從希夷學，而其論公事之有陰陽，頗與圖説意合。竊疑是説之傳，固有端緒。"(所謂"其論公事之有陰陽"是指張詠曾説過："凡百公事，未著字前則屬陽，陽主生也，通變由之；著字後屬陰，陰主刑也"[《語錄》，《五朝名臣言行錄》卷三"尚書張忠定公"條引]等語)也就是説，朱熹懷疑在從陳摶到穆修的太極圖傳授中張詠恐怕也有關聯。另外度正也指出陳摶與張詠在思想上有相通之處："觀(陳)摶與張忠定語及公事先後，有太極動静分陰陽之意。"(《周濂溪集》卷一〇"年譜附")不管兩人之間是否有過易學的傳授關係，但他們的思想屬於同一譜系這一點，則是毋庸置疑的。

而且就張詠的人格個性而言，他是"以富貴爲薄"(《張公神道碑》)的人。雖然不能立即斷定這是受了陳摶的影響，但當時的易學者具有共同的思想傾向，他們在處事方式上、進而在人格個性上都會產生共通性。

在考察陳摶、張詠及其後人的否定或抑制私欲這種思想

（包括范仲淹《岳陽樓記》等也是）時，單單從隱士的傳統來解釋，恐怕是不足以說明問題的。在此想要指出的是，曾對宋代思想給予鉅大影響的《周易參同契》中有如下的闡述：

> 挾懷樸素，不染權榮，棲遲僻陋，忽略利名，執守恬淡，希時安寧。（《四庫全書・周易參同契通真義》卷下《會稽鄙夫章第八十八》）

這是此書的傳名作者魏伯陽的自述。不用說，這裏所表述的不僅僅是一種自我認識，而且當然也是《周易參同契》本身的主張，如《晨極受正章第二十》中也有"內以養己，安靜虛無"這樣的論述。《會稽鄙夫章第八十八》在上文之後，又闡述了著書的目的是"歌叙大《易》，三聖遺言，察其旨趣，一統共論"。可以認為，把《易》運用於內丹理論的《周易參同契》，其所提倡的精神態度與陳搏、張詠以及下節將論的王昭素、李穆、李建中等易學者們的人格個性之間，是有一定的關係的。

《周易參同契》並不是簡單地提倡恬淡無欲的人生觀，在《務在順理章第八十九》中還論述了順從陰陽之理、宣揚其精神所帶來的益處：

> 務在順理，宣耀精神。神化流通，四海和平，表以為歷，萬世可循，叙以御政，行之不繁。引內養性，黃老自然，含德之厚，歸根返元，近在我心，不離己身，抱一毋捨，可以長存。

在這裏，不但把《易》當作經世之書，同時也把它當作是追求長生的內丹理論之書。在考察這種把儒學的經書與內丹相結合的思想的背景時，彭曉下面的話，又該如何理解呢？

> 蜀王孟昶屢召，問以長生久視。曉曰："以仁義治國，

名如堯舜，萬古不死，長生之道也。"

（《歷世真仙體道通鑒》卷四三《程曉傳》[程是彭曉的本姓]）

表面上看，彭曉的話不過是認爲推行德政，就能做到名不朽，但其背後恐怕蘊含着把儒家的德政的實踐與道教的長生術結合起來的思想。從前引的陳摶的"正君臣協心同德，興化致治之秋，勤行修煉，無出於此"之語中也可窺知這一點，陳摶此語與彭曉的這一主張如出一轍，也認爲實踐儒家的德政是追求長生的一種"勤行修煉"。雖然它實際上是把宋初士大夫的關心從"白日沖天"引向德政，但在以長生不老爲目的來論説德政的這一點上，可以看到《周易參同契》所代表的當時的易學道教的影響。

由此看來，宋代士大夫既有對經世的熱心，也有對道教的傾倒，這兩者的混存，雖然可以説是中國士大夫的傳統，但也不能不考慮到這其中還有着此時期《周易參同契》思想的流行這一因素。在這裏實現了儒家道德的實踐就是道教的長生之術這種奇妙的結合，可以説在宋代士大夫的熱心於經世濟民的根底中，實際上潛藏着道教的長生之欲。

## 二、王昭素的人際關係

在五代宋初之際的易學者中，對宋初的政界影響很大的，除陳摶外，還有王昭素（生卒年不詳）其人。他"著《易論》三十三篇，學者多從之遊。上（太祖）聞其名，召見便殿"（《長編》卷一一"太祖開寶三年三月辛亥"條），可以説是當時易學的最高代表。我們來看一下他向太祖進講時的情形：

時年已七十餘，上問曰："何以不仕？致相見之

晚！"昭素謝不能。上令講乾卦，至"九五飛龍在天"，則
斂容曰："此爻正當陛下今日之事。"引援證據，因示風
諫微旨。上甚悅。即訪以民事，昭素所言，誠實無隱，
上益嘉之。

　　　　　　　　　（《長編》卷一一"太祖開寶三年三月辛亥"條）

這種講義方式並無特別新鮮之處，但值得注意的是，他的《易》
學講義不像魏晉清談那樣衹沉迷於玄妙之論，而是努力適應
於現實政治的要求。首先就這一點而言，他的易學精神與陳
摶是相通的。其次王昭素雖然是入《儒林傳》的學者，但他的
學問除易學外，還包含道家、道教之學，因爲據說他曾向他的
得意弟子李穆傳授易學和《老》《莊》之學："(李穆)從酸棗王昭
素受《易》及《莊》、《老》書"(《宋史》卷二六三《李穆傳》)，而且
宋太祖也向他詢問"治世養身之術"(《長篇》卷一一"太祖開
寶三年三月辛亥"條)，這種對治世和養身二者的同時咨詢，
應該是以王昭素兼長易學和道家道教爲前提。對此"昭素
曰：治世莫若愛民、養身莫若寡欲"(同上)。單是這種回答
還不太明確，但恐怕王昭素的思想也受到了《周易參同契》
思想的影響。

　　還有一點，即王昭素也"頗有人倫鑒"(《宋史》卷四三一
《儒林·王昭素傳》)而知名於世。最著名的例子就是對其弟
子李穆的鑒識：

　　　初，李穆兄弟從昭素學《易》。常謂穆曰："子所謂精
　　理，往往出吾意表。"又語人曰："穆兄弟皆令器，穆尤沉
　　厚，他日必至廊廟。"

　　　　　　　　　　　　（《宋史》卷四三一《儒林·王昭素傳》）

師從王昭素學《易》①的李穆(928—984)"後果參知政事"(同上),不負所望。李穆去世時,太宗"甚惜之,謂宰相曰:'李穆,國之良臣,奄爾淪没,非穆之不幸,乃國之不幸也'"(司馬光《涑水記聞》卷一),可見他是政界舉足輕重的人物。王昭素擅長人物鑑定,不但向政界輸送了李穆這麽一個人才,而且他還很善於挖掘人才、培養弟子,據説當時的政界,"參知政事李穆而下,有聞於時,皆其門人也"(《東都事略》卷一一三《王昭素傳》)。通過這種人際關係,在宋初的士大夫之中王昭素的存在決不是可有可無的。

就李穆的才用而言,他不但繼承了王昭素的易學,他還具有文學才能:"(周世祖)博求文學之士,近臣薦其(李穆)才"(《東都事略》卷三五《李穆傳》)。據《宋史》卷二六三《李穆傳》載:

> 五代以還,詞令尚華靡,至穆而獨用雅正,悉矯其弊。

從"雅正"這一評價來看,恐怕他寫的是古文。雖然現在尚未找到確證,但似乎可以説他也是宋初文風的改革者之一。實際上,李穆在宋初與其説是一個易學者,更首先是以文學者而聞名的。同時,他的爲人性格也得到時人的首肯。"太祖嘗謂(盧)多遜:李穆性仁善,辭學之外無所豫"(《宋史·李穆傳》),對此與李穆同門的盧多遜也推許他的才能説:"穆操行端直,臨事不以生死易節,仁而有勇者也。"由此宋太祖"召李煜入朝,以穆爲使"(同上)。而李穆也成功地完成了使命,"使還,具言狀。上以爲所諭要切,江南亦謂其言誠實"(同上)。

_____

① 據司馬光《涑水記聞》卷一載,祇傳授給李穆:"昭素先時著《易論》三十三篇,秘不傳人,至是盡以授(李)穆,穆由是知名。"這也反映了王昭素對李穆評價之高。

　　李穆不僅學問、詩文、人品都是這樣的優秀出色，而且還是一位"臨事不以生死易節"的剛直之士，這在宋初武人風氣仍很濃厚的這樣的時代中佔有特別重要的地位。也許正是出於這種信賴，太平興國八年(983)李穆與宋白一起被任命知貢舉(《宋史·李穆傳》)。

　　太平興國八年的這次科舉在宋初的古文復興上具有極其重要的意義。因爲該年進士及第的人中有王禹偁、姚鉉、曾致堯(曾鞏的祖父)等。當然這一年的進士有二百人以上，因而不能一概地推想他們之間一定有思想上的、文學上的聯繫，但是這其中出現了與古文和易學兩方關係都很密切、並且對後代產生影響的人物，這難道是偶然的嗎？王禹偁取易卦之名而命名其文集爲《小畜集》，此事顯示了他對《易》的關心。但遺憾的是，他沒有留下一篇有關易學的專論或著作，無法具體地瞭解其易學思想。姚鉉是著名的《唐文粹》的編纂者。此書的編纂不僅僅出於他個人的文學主張，同時也代表了以王禹偁爲中心的古文家集團的主張，關於此點，請參看拙稿《宋初的古文與士風》。姚鉉在地方官任上而早逝，留下的生平資料極少，因而也不清楚其易學的主張如何。值得注意的是，正如上文提到的拙稿中所曾指出的那樣，《唐文粹序》及王禹偁一派的古文思想都把"氣"當作不可或缺的理念。他們繼承並發展了唐代古文的"氣"論，其背景想必與易學是有關聯的。至於曾致堯，雖然限於現存的資料，關於他的易學狀況不得而詳，但從他爲其子取名爲易從、易占(曾鞏之父)、易簡等這一取名方式來看，他大概也是一位對易學深感興趣的人。

　　太平興國八年的進士及第者中，另外還有崔遵度(954—1020)、李建中(945—1013)等人也兼長詩文和易學，而且其思想、爲人都對後代的學問和士大夫的風氣給予過影響,因此對他們不可忽略而過。

崔遵度,江陵人,《東都事略》、《宋史》等史書都把他列入《文苑傳》。史稱其爲人,"與物無競,口不言是非,淳澹清素,於勢利泊如也"(《宋史》卷四四一《文苑傳·崔遵度傳》),又"善鼓琴,得其深趣"(同上)。他有《琴箋》一文,可以説是一篇哲學性的琴論。文章雖稍長,引用如下:

> 夫《易》有太極,是生兩儀。兩儀者,太極之節也;四時者,兩儀之節也;律呂者,四時之節也;晝夜者,律呂之節也;刻漏者,晝夜之節也。節節相受,自細至大而歲成焉。既不可使之節,亦不可使之不節,氣之自然者也。氣既節矣,聲同則應,既不可使之應,亦不可使之不應,數之自然者也。既節且應,則天地之文成矣。文之義也,或任形而著,或假物而彰。日星文乎上,山川理乎下,動物植物,花者節者,五色具矣:斯任形者也。至於人常有五性而不著,以事觀之然後著;日常有五色而不見,以水觀之然後見;氣常有五音而不聞,以弦考之然後聞:斯假物者也。
>
> 是故聖人不能作易而能知自然之數,不能作琴而能知自然之節。何則?數本於一而成於三,因而重之,故易六畫而成卦。及其應也,一必於四,二必於五,三必於六焉。氣氣相召,其應也必矣。卦既畫矣,故畫琴焉。始以一絃泛桐,當其節則清然而號,不當其節則泯然無聲,豈人力也哉!且徽有十三,而居中者爲一。自中而左泛有三焉,又右泛有三焉,其聲殺而已,絃盡則聲減。及其應也,一必於四,二必於五,三必於六焉,節節相召,其應也必矣。…(中略)…是則萬物本於天地,天地本於太極,太

極之外以至於無物；聖人本於道，道本於自然，自然之外
以至於無爲；樂本於琴，琴本於中徽，中徽之外以至於無
聲。是知作易者，考天地之象也；作琴者，考天地之聲也。
往者藏音而未談，來者專聲而忘理。《琴箋》之作也，庶乎
近之。　　　　　　　　　　　　　　（《宋史・崔遵度傳》）

雖然一般不把崔遵度當作古文家，但此文可以説是一篇流暢
易曉的古文。就內容而言，正如崔遵度自己所説的那樣，首次
對琴的本質給予哲學的定位，意義深長。在此值得注意的是，
當他從哲學角度來思考琴、並從本質上去規定對它的存在的
時候，是以《易》的觀念爲基礎的。在他之後的宋代的思想也
是依據於《易》而從本質論上考察萬物的存在、並逐漸構建起
龐大的世界秩序的體系的，從這一點上可以説，《琴箋》是這種
思想的端緒。在宋代，所謂"琴棋書畫"已作爲文人必要的教
養而被固定下來、並興盛起來，就此點而言，崔遵度依據於
《易》而賦予琴以哲學內涵這一事，其意義也不小。當時對《琴
箋》的評價是"世稱其知言"（《宋史・崔遵度傳》），可見他的琴
論得到了當時人的理解和共鳴。

　　崔遵度因其人品和學問而被任命爲東宮時代的仁宗的老
師。後來仁宗回憶説："朕昔在東宮，崔遵度、張士遜、馮元爲
師友。此三人皆老成人，至於遵度，尤良師也。"（《長編》卷一
六〇"仁宗慶曆七年四月已巳"條）正如後文也將論述的那樣，
選擇怎樣的人擔任皇太子的教育是一個大問題，因而選擇崔
遵度爲太子師，應該説意義重大。三位師傅中的馮元也是代
表性的易學者，因而這一人事安排正象徵了易學是承擔着時
代的一種思潮。

　　李建中也和崔遵度一樣同入《宋史・文苑傳》。他少時曾
"爲王祐所延譽"（《宋史・李建中傳》）。這位王祐在當時被視

爲古文的理解者,因而古文提倡者柳開等人常常向他獻上行卷,同時王祐與徐鉉關係親密,也是王禹偁的恩師畢士安的好友,即他是宋初文學革新的後盾式的存在。而李建中後來又得到過蘇易簡的推薦,據説蘇易簡在與太宗論文士時,"因及建中,太宗亦素知之,命直昭文館"(《宋史‧李建中傳》)①。僅從這些經歷來看,李建中也可算是宋初古文家之一,至少也是一個與這個圈子關係相當接近的人物。同時據史載,他"好吟詠,每游山水,……善修養之術,會命官校定《道藏》,建中預焉"(同上),也就是説他也以道教的素養而著稱。既然當時的道教與易學的關係很深,那麼李建中也極可能具有相當的易學造詣。另外據説他的爲人也和崔遵度一樣,"性簡静,……恬於榮利"(同上),這一點也會令人認爲李建中是一位相當傾心於道教的人。

還有一個耐人尋味之處,即李建中精通書法,是當時的最出色的書法名家。雖然要内在地證明書法與道教及此時期的易學之間的關係很困難,但歷史上書法與道教之間有着密切的關係,這已是周知的事實。大野修作曾指出:"在考察漢字的哲學特點時,必須注意的是《易》繫辭傳的内容(筆者按:即指"包犧氏之王天下也,仰則觀象於天,俯則觀法於地,觀鳥獸之文與地之宜,近取諸身,遠取諸物,於是始作八卦,以通神明之德,以類萬物之情"這段文字),它是道教與書論雙方共同的出發點。……支撐書法根柢的漢字並不是單純的符牒或記

---

① "最被(太宗)恩遇"(楊億《談苑》,《楊文公談苑‧倦遊雜録》,上海古籍出版社,第57頁)的蘇易簡,雖没有留下有關《易》的著述,但其名很可能自《易》而來,也可能依據於鄭玄的對《易》之名稱的解説。鄭玄説:"易贊及易論云:易一名而含三義,易簡一也。"(《周易正義》序引)另,蘇易簡的字是"太簡"。

號。……在書法這一物的根本上存在着道教之祖老子的思想。"①雖然大野的闡述是針對先秦至六朝的書法與道教的關係而言的,但也可以移用來考察宋初的書法與道教的關係。而李建中就是一位很有道教色彩的人物,又擅長書法,同時在形成"宋代文人"這一文人類型上也是一個先驅者。現在來看一下這個人物。據史載,他善寫各體之書:

> 建中善書札,行筆尤工,多構新體,草、隸、篆、籀、八分亦妙。人多摹習,爭取以爲楷法。
>
> (《宋史·李建中傳》)

李建中的書法相當精妙,據說以後的歐陽修等人也很喜愛,"因得覽之,不能釋手"(歐陽修《跋李西臺書》)②,而且似乎一篇跋文不足以充分表達感情,又作一跋予以稱頌:"李公爲人端重清方,爲當時所重,不徒愛其筆蹟也。"(《又跋李西臺書》)李建中另外還"好古勤學,多藏古器名畫"(《宋史·李建中傳》),因而有同樣興趣愛好的歐陽修大概對李建中這個人物會產生相當大的親近感吧。這樣看來,李建中傾心於道教、山水、書法,好古以至於喜好古器這類具體物品等等,因而也可以把他看作是宋人的精神譜系中初期的一個典型範例。既然

---

① 大野修作《書和道教》(《講座道教第四卷·道教和中國思想》,雄山閣 1990 年)第 282—287 頁。

② 可以讓我們略知李建中書法的特點的,有以下兩個資料。《宣和書譜》卷一二《行書》六"李建中"條:"觀其字體,初傲王羲之而氣格不減徐浩。……論書者以爲尚有五代衰陋之氣。蓋以其作字淳厚,不飄逸致。"又宋高宗《翰墨志》:"本朝承五季之後,無復字畫可稱,至太宗皇帝始搜羅法書,備盡求訪。當時以李建中字形瘦健,姑得時譽,猶恨絕無秀異。"似乎北宋末起,對李建中書法的評價已經下降。李建中的時代正是由五代朝宋代文化的確立之中的過渡期,他的書法似乎也是代表這種過渡期的作品。

如此，那麼這樣的人物在太平興國八年進士及第，其意味決不可小看。

《宋史》本傳中還記載了他手抄《汗簡集》一事，這是他發揮"好古勤學"精神的一個佳例：

> 嘗手寫郭忠恕《汗簡集》以獻，皆科斗文字，有詔嘉獎。

這裏所説的郭忠恕《汗簡集》，是古代文字的字典，是當時已經很難看到的珍貴的書籍，也因此李建中得到了"嘉獎"。沒有他的手抄，此書恐怕會亡佚吧。當初李建中從秘府得到此書時，"初無撰人名字"（《四庫全書總目提要·〈汗簡集〉提要》。以下略稱爲《四庫提要》），是李建中把它發掘出來，考訂爲郭忠恕之書的："建中以字下注文有'臣忠恕'字，證以徐鉉所言，定爲忠恕所作"（同上）。現在之所以述及此事，是因爲通過這部《汗簡集》，我們可以瞭解當時的文字學者（同時也是書法家）們之間的聯繫以及他們積累的是怎樣的學問，而且還可以進一步弄清李建中的文化史的地位。

李建中之所以手抄《汗簡集》，第一個理由就是因爲此書的價值，同時還因爲對著者郭忠恕（？—977）有親近感。郭忠恕具有藝術家的天才氣質，言行狷介奇矯，並不是容易接近的那種類型的人物。對這樣的人物會產生親近感，我們能想像得到的理由首先是因爲郭忠恕是篆籀的名家，"尤工篆籀"（《宋史·郭忠恕傳》），對此，作爲書法家的李建中不必説是懷有敬意的。除此之外，郭忠恕還具有畫才，"尤善畫，所圖屋室重複之狀，頗極精妙。……得者藏以爲寶"（同上）。順便一提的是，《宋史·郭忠恕傳》實際上幾乎是不作改動地轉録蘇軾的《郭忠恕畫贊並叙》而成的，而蘇軾之文作爲畫叙，也顯得意外的長。也就是説，郭忠恕的畫具有讓蘇軾寫長叙的水準和才力，否則，關鍵的畫不佳，傳主再富有逸聞趣事，不乏傳記材料，也寫不出長篇大叙。前文已引李建中"多藏古器名畫"，是一位繪畫愛好者，因此就這一點而言，他也會對郭忠恕抱有敬意或親近感的。

　　其次的理由是對山水的傾心。郭忠恕"有佳山水即淹留，浹旬不能去"（《宋史・郭忠恕傳》），對山水的喜愛到了異常的程度，而這一點也與李建中趣味相合。不過這種對山水的傾心不單純是個人氣質、趣味的問題，其中大概也夾有思想性的東西。郭忠恕也精通《易》，曾在後周廣順年間被任命爲周易博士（同上），因此按照當時的常情，他也應該熟知道教。有傳聞説他"或踰月不食。盛暑暴露日中，體不沾汗；窮冬鑿河冰而浴，其傍凌澌消釋"（同上），這則逸事本身當然很難讓人信以爲實，但也表明他積累了一定的内丹或諸如此類的修養。而且據説，他去世"後累月，故人取其尸將改葬之，其體甚輕，空空然若蟬蜕焉"（同上），這種記述也表明，關於他有過尸解成仙的傳説。《宣和畫譜》卷八"郭忠恕"條就明確地説："其謫官江都，踰旬失其所在。後閲數歲，陳摶會於華山而不復聞。蓋亦仙去矣。"這都是因爲他傾心於道教，所以才會產生出這種傳説來。

　　當李建中考訂《汗簡集》爲郭忠恕的著作時，曾依據了徐鉉的證言。那麼關於郭忠恕與徐鉉的交遊程度如何，對此限於資料，不得其詳。但是徐鉉也是一位著名的《説文》學者，而且還"好李斯小篆，臻其妙，隸書亦工"（《宋史・徐鉉傳》），由此可以推想，兩人的關係恐怕不會很淺，否則就很難説明爲什麼徐鉉會知道別人不知道的事情。

　　而這個徐鉉也"嘗慕老子清浄之教，莊周齊物之理"（李昉《徐公墓誌銘》，《徐公文集》附），在逝世之際，"別署曰：'道者，天地之母。'書訖而卒"(《宋史‧徐鉉傳》),對老莊思想很傾服。據載,徐鉉"性簡淡寡欲、質直無矯飾"(《宋史‧徐鉉傳》),這種爲人不僅是天性,而且也是作爲老莊之徒的後天修養的結果。比如李昉《徐公墓誌銘》緊接着上面的引文寫道:"故內不能以得喪動,外不能以榮辱干。"就指出他的性格作風的形成與老莊思想有關。

我們還可以推測李建中與徐鉉也有較爲密切的關係。這不單是因爲有《汗簡集》一事。宋初,北方出身的官僚與南方出身的官僚相輕不和,這已是周知之事。其中北方出身的大臣王祐尤爲突出:"王公負才尚氣,未嘗輕許人。"(李昉《徐公墓誌銘》)但連他也稱贊徐鉉:"及見公(徐鉉),常言於朝曰:'文質彬彬,學問無窮,惟徐公耳。'"(同上),而徐鉉也爲王祐的遺稿集作序《故兵部侍郎王公集序》。此文未必是諛辭,可以說兩人在人格上及文學上有着同感①。換言之,兩人是相互稱賞的同道好友。而如前文所述,這位王祐曾經延譽過李建中。同時,李建中進士及第時的知貢舉是李穆,他與徐鉉也有關係。李穆以"有清識"(李昉《徐公墓誌銘》)而知名,他曾高度稱揚徐鉉:"嘗語人曰:吾觀江表冠蓋,若中立有道之士,惟徐公近之耳。"(同上)由此李建中極有可能與徐鉉有交遊關係,相反認爲他們倆沒有任何關係,或關係微弱,倒是很難成立的。而拙稿《宋初的古文與士風》中曾論述過徐鉉在宋初古文的形成中起過一定的作用,因而對他們之間的關係不能忽視。

前文已述,太平興國八年的進士有二百人以上。這些人是怎樣的人,除上文所論及的進士以外,大部分都不得其詳。僅以數人之例,就說易學人材被大量録用,以此論證太平興國

---

① 參看本書《宋初的古文與士風》第一節《徐鉉與古文家》。

八年的重要性①,可能會被批評爲以偏概全。但是,有好幾位
與易學、古文兩者都有關係、並對後世産生過重要影響的士人,
同時進士及第,這毫無疑問是一件耐人尋味之事。而這當然也
體現着知貢舉的意向。實際上,太平興國八年的科舉還有一位
重要的知貢舉,那就是呂蒙正(946—1011)②。呂蒙正的字是
"聖功",這顯然是源自《易》的"蒙"卦的象傳"蒙以養正,聖功
也"一語,而從這種命名中可以窺探出他所生長的家庭環境。
呂蒙正是著名的精明幹練的大宰相,而從他的生平志向來看,
可以説是以道教思想爲主旨的。在此避煩就簡,不一一例舉呂
蒙正的傳記事實,而借南宋黃震的如下的評論以資佐證:

> 觀其(呂蒙正)對治道寬猛之論,則欲漸行清净之化;
> 對輦卒私市之説,則謂正合黃老之道。不納照二百里鏡,
> 懇辭子弟起家員外郎,不欲聞指嘲參政時朝士姓名,自其
> 修身推之治道,往往清心省事,似從道家來。
>
> (《宋元學案補遺》卷一九"文穆呂先生蒙正"條引)

由此看來,太平興國八年上述的士人們及第的原由,不就很清
楚了嗎?

宋朝建立時,雖然王昭素已屆高齡,他本人没有直接進入
政界、學界活動,但通過其弟子李穆,把他的易學的後繼者不
斷地輸送到社會上。宋初易學的興盛,從一方面來看可以説
是這種人際關係所帶來的。但是,易學者的人際關係當然也

---

① 另外還可以舉出幾個人,比如太平興國八年進士、以爲政精明幹練而著
　名的梁鼎,他的名恐怕也是來源於《易》的"鼎"的卦名。他的字爲"凝
　正",這是取自"鼎"卦的象傳"君子以正位凝命"。又本文的後文將言及
　的李虛己也是同年進士,又是晏殊的姻戚。

② 呂蒙正在太平興國八年知貢舉一事,見於《宋史》卷二六五《賈黃中傳》。
　賈黃中同年也知貢舉。

不是祇有王昭素一派,其他還有很多易學者或具有高深的易
學造詣的人,同時發揮着政治的或學問的影響力。

　　比如説胡旦(生卒年不詳)。太平興國三年(978)狀元,官
至知制誥。雖然胡旦也是宋白的門人(《宋史·宋白傳》),但
其易學的師承關係卻不詳。同門的人往往官運亨達,死後也
多保持名譽,與此相對,胡旦卻因是啟開宋代黨爭之風的人物
而備受惡評。他在政治上失意後,晚年致力於著述,其中有
《演聖通論》這部大型著作,今雖不存,但據説是一部"論六經
傳注得失"(晁公武《郡齋讀書志》)之書。其卷數,不同的書誌
著錄稍異:陳振孫《直齋書錄解題》中爲六十卷,其中"《易》十
七,《書》七,《詩》十,《禮記》十六,《春秋》十";而《郡齋讀書志》
中爲四十九卷,其中"《易》十六卷,《書》七卷,《詩》十卷,《禮
記》十六卷,而《春秋論》別行"。據稱此書"博辨精詳,學者宗
焉"(《郡齋讀書志》),連對政治家的胡旦多有批評的陳振孫也
推許説:"其學亦博矣"(《直齋書錄解題》卷三《演聖通論解
題》)。另外朱震也稱讚説:"《周易》先儒數十篇之次,其説不
一,獨胡旦爲不失其旨。"(《宋元學案補遺》卷六"秘監胡先生
旦"條引)從卷數來推看,可知胡旦最傾注心力的是《易》,而後
世對其學問評價高的也是易學。①

――――――――――――

① 何冠環《宋初朋黨與太平興國三年進士》(中華書局,1994年)對胡旦的
　政治活動加以詳細分析。據他分析,胡旦身後評價很低,除了因爲其政
　治失意、終生沒有起復之外,還因爲"他的子孫既貧且窮,又在士林政壇
　毫無影響力或人緣,對宋人加於胡旦頭上的嘲諷以至不實的謠傳,就無
　法予以辯白或回護。以胡旦生前的名聲與地位,卻找不到有什麼有地
　位的人爲他寫行狀或墓志,爲他表功飾過,祇怪子孫不肖"(第91頁)。
　儘管胡旦沒有後人爲他辯護,但對他的學問則是一致推許的。由此也
　可窺知《演聖通論》的價值之高。胡旦是當時一流的學者,而這樣的學
　者最傾注精力的對象是易學。

　　由此看來,在政權的中樞之中易學造詣高深的人也很多。
這不僅僅是因爲易學造詣已成爲當時的一般的教養,或是因
爲易學者想利用人際關係,相互援引,以求榮達,更是因爲對
這種人才有着某種切實的需要。接下來再從皇帝與易學者的
關係來考察一下這一點。

## 三、對太宗、真宗的《易》的進講

　　北宋的皇帝自太祖時代起就喜歡讓儒者進講《易》,而自
太宗時代起,這種講義更爲顯目和頻繁起來。太宗是出於什
麼需求而召學者進講《易》的呢?

　　太宗初次聽《易》的講義,見於史書記載的是在端拱元年
(988)八月庚辰的那次進講:

> 　　上即召(李)覺令對御講。覺曰:"陛下六飛在御,臣
> 何敢輒陞高坐。"上因降輦,命有司張帟幕,設別坐,詔
> (李)覺講《周易》之"泰"卦,從臣皆列坐。覺乃述天地感
> 通,君臣相應之旨。上甚悦,特賜帛百疋。
>
> 　　　　　(《長編》卷二九"太宗端拱元年八月庚辰"條)

李覺,生卒年不詳,青州益都(山東省)人。他是一位儒學者,
曾在太平興國五年(980)舉九經(《宋史·李覺傳》)。李覺所
闡述的"天地感通、君臣相應之旨",不用説就是指"泰"卦的彖
傳和大象之義:

> 　　泰,小往大來,吉亨。則是天地交而萬物通也,上下
> 交而其志同也。……君子道長,小人道消也。(彖傳)
> 　　天地交,泰。后以財成天地之道,輔相天地之宜,以
> 左右民。(大象)

太宗讓李覺講"泰"卦，並不是偶然之舉。當時太宗即位十餘
年，内憂不斷，外患未除，日日費盡苦心以謀求臣下們的支持
和協助。比如同在端拱元年正月，以怠慢職務爲由罷免宰相
李昉，代以趙普、吕蒙正爲宰相，對二人有如下的訓戒：

> 卿勿以位高自縱，勿以權勢自驕，但能謹賞罰舉賢、
> 能弭愛憎，何憂軍國之不治？朕若有過，卿勿面從。古人
> 恥其君不爲堯舜，卿其念哉！（《長編》卷二九"太宗端拱
> 元年正月"條）

又如同年三月下詔救的動機是：

> 上厲精圖治，欲聞讜論以致太平，患群下莫肯自盡以
> 奉其上。（同上"三月甲子詔"之前文）

處於這一狀態中的太宗聽講"泰"卦，可以説表明了與上面同
樣的意願。讓"從臣皆列坐"之舉，既是借講《易》以表明己意，
又是對臣下們予以教育。

另外"泰"的序卦傳説："履而泰，然後安，故受之以泰。泰
者，通也。"關於"泰"爲什麽是"通"，唐代的李鼎祚《周易集解》
引崔覲注説："以禮導之必通，通然後安。所謂'君子以辯上
下、定民志'（'履'卦大象語），通而安也"（清代李道平《周易集
解纂疏》卷三引）。假如李覺的解釋也依照這裏的説法，那麽
太宗"甚悦"的理由也就不言而喻了。反過來從太宗滿意喜悦
的樣子來看，也可明白李覺對"泰"卦作何種解釋了。

聽了李覺的講義而喜悦的太宗，隨後"逐（《宋史·太宗本
紀》作"遂"）幸玉津園宴射"（《長編》卷二九"太宗端拱元年八
月庚辰"條）。恐怕會有人認爲這是枯燥拘謹的學問講義結束
之後的君臣們的一種精神放松，但實際上事情並非如此簡單。

雖然"大射之禮，廢於五季"（《宋史·禮志十七》），但自宋

太祖時代起,就常常舉行宴射(上文所見的玉津園也是頻繁舉
行宴射的庭園),"太宗始命有司草定儀注"(同上)。他們之所
以熱心於宴射禮的復興,除了娛樂這一面因素外,還具有文化
上的意義。

　　在《通典》卷七七《禮三十七》中,杜佑引用《禮記》"射義"
對射禮的意義作了如下的闡述:

> 射義曰:"……是以諸侯君臣盡志於射,以習禮樂。
> 天子將祭,必先習射於澤。澤者,所以擇士也。"又曰:"射
> 之爲言者繹也。繹者,各繹己志也。故心平體正,持弓矢
> 審固,則射中矣。"射有三焉:一曰大射。……二曰賓
> 射。……三曰燕射。天子諸侯無事之日,燕息縱適,或燕
> 勞來朝聘使之賓,或復自與己臣共相勞息。若天子諸侯
> 之射,則先行燕禮,以明君臣之義。

杜佑引用"射義",即顯示了在唐代也肯定射的文化意義。宋
初的禮制本來就是"本唐開元禮而損益之"(《宋史·禮志序》)
的,而太祖、太宗的頻頻舉行宴射,作爲一種具有文化意義的
禮儀,也可以看作是對唐代射禮的一種繼承。換言之,"泰"卦
講義結束之後的宴射具有對君臣秩序的重新確認和確立的意
義。而且講義的翌日,太宗"謂宰相曰:昨聽(李)覺所講,文
義深奧,足爲鑑戒,當與卿等共遵守之。"(《長編》卷二九"太宗
端拱元年八月庚辰"條),叮囑再三。《長編》的著者李燾在李
覺進講《易》一事與太宗對宰相趙普的訓戒一事之間夾入宴射
的記事,這恐怕不是祇按事件發生的時間順序來做機械的記
錄,而是把它們作爲具有相同意義的一系列事件而予以記
錄的。

　　李覺曾奉敕命而校定《五經》正義,又據説"初令學官講

説,(李)覺首預焉"(《宋史·李覺傳》),在當時他首先是以學問而知名的。作爲當時的易學者的常態,他對政治也有積極的參與意識。據《宋史·李覺傳》,他"累上書言時務,述養馬、漕運、屯田三事,太宗嘉其詳備,令送史館",由此可見,他不是一位單純地引時事來注經,或引經據典來批評時事的學者。或許正是因爲他的時務政策及文章之才受到賞識,所以"是(端拱元年)冬,以本官直史館"(同上)。但對這一任命,朝臣中出現了異議,"王禹偁上言:'覺但能通經,不當輒居史職'"。於是,"(李)覺倣韓愈《毛穎傳》作《竹穎傳》以獻,太宗嘉之,故寢禹偁之奏"(同上)。此事很耐人尋味。這當然是因爲王禹偁是古文名家,所以李覺才特意用古文來顯示自己的文才。雖説王禹偁在此之前不知道李覺有文章才能,這就是説李覺沒有古文的名聲;但他實際上是能夠寫出堵住王禹偁的批評之口的古文來的,這説明他的古文有一定的水準。由此也可以把李覺看作是一位顯示出易學與古文存在着某種密切關係的人物之一。

在太宗朝還有一位進講《易》等經書的儒者——邢昺。邢昺(932—1010),字叔明,曹州濟陰(山東省)人,其著述中,被評爲"漢學、宋學兹其轉關"(《四庫提要·論語正義提要》)的《論語正義》二十卷尤爲著稱。他在"太平興國初,舉五經,廷試日,召升殿講'師''比'二卦"(《宋史·儒林一·邢昺傳》)。在皇帝親自主持的考試中得以升殿講義,實是一件非常榮譽的事,而在這一場合下進講《易》卦,也表明他的《易》學的造詣不凡。其實他不但對《易》,對其他經書也很精通,"又問以群經發題,太宗嘉其精博,擢九經及第"(同上),因此而承擔教育東宮的職務。任命怎樣的學者教育將肩負起下一個世代的皇太子,是一個重要的問題,於此也可窺探出太宗的需求。史書曾記載了邢昺講義時的情形：

> 　　昺在東宮及内庭，侍上講《孝經》、《禮記》、《論語》、
> 《書》、《易》、《詩》、《左氏傳》，據傳疏敷引之外，多引時事
> 爲喻，深被嘉獎。　　　　　　　　　　（《宋史・邢昺傳》）

由此看來，他是一位對任何經書都能援引現實事態而做通俗
易曉的講解的名師。雖然其代表著作《論語正義》，據"《中興
書目》曰：'其書於章句訓詁名物之際詳矣'，蓋微言其未造精
微也"（《四庫提要・論語正義提要》），似是一部以"據傳疏敷
引"這種訓詁學爲中心的書。但另一方面我們也不能忽視他
的"引時事爲喻"的解經方式。這種方式不但便於講義的易
懂，而且也顯示了邢昺的學問的態度，即不是鑽入訓詁的穿鑿
之中而不出，而是密切地聯繫社會現實來理解經書、活用經書
的這樣的一種精神。這種特徵在陳摶、王昭素的學問中也能
看到。如果把宋代的學問精神看作是一種立足於宋代的社會
現實而對經書予以重新解釋的、具有實踐性的、有生氣的東
西，那麼可以説邢昺的學問正處於唐代式的學問與宋代式的
學問的中間點。"漢學、宋學兹其轉關"這一評價，除《論語正
義》外，也可以適用於他的整體學問。關於他的學問，還有一
點不可忽視。

> 　　雍熙（984—987）中，昺撰《禮選》二十卷獻之。太宗
> 探其帙，得《文王世子篇》，觀之甚悦，因問紹欽曰："昺爲
> 諸王講説，曾及此乎？"紹欽曰："諸王常時訪昺經義，昺每
> 至發明君臣父子之道，必重複陳之。"太宗益喜。
>
> 　　　　　　　　　　　　　　　　　　（《宋史・邢昺傳》）

這雖然是由《禮記》而發的話題，但從紹欽的回答來看，顯然邢
昺對於包含《易》在内的其他經書也同樣注重於闡述發揮"君

臣父子之道”。由此可以認爲,邢昺的整體學問是把君臣間的秩序的確立當作一個支柱。

至此,我們可以理解宋初經學以《易》爲中心的企圖了吧。如果祇是闡述“君臣父子之道”,這是儒家的“當家”題目,並没有什麼新鮮之處,現在更無必要特意關注。但應該注意的是,從以上叙述中可以知道,君臣秩序的確立不單是由皇帝一方首先提出而儒者予以響應的這種單方向的要求,同時作爲臣下的儒者一方也都是積極主動地提倡的。換言之,不能僅僅把它看作是上支配下、並要求下服從於己的政治權力的一種必然要求。宋代之所以能確立獨裁的强有力的皇帝權力,就背景而言,不但有來自上面的要求,而且也出自於下面的自發形成,這一面因素是不可忽略的。正因爲下面一方有視尊君思想爲必要、並奉行實踐的這種精神要求,達到了所謂的上下供求的一致,才能確立那樣的獨裁體制。還有一個更爲重要的問題是,爲什麼是以《易》爲中心、而不是以《禮》、《春秋》爲中心? 關於這一問題,我們再來看一下真宗朝的易學者馮元的講義。通過他,可以看到以闡述君臣之道爲旨的宋代易學的新貢獻。

馮元(975—1037),字道宗,大中祥符元年(1008)進士。通五經,“多識古今臺閣品式之事,尤精《易》”(《宋史·馮元傳》)。深得真宗信任的宰相王旦(王祐之子,太平興國五年進士)“聞其名,嘗令説《論語》、《老子》,群子弟侍聽。因薦之”(同上),於是他進講於御前:

> 真宗試進士殿中,召(馮)元講《易》。元進説曰:“地天爲泰者,以天地之氣交也。君道至尊,臣道至卑,惟上下相與,則可以輔相天地,財成萬化。”帝悦。
>
> (《宋史·馮元傳》)

他這樣讓真宗滿意，與太宗朝的李覺一樣，也是以進講"泰"卦
一事及其内容爲契機的。馮元的議論的詳細内容雖不可得而
知，大概是依據於《繫辭傳上》的"天尊地卑，乾坤定矣"和《繫
辭傳》下"陽，一君而二民，君子之道也；陰，二君而一民，小人
之道也"的王弼注"陽，君道也；陰，臣道也"等觀點，引導出"君
道至尊，臣道至卑"之論的吧。司馬光《涑水記聞》也有類似的
記載，大概是同一件事。據《涑水記聞》，馮元的議論就更明顯
地是從"陽，君道也；陰，臣道也"一語中推導而出的。

> 真宗嘗讀《易》，召大理評事馮元講"泰"卦。元曰：
> "泰者，天氣下降，地氣上騰，然後天地交泰。亦猶君意接
> 於下，下情達於上，無有壅蔽，則君臣道通。嚮若天地不
> 交，則萬物失宜；上下不通，則國家不治矣。"上大悦，賜元
> 緋衣。　　　　　　　　　　　　　　　　（《涑水記聞》卷六）

比起以往來，馮元的議論更明確地把天地之氣與君臣秩序聯
繫起來。由此就會理所當然地認爲"君道至尊，臣道至卑"，而
這就會成爲視君主權力爲絶對的理論基礎。也許人們會認爲
"君道至尊，臣道至卑"一語，是一句從《易》本身及迄於唐代爲
止的注疏中就可很容易地推導而出的議論，但意外的是《周易
正義》中找不到這種意思的話，可以認爲這是馮元的新説。
《長編》在記馮元的講義時，用了"推言"一詞（見下），這也是其
爲新説的一個佐證。

> 上之親試進士也，召崇文館檢討馮元講《周易》"泰"
> 卦。元因推言："君道至尊，臣道至卑，必以誠相感，乃能
> 輔相財成。"上説，特賜五品服。
> 　　　　（《長編》卷八四"真宗大中祥符八年三月丁酉"條）

由上可知，君臣秩序的確立是得到了當時廣泛的階層的贊同

和共鳴的。而且這一確立又獲得了"天地之氣"這一"無可置疑"的理論基礎,與李覯相比,馮元對"泰"卦的解釋是把君臣間的秩序絕對化了。

對馮元的講義大爲滿意的真宗,"未幾,遷(馮元)太子中允、直龍圖閣,詔預内朝。直龍圖閣預内朝,自此始"(《宋史·馮元傳》),真宗也和太宗一樣,通過把這樣的易學者引入政權中樞,企圖借助《易》的理論來强化自己的權力的確立。

馮元在真宗、仁宗朝,"與孫奭俱名大儒,凡議典禮,多出二人"(《長編》卷一二○"仁宗景祐四年五月壬寅"條),是所謂的"政權的頭腦"般的存在。不過後世對他的學問卻是這樣認爲的:"論者謂元所陳,但務廣博,不如奭之能折衷也(李燾注:元不如奭,此據《言行録》)。"(同上)但是這種評價是與孫奭相比較而言的,實際上,馮元的學問也是努力"折衷"各種經書的。例如在選考學官時,馮元"自薦通五經。謝泌笑曰:'古治一經,或至皓首。子尚少,能盡通邪?'對曰:'達者一以貫之。'更問疑義,辨析無滯"(《宋史·馮元傳》),換言之,不管在後世的第三者眼裏,他是否真正做到"一以貫之",但他也認爲五經是相貫通的,並思考着這種"一以貫之"的東西,"但務廣博"的這一批評似乎過於苛刻。同時在改訂樂律時,他也展開發揮了君尊臣卑的思想:

> 馮元等駁之曰:"……聲重濁者爲尊,輕清者爲卑。卑者不可加於尊,古今之所同也。……惟君臣民三者,則自有上下之分,不得相越,故四清聲之設,正爲臣民相避、以爲尊卑也。"
>
> (《長編》卷一一六"仁宗景祐二年六月癸亥"條)

這裏也顯示出了他學問中確實有"一以貫之"的東西。

　　馮元能成爲朝廷的"頭腦"般的存在,當然是因爲他的學説符合皇帝的心意,否則他也不可能成爲皇帝的顧問學官的。不過不能把這衹看作是一種追隨服從權力的行爲。重要的是,馮元曾有過"必以誠相感、乃能輔相財成"這一論述。從理論上説,也必須是"相感"的,決不是希望建立衹有上對下的單方面的秩序。以"天地之氣"爲理論基礎的君臣間的秩序,決不是單單由君主一方所强制建立起來的,同時也有着臣下一方的要求。他們爲什麽有這樣的要求? 大概是因爲對他們來説,君臣秩序的確立不過是一個起點,而最終是爲了求得國家的安定和天下的和平,用他們自己的話來説,就是希望"天地交泰"、"財成萬化"。

　　以上我們論證了自宋初起,易學者們就爲君臣秩序的確立而勞心費神。他們不但建立了新的學説,而且借助於師承關係、科舉的同年關係、或者姻戚關係等互相聯結,努力培植壯大自己的勢力,因此不能無視於他們在宋代皇帝權力的確立中所起的作用。

　　在這裏富有意味的是,《易》的學派集團與古文家的集團有着某種程度上的重合,或關係密切。在太宗朝,與李穆的圈子有關聯的人們是這樣,而在真宗朝的馮元的周圍,也能看到古文家的影子。雖然其原因不詳,但事實如此。

　　如前已述,馮元是經王旦的推舉而進入政權中樞的。雖然王旦本人主要是一個政治家而不是文學者,但他的父親是王祐,王旦及第的太平興國五年的同年進士中有張詠、蘇易簡等人。而張詠、蘇易簡都曾得到太宗、真宗的絶大信任,是政權的中心存在。張詠熱心於《易》的研究,已如前述;蘇易簡的易學情況不明,但至少是在有易學氛圍的家庭環境中長大的。那麽很有可能馮元通過王旦也與這些人有交往。從他們的人際關係的接近度、思想及學問的傾向來看,張詠、蘇易簡恐怕是不可能與馮元毫無關係的。

真宗從天禧年間起,屢屢在朝政閑餘時讓馮元講《易》。其時查道、李虛己、李行簡等三人常常列席聽講。

> 召太子中允、直龍圖閣馮元講《易》於宣和門之北閤,待制查道、李虛己、李行簡預焉。自是聽政之暇,率以爲常。　　(《長編》卷八九"真宗天禧元年二月辛卯"條)

真宗對他們寄予了深厚的信賴,"因數訪大臣能否"(同上),聽取他們的意見。三人中的李行簡(生卒年不詳),他承家學而精通《易》,真宗也常常讓他講《易》(《宋史‧李行簡傳》)。實際上李行簡正是李穆之子(據《宋史‧王旦傳》),並得到過宰相王旦的推舉(同上)。

至於另外二人查道(955—1018)和李虛己(生卒年不詳),他們的易學修養及其師承關係不詳。據載查道"以謹儉奉己爲龍圖閣待制"(王君玉《國老談苑》,《宋元學案補遺》別附卷一"查先生道"條引),可見他的篤實的人品受到了帝王的青睞。但受青睞的原因不止於此。因爲很難想像,一個沒有易學造詣的人會有資格常常列席於御前講義,而且受到皇帝的"大臣能否"之類的垂詢,恐怕也是因爲他們有着很深的易學造詣的緣故吧。因爲如本文已述的那樣,當時易學與人物鑑定是有關聯的。

李虛己也是太平興國八年的進士(即與王禹偁、姚鉉、曾致堯、崔遵度、李建中等人同年,而知貢舉的是宋白、李穆、王旦等人)[1]。他曾把出身低的晏殊推薦給楊億,並嫁女與晏

---

[1]　據何冠環《宋初朋黨與太平興國三年進士》第13頁的考證,李虛己不是太平興國二年的進士,應該是太平興國八年的進士。

殊。他對文學抱有濃厚的興趣,與曾致堯關係親密,常常詩歌唱和:"虛己喜爲詩,數與同年進士曾致堯及其壻晏殊唱和。"(《宋史·李虛己傳》)

從而馮元和晏殊之間當然也有着關聯。比如馮元進講《論語》時晏殊曾列席參加:

> 辛巳始御崇政西閣,召翰林侍講學士孫奭、龍圖閣直學士兼侍講馮元講《論語》,侍讀學士李維、晏殊與焉。
>
> (《長編》卷九九"真宗乾興元年十一月辛巳"條)

順便提一下,晏殊是陳彭年的弟子(見《溫公日録》:"上大奇之,即除秘書省正字,令於龍圖閣讀書,師陳彭年。"《五朝名臣言行録》卷六"丞相晏元獻公"條引),而陳彭年的文學之師是徐鉉(《宋史·陳彭年傳》:"彭年師事徐鉉爲文。"),因而從譜系上説,晏殊是徐鉉的再傳弟子。晏殊不但列席參加馮元的進講,而且兩人也共過事,比如在仁宗朝,"禮部上合格進士姓名,詔翰林學士晏殊、龍圖閣直學士馮元編排等第"(《長編》卷一〇二"仁宗天聖二年三月癸卯"條),可以説兩人的關係並不陌生。

此外,馮元還曾與宋祁共同參與《樂書》的修撰工作(《長編》卷一一六"仁宗景祐二年四月戊寅"條)等,相互熟知,而宋祁曾撰寫過馮元的行狀。

他們之間不但有以上所述的人際關係,同時也有着思想上的關聯,如前所述,王禹偁一派的古文家們一般都對易學深懷關注。宋初古文提倡者中,另一派的領袖人物柳開,就幾乎沒有顯示他與易學有關係的資料,而這也可以説是耐人尋味之事。就整體而言,王禹偁一派的人都傾向於創作雄健暢達的古文,其背景是因爲有着共同的文學理論,即把"氣"視爲一個重要的概念。對此,柳開及其周圍人所寫的古文往往被評爲艱澀難懂,而他們的文學論中也似乎不存在着"氣"的觀念。①

在此再返回到本文開頭所提出的問題,即宋代易學傳授的譜系之中有穆修,這不可能是單純的偶合。可以認爲在宋代易學的發展中也有着古文思想的涵養的這一面。附帶一提,師從穆修學《春秋》的尹洙與宋祁是同年進士(天聖二年,1024),雖然不詳他與馮元的關係。

馮元與穆修僅差二歲,是同一代人。到他們這一代爲止的易學思想是向下一代過渡的準備期。把此後的主要的易學者、古文家的生年列記如下,以供參考。

| | |
|---|---|
| 穆修 | 979 年 |
| 范仲淹 | 989 年 |
| 孫復 | 992 年 |
| 胡瑗 | 993 年 |
| 尹洙 | 1001 年 |
| 石介 | 1005 年 |
| 歐陽修 | 1007 年 |
| 邵雍 | 1011 年 |
| 周敦頤 | 1017 年 |
| 張載 | 1020 年 |
| 程頤 | 1033 年 |
| 蘇軾 | 1037 年 |

由上可見,馮元、穆修的下一代人幾乎在同時期内確立了宋代

---

① 關於此點,請參看本書《宋初的古文與士風》及《唐宋古文中的"氣"論與雄健之風》。

的易學和古文：馮元、穆修之後的一代，古文有歐陽修，易學
有邵雍；歐、邵之前的范仲淹、孫復、胡瑗等屬於過渡期；歐、邵
之後的一代則有程頤、蘇軾。也就是說，大約二十年或三十年
一個間隔，易學和古文同時登上一個臺階。而這恐怕也不是
偶然的。

　本文的目的是把深埋在歷史的地下的骨骼進行復原，至
於考察血管、神經，即對易學和古文思想（特別是"氣"論）的關
係的考察，則在本文的範圍之外。儘管如此，作為本文的一個
總結，在此還想探討一下宋初易學的尊君思想的意義，從宏觀
來看，它也應該與古文思想有關聯。

　尊君思想的作用之一，從起始的來說就是君臣秩序的重
新構建。那麼，他們為什麼要依據於《易》來闡述尊君之說呢？
正如在探討馮元時所述的那樣，尊君思想的根柢中蘊含着"天
地交泰"的這種對天下安定與平和的希望，而《易》正是實現這
一希望的理論根據。雖然任何時代都希望天下安定與和平，
但必須要考慮它的具體的社會背景。五代的戰亂雖然結束，
但入宋以後，弱肉強食的風氣也沒有立即革除，"自五代以來，
軍卒凌將帥，胥吏凌長官，餘風至此時猶未盡除"（羅大經《鶴
林玉露》乙編卷四）。事實上，張詠等人一生都致力於地方叛
亂的鎮定和宋朝權威的樹立，他的生涯事蹟正如實地反映了
上述的時代狀況。雖然中央與地方這種大的政治對立，什麼
時代都會有，不是罕見之事；但是這個時期卻是隨時隨地都有
地位低的人憑藉強力肆意欺凌地位高的人。據載，關於張詠
有過如下的傳聞：

　　張乖崖布衣時，客長安旅次，聞鄰家夜聚哭甚悲，訊
　之其家無它故。乖崖詣其主人，力叩之。主人遂以實告
　曰："某在官失不自慎，嘗私用官錢，為家僕所持，欲娶長

女。拒之則畏禍,從之則女子失身。約在朝夕,所以舉家
悲泣也。"乖崖明日至門首,候其僕出,即曰:"我白汝主
人,假汝至一親家。"僕遲遲,强之而去。出城使導馬,前
至崖間,即疏其罪。僕倉皇間,輒以刀揮墜崖中。

(王鞏《聞見近錄》,據《知不足齋叢書》本)

同樣的逸事,同時代的柳開也有(虞裕《談撰》)。哪一方是事
實,這並不重要,重要的是它反映了當時的一般狀況,即家僕
不把主人當主人的這種上下秩序的紊亂。在這種情形下,張
詠是以武力行動來確立社會秩序的。之所以陷於這種秩序紊
亂的狀態,其最大的原因當然是五代期間君臣關係的極端不
穩定。在這種狀況下,傳統儒學再怎樣宣揚君臣長幼之序,也
是白費口舌。要言之,在五代時期,歷來支撐着社會的傳統也
罷,家門(這也是一種傳統的權威)也罷,儒學的價值觀也罷,
不是完全崩潰,就是遭到極大打擊。

　　伴隨着新王朝的建立,在亂世中顧及不上的儒學又成了
必要的東西,但以前的儒學對君臣的秩序並沒有從根源上去
說明。著名的"君君、臣臣、父父、子子"一語雖然出自《論語·
顏淵篇》中的孔子之語,但五經中卻沒有。唯一辭義相近的是
《易》"家人"卦的象傳中的"父父、子子、兄兄、弟弟、夫夫、婦
婦,而家道正,正家而天下定矣"之句,不過那裏也沒有說到
"君君、臣臣"。當然,從"齊家治國平天下"的政治理論出發,
"家人"卦這一句象辭也可以推導出"君君、臣臣"的結論來,比
如"家人"卦的正義中就說:"父母,一家之主,家人尊事,同於
國有嚴君。"但是家族內的秩序並不能一成不變地移爲社會秩
序,正義之說也不過借君臣關係來比喻說明家族秩序而已。
在這裏,君臣關係雖然會成爲所謂的"默認的前提",但仔細想
來,就會發現實際上對於臣下必須"尊事"君主的理由,沒有任

何書籍予以任何的説明。即宋代以前,這其中雖然有傳統——換言之,就是習慣——這一種"權威",但没有被賦予任何哲學的根據。五代期間,君臣主從關係如走馬燈似的不斷交替,舊有的社會秩序被解體,舊有的權威也遭否定,要在這一狀況之後建立新的秩序,在原理上也出現了重新構建的必要性。到了宋初,迫切需要儒學爲君臣關係這一社會秩序尋找新的根據。在所謂的五經當中,與社會秩序的樹立有關聯的是《易》、《禮》、《春秋》等三經,這其中,能夠從根源上説明秩序之爲秩序的理由的,祇有《易》。馮元通過"泰"卦來尋找君臣秩序的根據,與比馮元大二十一歲的崔遵度通過《易》來爲琴尋找哲學根據,這兩件事可以説是同樣意義的行爲。宋初易學的尊君思想,從微觀而言,可以視爲一種謀求新體制的確立的思想;從宏觀而言,則是從根本上重新構建世界秩序並確定其根據的這種思想性的經營行爲中的一環。

# 孟姜女故事・陳琳《飲馬長城窟行》・長城詩

## 一

　　現今流傳的孟姜女故事大多是以秦代爲時代背景,孟姜女所哭倒的長城也是指秦始皇所修造之物。由於這個故事的影響,現在一提起長城,就會聯想到這是秦始皇殘酷役使百姓而修築的。但事實上,這個故事並非始於秦代。一般認爲這個故事起源於《春秋左氏傳》"襄公二十三年"的記事,但記事中尚未出現長城。關於孟姜女故事的變遷,早已有顧頡剛等人的著名的研究,把故事流傳的大略都已疏理清楚了①。現把其概略條示如下(主人公的名字也有變遷,但爲了論述上的方便起見,都作爲孟姜女故事來論述):

|  |  |
|---|---|
| 春秋時代 | 傳說的起源。 |
| 戰國時代 | 出現"哭"的情節。長城尚未登場。(如《檀弓》、《孟子・告子下》等) |
| 西漢後半～六朝 | 哭崩"城"。但祇是"城"而不是長城。(如劉向《説苑》、《列女傳》等) |
| 唐 | 《同賢記》(唐初?)爲現在孟姜女傳 |

---

① 《孟姜女故事研究集》,顧頡剛編。

説的原型。哭崩秦代的長城。

關於孟姜女故事中的"城"變爲秦始皇長城的理由,顧頡剛推測這大概是像曹魏的陳琳、唐代的王翰等人的樂府詩《飲馬長城窟行》那樣的詠寫修築長城之辛苦的詩作與孟姜女故事合流的結果①。但是如果追索一下《飲馬長城窟行》的譜系,就會發現一個奇怪的現象,即像陳琳那樣吟詠修築長城之悲慘的詩作,在漢魏六朝時很罕見,這樣的作品到了唐代以後才大量出現,並且特定爲秦代的長城。

首先來看陳琳的《飲馬長城窟行》的主要部分:

> 邊城多健少,内舍多寡婦。
>
> 作書與内舍,便嫁莫留住。
>
> 善待新姑嫜,時時念我故夫子。
>
> 報書往邊地,君今出語一何鄙!
>
> 身在禍難中,何爲稽留他家子?
>
> 生男慎莫舉,生女哺用脯。
>
> 君獨不見長城下,死人骸骨相撑拄。
>
> ……

歷來都認爲這首樂府是吟詠秦代修築長城之艱辛的。這主要是因爲《樂府詩集》以及它所引用的唐代吳兢(670—749)《樂府解題》是如此解釋的。《樂府詩集》卷三八《相和歌辭·瑟調曲》三《飲馬長城窟行》引《樂府解題》説:"若魏陳琳辭云:'飲馬長城窟,水寒傷馬骨',則言秦人苦長城之役也。"但其實陳琳詩中並沒有任何地方明言此長城爲秦長城,而吳兢之所以這樣解釋,可能是因爲"生男慎莫舉"這以下的四句詩在晉代

---

① 顧頡剛《孟姜女故事的轉變》(收入《孟姜女故事研究集》)。

楊泉的《物理論》中被當作秦代民謠而加以引用,接着又被酈道元的《水經注》輾轉引用並流傳開去;陳琳詩既然引用了秦代民謠,那麼詩所詠寫的自然是秦代之事了。然而所謂秦代民謠其實就是由陳琳這首作品傳訛而來的[①],而且此詩中"生男不如生女"這一觀點與漢武帝時的"生男無喜,生女無怒,獨不見衛子夫霸天下"(《史記·外戚世家》)的民諺相近[②],因而吳競等人的解釋不能不說是有疑問的。

　　陳琳這首詩不可能襲用秦代民謠的另一個原因,是與漢代批評長城的言論有關。如果檢視一下漢代對秦始皇長城的態度,就會發現既有不少批評,也有不少肯定修築長城之意義的意見。這是因為漢代為了防禦匈奴,也有必要不斷地大規模地增修長城(當然漢武帝時的修建,也與武帝性格有關)。既然作為現實的國家政策,長城是必要之物,那麼自然會對長城在邊境防衛中的重要性予以積極的評價。比如桑弘羊說:"蒙公築長城之固,所以備寇難而折衝萬里之外也。"(《鹽鐵論·險固》)認為修築長城可以"備寇難";又如賈誼在其批評秦始皇暴政的著名政論文《過秦論》中也說"乃使蒙恬北築長城,而守藩籬,卻匈奴七百餘里,胡人不敢南下而牧馬",並沒有簡單地把修築長城作為暴政而加以否定。

　　但另一方面也有人指出修築長城招致民怨,最終導致秦朝的滅亡。比如賈山《至言》(漢文帝十二年,公元前178年):

　　　　破六國以為郡縣,築長城以為關塞。秦地之固,大小之勢,輕重之權,其與一家之富,一夫之強,胡可勝計也。

---

①　顧頡剛《孟姜女故事的轉變》(收入《孟姜女故事研究集》)。

②　飯倉照平《孟姜女民間傳說的原型》(《東京都立大學人文學報》第二五號)。

然而兵破於陳涉,地奪於劉氏者,何也? 秦王貪狠暴虐,
殘賊天下,窮困萬民,以適其欲也。　（《漢書·賈山傳》）

鼂錯《守邊備塞議》(文帝十五年,公元前 165 年):

臣聞秦時北攻胡貉,築塞河上,南攻楊粵,置戍卒焉。
其起兵而攻胡粵者,非以衛邊地而救民死也,貪戾而欲廣
大也。故功未立而天下亂。……戍者死於邊,輸者僨於
道。秦民見行,如往棄市,因以謫發之,名曰"謫戍"。

　（《漢書·鼂錯傳》）

主父偃《諫伐匈奴》(武帝元光六年,公元前 129 年):

遂使蒙恬將兵而攻胡,卻地千里,以河爲境。……暴
兵露師十有餘年,死者不可勝數。……男子疾耕不足於
糧餉,女子紡織不足於帷幕。百姓靡敝,孤寡老弱,不能
相養,道死者相望。　（《漢書·主父偃傳》）

嚴安(漢武帝時人。武帝,公元前 141—前 87 年在位):

乃使蒙恬將兵以北攻胡,辟地進境,戍於北河。……
行十餘年,丁男被甲,丁女轉輸,苦不聊生,自經於道樹,
死者相望。　（《史記·平津侯主父列傳》）

劉安(公元前 179—前 122 年)

當此之時,男子不能修農畝,婦人不得剝麻考縷,
羸弱服格於道,大夫箕會於衢,病者不得養,死者不得
葬。……欲知築修城以備亡,而不知築修城之所以亡也。

　（《淮南子·人間訓》）

伍被(劉安同時人)

遣蒙恬,築長城,東西數千里,暴兵露師,常數十萬。

　　死者不可勝數，僵尸盈野，流血千里。(《漢書·伍被傳》)

分析一下以上幾則批評秦始皇"酷役百姓"修長城、征伐匈奴
(這也與修長城有關)的言論，就可發現對修長城的批評，漢初
並不多，直到進入某一個時期以後才盛行起來，那就是漢武帝
在位的時期。而且如劃綫部分所示，時代越往後移，對民衆苦
況的描寫也就越具體越悲慘。與秦時代最爲接近的批評之
論，有《史記·張耳列傳》中所載的秦末的武臣之言，而他也不
過是説"北有長城之役，南有五嶺之戍，外内騷動，百姓罷敝"
等這類概括性評語而已。但到了漢武帝時卻有了"僵尸盈野，
流血千里"等的描寫，日趨誇張。而且像"男子疾耕不足於糧
餉，女子紡織不足於帷幕"這種對民生困苦的具體描寫，與其
説是對秦代社會實狀的刻畫，不如説是爲了強調自己主張以
反對漢武帝對外擴張政策的一種修辭。

　　陳琳的作品也可以看作是漢代批評秦長城這一文脈的延
長綫上的產物。如前所説，描寫越是具體，相反就越可能是出
於後世想像的修辭，而陳琳詩(或者認爲是民謠)中"死人骸骨
相撐拄"句比起漢人"死者相望"一語來，可以説是更爲具體的
表達，那麽，即便陳琳採用了以前流傳下來的民謠，也很難認
爲這個民謠在秦代當時就已經產生了。

　　再來看漢代有没有吟詠修築長城之勞苦的詩歌。《漢
書·賈捐之傳》中有云：

　　　　以至乎秦，興兵遠攻，貪外虛内，務欲廣地，不慮其
　　害。⋯⋯長城之歌，至今未絶。

賈捐之卒於公元前四十三年。還有曹魏的杜摯也説："秦苦長
城之役，百姓弦發而鼓之。"(《通典·樂四》)可見在漢代確實
存在着詠嘆長城勞役的歌謠。但具體的歌詞卻不詳，而且似

乎也不可能是秦代之歌。漢代的這些歌謠,即便表面上詠嘆秦代修築長城的勞苦,但其實是託古諷今,即假託秦始皇而來諷喻漢代大規模地修建長城。

自漢代至三國時期,這類吟詠修築長城艱辛的詩歌又是如何被理解的呢?對漢人來説,修長城不是一件發生於秦代的往事,而正是當世的一項大工程,因而恐怕不會有像晉楊泉、北魏酈道元、唐代吳競那樣的解釋的吧,即不會認爲是詠寫秦代修築長城之苦的。即便有的歌辭中出現"秦"這樣的字眼,但恐怕也是强烈地意識到這是當世之事,更何況陳琳的詩中没有明言時代背景,這就更能説明問題了。而隨着時代的推移,修長城不再是當世之事時,就會被當作秦代的事件來看待了。

同時,陳琳這首樂府描寫的是夫婦離別相思之情,而這也是漢樂府、古詩主要的題材内容之一。而且如王運熙先生指出的那樣,漢代婦女改嫁比較普遍①,這首樂府中丈夫勸妻改嫁之語,也反映出漢代的一般的社會風俗。由此,作者即使是假託秦代而作,而聽衆讀者有可能、也必定會理解爲這是對漢代現實的描寫。從根本上來説,認爲陳琳的這首樂府引用的是秦代的歌謠,詠寫的是秦代修築長城之苦,這種解釋是相當勉强的。所謂"言秦人苦長城之役也",不過是後人的解釋而已。

## 二

下面再來梳理一下批評秦始皇的譜系和孟姜女故事的幾

① 王運熙《漢代的俗樂和民歌》(收入《樂府詩述論》,上海古籍出版社,1996 年)。

索。六朝時期雖也有些批秦之論①，但並不多，而且繼陳琳之後，包括《飲馬長城窟行》在内的詩歌中也没有描寫秦代修長城之苦的内容。六朝時期之所以很少有批秦的現象，一是因爲時代已遠，已經没有了像漢代那樣的切實之感，此外還有思想方面、社會方面等原因，這裏姑且不展開論述。雖然批秦言論不多，但是秦始皇作爲一個暴君的形象似乎已經確立。比如陶淵明《桃花源記》中人們“避秦時亂”而逃居桃花源洞的這一描寫，就是因爲秦始皇暴君形象已經確立的緣故，此後“避秦”一語就成了躲避苛政戰亂而隱居的套語。不過，雖然秦被視爲一個苛政的時代，但修築長城是不是被當作“酷秦”的一個表現，仍是有疑問的。如上所述，漢代對於秦築長城褒貶並存，並不都認爲這是酷役百姓，導致國家滅亡之事。漢代國防上需要長城，而六朝也有相同的需要②，但這祇是統治者、知識階層的認識，對那些不得不被征發、服勞役而又不瞭解國家政策的下層百姓來説，修長城祇是一種災難。雖然没有文獻可以證實他們對秦代、對秦始皇有着怎樣的評價和印象，但是志怪小説、民間歌謡多少反映出民衆的意識。

　　如果檢視一下六朝至唐時期傳承記録下來的或者創作出來的志怪傳奇中的秦始皇的形象，就會意外地發現，秦始皇作爲暴君形象出現的作品幾乎很少，這並不是説没有關於秦始皇的故事。在這一時期的志怪傳奇中，秦始皇主要作爲神仙故事的主人公而出現，以秦爲時代背景的也不少，但很少言及所謂秦皇暴政之事，而孟姜女的故事在這裏連

---

① 　晉傅玄《傅子·平賦役篇》、傅咸《吊秦始皇賦》等。

② 　特別是北齊頻頻修長城，甚至有過征發一百八十萬人規模的大工程（《北齊書·文宣帝紀》）。

片鱗隻爪也看不到。秦始皇以暴君形象出現的唯一的一則傳奇恐怕就是《陶尹二公》了,而這也寫的是唐大中年間(847—859)的事。

再來看歌謠。據説盛行於東晉隆安初(397)的《懊儂歌》十四首之四中有"寡婦哭城顏,此情非虛假"之句,從中可窺出六朝時期孟姜女故事已經流傳至南方了。但是六朝歌謠(包括文人之作)中幾乎没有詠及秦始皇時的長城,那首《懊儂歌》中也衹是説"城"而已。

關於整個六朝時期孟姜女故事的流傳情況,由於資料的缺乏而很難下定論,但據顧頡剛考證,當時傳説中的"城"雖有杞都城或莒城等各種説法,但故事本身與春秋時期的内容没有什麼變化[1]。這種"城"名的不同,筆者認爲恐怕是在傳播過程中摻入了當地的内容所致。直到六朝末的庾信《哀江南賦》中也有"城崩杞婦之哭,竹染湘妃之淚"句,這是文人詩文中引用孟姜女故事的少數例子之一,而此處也没有説是"長城",更没有説是"秦長城"。庾信衹説"城",大概是因爲受到了字數音律的限制,以及直接引用《説苑》、《列女傳》等書的典故的緣故。當然只憑這點材料,不足於論證這個時期孟姜女故事還没有與長城聯繫起來;但是至少在知識階層中尚未把孟姜女故事與長城聯結起來。如果推測一下其理由,大概是因爲當時對秦始皇本身就不在意,更無必要把孟姜女故事與秦代的長城相聯繫。另外,唐初《藝文類聚》所録的孟姜女故事的典故仍然是採自《列女傳》;而最早記載現在的孟姜女故事原型——即出現"哭崩秦長城"的情節——的《同賢記》其成書年代雖然不詳,不過引用《同賢

---

[1]　顧頡剛《孟姜女故事的轉變》(收入《孟姜女故事研究集》)。

記》的《琱玉集》成書於七世紀末至八世紀初①,而與《同賢記》所引内容相同的《文選集注》的“鈔”,其成文年代也是在七世紀後半至八世紀初之間②,因而《同賢記》的成書也不會太早。所以可以説迄六朝末,孟姜女故事與“秦長城”、秦始皇還没有關聯。

孟姜女故事是民間傳説,與知識階層如何評價秦始皇,這兩者或許不屬於同一層次的問題,但是在庶民階層中傳説是如何形成及流播的,對此幾乎没有文字資料的留存,祇能從知識階層所記録下來的文字中去推測。而且雖説是民間傳説,但知識階層在記録不識字的民衆所流傳的故事時,恐怕不會一成不變、不加修改的。知識階層的言論、思潮也會通過記録時的替換改寫和初級教育等,來推動民間傳説的嬗變。事實上,要使一個以春秋時代爲背景的故事轉變爲秦代的故事,没有一定的歷史知識是不行的,即至少要掌握《史記》等書所記載的中國歷史上最早統一王朝秦朝的大規模修築長城及其勞苦的這一歷史知識。另外,這個傳説在長達四百餘年間没有什麽變型,而在唐代時轉變爲秦代修建長城的故事類型,這種轉型與此前的在向各地流傳過程中摻入了當地因素而化爲當地故事的這些流變,其性質完全不同。因爲這種轉型應該是出於超越地域性的某種普遍的需要,意味着對秦代的評價尺度發生了變化,而知識階層的知識和意識也有可能介入了這一轉變。

---

① 西野貞治《〈琱玉集〉與敦煌石室類書》(《人文研究》八卷七號)。

② 金澤文庫所藏同書殘卷七三曹植《求通親親表》的注釋中引用。年代依據飯倉照平上文中的考訂。

三

　　下面檢討一下《貞觀政要》中的有關議論，以此來窺測唐
初對秦始皇評價的總體傾向。與六朝時期不同，《貞觀政要》
中把秦始皇作爲史鑒而頻頻言及，其中自然有"始皇暴虐"
(《貢賦第三十三》)之論，其理由是：

　　（張玄素曰）微臣竊思秦始皇之爲君也，……諒由逞
　嗜奔欲，逆天害人者也。……阿房成，秦人散。……
（《納諫第五》）

　　（太宗曰）秦乃恣其奢淫，好行刑罰，不過二世而滅。
（《君臣鑒戒第六》）

即認爲秦始皇暴虐在於他的"逞嗜奔欲"、"恣其奢淫"，而逞欲
的具體表現則是修建阿房宮、設立郡縣制(《封建第八》"李百
藥奏論")等，《貞觀政要》中提到修築邊城要塞是秦暴政的一
個表現的，祇有褚遂良的"始皇遠塞，中國分離"(《安邊第三十
六》)一處而已。不過或許也有隱約涉及長城之處，如：

　　王珪曰：昔秦皇漢武，外則窮極兵戈，内則崇侈宮
　室，人力既竭，禍難遂興。　　　　（《務農第三十》）

這裏的"窮極兵戈"或許把修長城也包括在内，但並没有直接
批判修築長城。由此看來，可以説唐初也與六朝時期一樣，並
没有把長城看作是秦始皇暴政的一個象徵。不過在這裏有必
要檢視一下唐初對隋煬帝的評價。
　　《貞觀政要》中所提及的最主要的鑒戒對象不是秦始皇，
而是隋煬帝，並對隋煬帝的修築長城批評甚劇：

　　　　（太宗曰）隋煬帝不解精選賢良，鎮撫邊境，惟遠築長
　　城，廣屯將士，以備突厥（注：隋大業三年詔發丁男百餘
　　萬，築長城……），而情識之惑一至於此。（《任賢第三》）

一般認爲，唐代的徭役制度對減免和限度有明確的規定，這正
是接受了隋煬帝濫征徭役的歷史教訓的緣故①。而唐代不修
長城，也是因爲借鑒了隋代憑依長城之阻的邊防政策的失敗
而放棄這種憑依。《貞觀政要》中不怎麼批評秦長城，大概是
因爲前朝隋代的修築長城事印象更爲强烈吧。

　　再來看唐初的詩文中又是如何表現長城的。陳子昂
（661—702）《感遇》之九詠道：“長城備胡寇，嬴禍發其親”，王
無競（677年進士）《北使長城》詩寫道：

　　　　秦世築長城，長城無極已。暴兵四十萬，興工九千
　　里。死人如亂麻，白骨相撐委。

都把築長城視爲秦暴政的一個表現。但是在唐代前期，不一
定都是“長城＝秦始皇”的聯想，在詠寫長城的詩文中以漢代
爲時代背景的也不少。比如胡皓（開元中人）《大漠行》中就
説：“但得將軍能百勝，不須天子築長城”，又如劉長卿（開元二
十一年進士）《疲兵篇》中也有“祇恨漢家多苦戰，徒令遺鏃滿
長城”之句。其實，《貞觀政要》中也屢屢把秦始皇與漢武帝相
提並論，除了上文已引的《務農第三十》中的王珪之論外還有
不少，如：

　　　　（太宗曰）近代平一天下、拓定邊方者，惟秦皇、漢武。

────────────────

①　胡如雷《關於隋末農民起義的若干問題》（收入《隋唐五代社會經濟史
　　論稿》）。

始皇暴虐,至子而亡;漢武驕奢,國祚幾絕。

(《貢賦第三十三》)

　　(姚思廉曰)離宮游幸,此秦皇漢武之事,故非堯舜禹湯之所爲也。

(《納諫第五》)

等等,不一而足。這些例子表明在唐初人看來,在修築長城、不斷征伐開邊這一點上,秦始皇與漢武帝是一致的。因此在詠寫長城時,其時代背景就不局限於秦代,也往往設定爲漢代。比如李嶠(645—714)的《奉使築朔方六州城卒爾而作》詩就是一個明顯的例證:

　　漢障緣河遠,秦城入海長。顧無廟堂策,貽此中夏殃。

但此後漸漸地一提起長城就聯想到秦始皇,這一意象漸次固定了下來,其具體時期大概在開元(713—741)天寶(742—756)之間。比如在歷代以《飲馬長城窟行》爲題的詩中,最早明確地詠寫秦築長城之悲慘的是王翰(711年進士),詩曰:

　　回來飲馬長城窟,長城道旁多白骨。問之耆老何代人,云是秦王築城卒。……

　　秦王築城何太愚,天實亡秦非北胡。……

長城這一意象自初唐至盛唐不斷深化滲透,到了中唐便完全確定了下來,比如那時出現了以《長城》爲題的詩歌,而且詩的主題都是批判秦長城的,這就是一個明證。《長城》這一詩題在唐以前不曾有過,《長城》詩中最早的恐怕要數中唐鮑溶(809年進士)的作品:

　　蒙公虜生人,北築秦氏冤。禍興蕭墻內,萬里防禍根。……

之後不斷地有人創作同題詩,以詠史詩著稱的胡曾也寫過這個詩題。這種變化顯示了以開元天寶爲界,唐人對秦代及長城的評價發生了轉變。唐初還是秦漢並提,把他們的驕奢當作史鑒,爲什麼此時出現了對長城的直接批評,其原因何在?而且直到開元前,不但是詩,議論文中也有肯定秦長城的意見①,然而一過了天寶年間,無論詩文都看不到這樣的觀點了,這又是什麼緣故呢?

　　原因之一大概是已經認識到長城乃是無用之物的緣故。在此之前,雖然對秦朝政治持批評態度的不乏其人,而至於長城,一般都認爲是必需之物,如劉餗所指出的那樣:"自漢至隋,因其成業,或修或築,無代無之。後魏時築長城,議曰:……不得不立長城以備之。"(《武指》)但是到了唐代,邊境綫已經遠遠地越過了長城,根本沒有必要再修長城。同時在邊防政策上出現了前所未有的變化,那就是建設邊城,以此作爲邊防據點,也就是說,唐太宗的"隋煬帝不解精選賢良,鎮撫邊境,惟遠築長城,廣屯將士,以備突闕,而情識之惑一至於此"這一見解得到具體地實施,由此唐王朝不必憑依長城之阻也能確保北邊的防衛。邊城的建設在開元天寶之前已大致成形②,再加上,七世紀後半期在與周邊國家的關係中,唐王朝處於有利之勢,聲威遠揚。與此同時,節度使的設置(710年)、府兵制的廢止(747年)也起到了一定的作用。在這種狀況下,自然就產生了征發百姓修築長城是無用之舉的觀點。唐初至盛唐時期的批評長城的詩作,也應該置於邊防政策由隋向唐轉換這一歷史背景下而去解讀,而《長城》詩的出現不

① 　如劉餗《武指》、司馬貞《史記索隱・蒙恬傳贊》等。
② 　程存潔《唐王朝北邊邊城的修築與邊防政策》(《唐研究》第三卷)。

但意味着所謂庶民階層的興起和政治危機意識的顯露,同時也可看作是唐代邊防政策成功及自信的一種表現。

雖然我們不能考證出孟姜女故事與秦長城發生聯繫的確切時期,但是如前所述,要把這個故事的時代設定爲秦代,其前提條件是對長城看法的改變(即由肯定而轉向否定),那麼正好出現在開元天寶時期的邊防政策的轉變或許正是促成唐人長城觀轉變的一個重要因素①。至於爲什麼是秦而不是漢,一是因爲傳説故事不能像詩文那樣可以秦漢並提,時代祇能設定爲一個;其次是亡國的隋煬帝對唐人來説印象深刻,而與隋煬帝的歷史意義相等的恐怕祇有秦始皇。

中唐以後,所謂長城就是指秦長城,這一指向更爲固定。之所以如此,原因有幾個。首先中唐以后是一個危機的時代,從歷史中尋求借鑒的意識更爲强烈,同時儒學的復古更强化了秦始皇的反面形象。從儒者的立場上很難完全否定提倡儒學、並使帝國發展的漢武帝,而秦始皇則是一個導致國家滅亡的根源。

---

① 目前這不過是個假説,以後當撰另文論述唐代邊防政策、兵制所帶來的社會意識的轉變。

# 空梁落燕泥

## ——薛道衡死因臆説

　　亂世中死於非命的人很多,不過像圍繞着薛道衡之死的
那種傳聞卻不多見。據傳,薛道衡的死因是他的詩句遭到了
隋煬帝楊廣的妒嫉,煬帝在處死薛道衡之際,曾説:"更能作
'空梁落燕泥'否?"隋煬帝是一個自負甚高的人,曾誇口説,即
使不生於帝王之家,憑自己的才幹也照樣能登大位。尤其在
文學方面,他更是戒忌有出其之右者。

　　那首讓薛道衡喪命的詩,題名是《昔昔鹽》(詠婦人中夜愁
思),帶有當時流行的南朝體的冶艷之風,以現在的眼光來看,
整首詩談不上是佳作,那句詩爲什麼會讓隋煬帝如此妒嫉,也
一時難以理解。單單這麼一句,不太好理解;我們結合這一聯
的前面一句一起來看一下。這一聯對句描寫的是懷念良人的
獨居思婦的空閨:

　　　　暗牖懸蛛網,空梁落燕泥。

前句寫窗上結上了蜘蛛網,暗示了長時間没有人(男性)來訪,
後句説在這種空寂無人之中,時間卻恰值春天,燕子雙雙飛來
作巢。即用燕子作巢來暗襯思婦的孤獨之狀,由此形成一個
鮮明的對比;祇用白描的筆觸簡潔地勾畫了景物,而言外則傳
遞出人物的鬱悶愁思。這的確是高超不凡的筆法,是一聯具

有幽艶纖細之感的佳句。不過此聯略嫌索漠陰鬱，在重視陽剛之美的中國詩歌的正統看來，未必算得上一流之作。雖然隋煬帝極度地妒嫉這句詩，顯示出他作爲詩人的特質和好尚之一端，但是僅此就成了致薛道衡於死命的理由，難以令人信服。這則逸事之所以有名，是因爲它既是展示隋煬帝"暴君"形象的一個好材料，同時還令人印象深刻地傳遞出作爲文學至上主義的極端人物——詩人煬帝的瘋狂性。應該説，這則逸事不過依託於隋煬帝的惡名而私下流佈開來的傳聞而已。但在審視薛道衡與隋煬帝的關係時，可以説這則逸事正象徵着傑出的文學家要在權力社會中生存，談何容易。

開皇十二年(592)，當時還是晉王的楊廣想把正在左遷途中的薛道衡，乘機召入自己的幕下。薛道衡當時五十左右，在文壇上已被推崇爲一代文宗，因而愛好文學的楊廣需要薛道衡，也是很可以理解的。但是薛道衡卻巧妙地避開了。他這麼做的理由雖不詳，不過如果展開想像，不妨推測如下：其時皇太子是長子楊勇，薛道衡入楊廣之幕並無益處；而且也許他已經風聞楊廣好色、喜宴遊，並與隋文帝的心腹大臣高熲有爭執。總之從這個時候起，楊廣就開始對薛道衡懷恨在心。而在薛道衡看來，已經相當顧及到對方的面子，而且對方雖説是一位皇子，但畢竟是個年齡之差猶如子侄輩的年輕人，因而恐怕根本没想到會這麼刺傷楊廣的自尊心。即使他那時已經有這種擔心，也一定想像不到這會帶來怎樣的後果。但是命運就在這個時候從某處悄悄地走近來了。對此，不用説薛道衡是無法預知的。

隋文帝的皇后獨孤氏明確對皇太子楊勇抱有疑問的，是始於開皇十一年(591)皇太子妃元氏的暴死之事。獨孤后的性格異常嫉妒，據説，不但是自己的丈夫，就連兒子、臣下們納妾,她都要代他們的夫人而嫉妒,並已經對多内寵的皇太子表示過不滿。此時她更懷疑是皇太子與他的寵妾雲氏合謀毒死了元氏,並嚴厲詰問了皇太子,而皇太子卻根本没理會。納妾對於當時的貴族男性來説,是理所當然的,楊勇也自然把它當作是嘮叨的母親常有的牢騷而已。但是獨孤后卻因此不再對皇太子抱有希望,並開始慫恿文帝廢立太子。而相反,次子楊廣見兄長失愛於母親,就努力扮演好兒子。

開皇十九年(599)隋文帝猶豫要廢立太子,與心腹大臣高頻商談。高頻的回答當然是否定的,文帝也因此一度斷了這個念頭。這是因爲高頻在隋朝開國大臣中最爲傑出,文帝對他寄予了全面的信任。因此楊廣如果要達到除去長兄、立自己爲皇太子的目的,就一定要排除掉高頻這個障礙。更何況高頻與太子有着姻親關係(高頻之子娶太子之女),是皇太子派的最大的後盾。

事情在與楊廣的企謀毫無關係的地方意外地展開了。同年,高頻的夫人去世,獨孤后勸文帝爲高頻續娶:"陛下何能不爲之娶!"但高頻以年老爲由而推辭了。然而不久高頻的寵妾生男,獨孤后自然感到無趣,便對文帝説:"陛下尚復信高頻邪?始,陛下欲爲頻娶,頻心存愛妾,而面欺陛下。"文帝對此當然會有同感。由此,對於過去曾是那樣信賴的人,現在卻對什麼樣的讒言都信以爲真。同時眼見高頻已經失去了皇帝的信賴,造謠生事之徒也不斷出現。終於高頻被解職,第二年即開皇二十年(600),皇太子楊勇被廢,楊廣被立爲太子。薛道衡本人根本没意識到,從此他的命運開始暗轉。

隋煬帝在仁壽四年(604)即位後不久,薛道衡向新皇帝奉呈了《高祖文皇帝頌》一文。此作品本是頌揚煬帝之父,也包含了對隋煬帝的謝意,因爲煬帝把自己從僻遠的貶謫之地召

回朝廷任中央圖書館長(秘書監)。然而不料,隋煬帝的反應
卻是:"此《魚藻》之義也。"《魚藻》是《詩經》中的一篇,主旨是
諷刺周幽王而思慕開國之君的周武王。也就是說,面對臣下
對父皇的稱贊,煬帝非但不高興,反而從中嗅出對自己的暗
諷。而薛道衡卻沒有看出隋煬帝的這種曲折心理。隋煬帝一
方面自視極高,但另一方面卻又似乎有某種潛在心理,即無論
做什麼都希望得到別人的承認。曾經忌避過自己的薛道衡,
現在又居然胡謅起什麼父皇偉大之類,而不是頌揚自己。煬
帝雖然敬慕薛道衡,但也因此對薛道衡的憤恨就更加曲折深
固了。

　　楊廣能當上皇太子,不僅是出於獨孤皇后的意願,實際上
也是他與大臣楊素合謀的結果。甚至有傳聞說,隋文帝之死
也是楊廣策劃安排的。他即位後,也許是出於心虛不安,開始
着手——肅清諸皇子。而在臣下這一面,祇要過去曾反對廢
立太子勇的高熲不死,隋煬帝就不能高枕無憂。在大業三年
(607),這一時機終於到來。高熲對人感嘆道:"近來朝廷殊無
綱紀",煬帝抓住這一把柄,以爲謗訕朝政,下詔誅殺了高熲。
據說當時天下人都爲之而痛惜,而薛道衡當然也不例外。

　　大業五年(609),薛道衡參與議定新法。朝臣們衆說紛
紜,久而不決,不耐其煩的薛道衡就對同朝者發牢騷:"向使高
熲不死,令決當久行。"有人把此話上奏給煬帝,煬帝大怒:"汝
憶高熲邪!"把他逮捕下獄。而更不巧的是,有裴蘊者,此時恰
得煬帝的信任而被提拔爲御史大夫,剛成爲煬帝的寵臣之一,
正迫不及待地想要顯示自己的才幹,以謀求更大的寵信。更
兼之,此人善伺人主微意,對於煬帝所憎惡的人,不待煬帝下
旨,就能羅織罪名而來討取煬帝的歡心。另外作爲御史大夫,
他也暗中企圖擴大自己的權勢,而薛道衡與他職域相近(薛道

衡時任司隸大夫），但位階卻高於他，且聲望隆重，因此對他本人來說，薛道衡也是一個要清除掉的障礙。當得知煬帝對薛道衡心懷嫉妒和芥蒂之後，他就火上加油，上奏道："道衡負才恃舊，有無君之心。見詔書每下，便腹非私議，推惡於國，妄造禍端。論起罪名，似有隱昧；源其情意，深為悖逆。"煬帝聽了這番上奏覺得深合己意："然。我少時與此人相隨行役，輕我童稚。"多年的積怨不由自主地一吐而出。

薛道衡被賜死時，不明白自己為甚麼非死不可。公平地來看，薛道衡的確沒有犯過值得一死的罪，唯一的過錯，恐怕就是他至死都沒有意識到煬帝對自己的嫉妒。如果他的死因真的就是他舊日的一句詩，那麼薛道衡也許會感到這正是詩人的榮譽而可以瞑目了吧。其實，這則逸事傳聞也不妨看作是後人對被妄殺的詩人薛道衡的僅有的一種供奉。

# 各篇日文原題與最初發表書刊

○ 宋人の見た柳宗元
　　　　　　『中國文學報』第四十七冊　1993 年 10 月

○ 宋人と柳宗元の思想
　　　　　　『東方學』第八十九輯　1995 年 1 月

○『通典』の史學と柳宗元
　　　　　　『日本中國學會報』第四十七集　1995 年 10 月

○ 中唐における儒學の演變とその背景
　　　　　　『集刊東洋學』第 77 號　1997 年 5 月

○ 唐代中期の貨幣論
　　　　　　『中國文人の思考と表現』汲古書院　2000 年 7 月

○ 唐宋古文における〈氣〉の説と〈雄健〉の風
　　　　　　『中國文學報』第六十五冊　2002 年 10 月

○ 宋初の古文と士風
　　　　　　『橄欖』第十二號(宋代詩文研究會)　2004 年 9 月

○ 孟姜女物語・陳琳〈飲馬長城窟行〉・長城詩
　『興膳教授退休記念 中國文學論集』汲古書院　2000 年 3 月

○ 薛道衡　空梁に燕泥落つ
　　　　興膳宏編『六朝詩人群像』大修館書店あじあブックス
　　　　　　　　　　　　　　　　　　　　　　2001 年 12 月

# 後　記

　　在現今的日本，像我這樣把研究的中心置於古文之上的人，恐怕爲數不多；同時正如本書的目録所示，我的研究也很難説走的是文學研究的正路，而是旁逸横出，涉足史學、哲學，甚至經濟學之域，像這種毫無操守的雜食胚，恐怕也祇有本人了。就我自己而言，這種東敲西打的研究中自有其一貫性，但在旁人看來，或許會摸不着邊際。也許是這種緣故，即使在日本的原本已經很狹小的中國古典研究界中，對我的文章感興趣的人也是微乎其微。比如本書中的《唐代中期的貨幣論》就是這樣一篇毫無反響的論文，文學研究者不提及，經濟學研究者似乎也不屑一顧。而對我來説，由於注意到唐代的古文家很多還具有財務官僚這一層身份，因此推想他們那種合理（即合乎事理）的思考方式，恐怕與當時以貨幣爲中心而運營起來的經濟不無關聯。爲了探明這一點，首先有必要考察貨幣在當時是如何被看待的，又如何發揮功能的。這篇論文發表之初，由於篇幅限制很嚴，祇能將論述集中在貨幣論本身，而没能論及它與古文家的關係。從這個意義上來説，它是一篇不成熟不完整之文，其不爲人所注意，不亦宜乎。但是在本論集付梓之際，輾轉聽説一位中國學者看了此文，以爲"寫得還不錯"，對它的存在價值予以了肯定。我私下是深以爲德的。

　　《唐代中期的貨幣論》是由前一篇發表的《〈通典〉的史學

與柳宗元》一文中生發出來的。《〈通典〉的史學與柳宗元》的好壞姑且不論,對我來説,它是一篇印象殊深的論文,因爲在撰寫此文時,我深深體味到了撰寫論文的喜悦。《通典》是一部衆所周知的著作,不過人們往往祇把它看作是一部彙總各種典章制度、查尋方便的史料集,而它爲什麽會在唐代的那個時期出現? 當把它所具有的時代意義一步一步地剔抉出來的時候,我感受到了一種令人心顫的喜悦。同時在執筆時,我一直沉迷於"杜佑熱"中。杜佑很少言及自己,但通過各種零星資料,以及《通典》中隨處可見的杜佑的議論,我對他的爲人從心底裏欽服。我親身體驗到了在古書中遇到值得尊敬的古人,是何等的快樂! 而論文之類實際上不過是其副産品而已。

在此還須坦白的是,此文脱稿之後,我才發現内藤湖南早在昭和六年(1931)已對《通典》的意義作了簡要的解説和極高的評價。此即《昭和六年一月廿六日御講書始漢書進講案》一文(《内藤湖南全集》第 7 卷 226 頁以下)。内藤氏在具體分析之後,對杜佑作了如下的評價:

> 杜佑乃中國史家中,繼司馬遷之後第一人。尤以其壯時,爲力行唐代之中世財政大改革、爲税制畫開新紀元的宰相楊炎所擢用,通曉實務,故其所論皆有根柢,而不陷空談之弊,乃所謂能言能行者也。如《通典》者,後世學者專以掌故之書視之,實係不當。知其真意者,除朱子一二人外殆無。……作爲史家,杜佑最爲卓越者即在其倡言非古是今之主義,……且杜佑之卓見非僅限於肯定文化進步此一點,更在於其研究法之卓拔。

學問淺陋實在是一件可怕的事,闡説《通典》意義的拙論如同如來佛掌上的孫悟空。如果勉强從拙論中找出一點可取之處,那就是論及杜佑與古文家的關係。然而這不過是像在佛指上留下"到此一遊"之類的題詞而已,並没有什麽大不了的。

然而這個不知天高地厚的"孫悟空",雖然自覺到自己的學問淺陋,但並不安份守拙,居然又旁騖起儒學研究。那裏已經有成千上萬的可畏的洞主,因此搞得相當辛苦。闖入了那樣的世界,宣講了一通猴兒般的言論,以爲聖人所言的禮樂也罷,仁義道德也罷,如果揭開堂皇的表相,實際上都不得不順應時勢而變化的(即《從"禮樂"到"仁義"——中唐儒學的演變及其背景》)。此後我又開始探索起仙界的秘密,雖然並非對人世間不感興趣。這就是《唐宋古文中的"氣"論與"雄健"之風》。唐宋古文之所以是一個千年不變、長生不老的文體,我想是因爲其中貫注着"氣"的緣故,而這個"氣"正是仙界的禁果。受它的甘美魅力的牽引,又接着撰寫了《宋初的古文和士風》和《宋初的易學者與古文家》二文。自着手這一問題起,我就很發慌,因爲"氣"的概念不易把握,極難對付。宋代易學的中心概念之一是"氣",宋代古文的中心概念之一也同樣是"氣",此點無可置疑。既然如此,那麽它們之間内在有着什麽樣的關聯,對此,至今仍找不到答案。這就像被關閉在大墻之内,四面八方都嚴嚴實實地堵塞不通,如何破墻而出,畢竟何如,且聽下回分解。

這册小書與此系列的其他諸賢的大作不同,它祇是個半成品,換言之就是通往西方極樂净土之旅的中途小結報告,對此懇請讀者諒解。即使不拿孫行者的旅程打比方,其實研究與旅行還是很相似的:堅韌地跋涉於幽暗艱險之途,忽見前方露出一綫光明,隨即眼前展現一片從未見過的遼闊燦爛的世界。爲了看到這個世界,而樂意做這種艱苦的旅行。

與孫行者一樣,我也幾次想中途而廢的。像我這樣的人如果要完成旅程,很需要指明路向的指導者和助力的同伴,遇到難題時,他們會在意想不到之處伸來援助之手。幸運的是我有很好的指導者和同伴。在此,我要向那些即使我不遵教誨、我行我素,而依然不棄不嫌、循循誘導至今的諸位師長學友,表達我由衷的謝意。更要緊的是,我的緩慢的旅程今後還要走下去,所以期盼能繼續得到引導和幫助。這雖然可能會招來厚臉皮之譏,而厚顏正是孫行者的特徵。

我的首篇亮相的論文是在復旦大學留學期間草成的《柳宗元與宋代古文運動》,後刊登在《復旦學報》上。這以後又過了十三年,第一本論文集又是承蒙上海的師友的有形無形的提攜援助,由上海古籍出版社出版。一個無名之輩能夠出書,實在很難得,爲此作者感念不已。

副島一郎
2005 年 4 月於京都